KB196020

빛
의
위
로

빛의 위로

유지나 장편소설

차례

1.

11월 3일, 06:39 PM, 영생 빌딩 앞 도로

처음 나를 압도한 것은 강렬한 빛이었다. 잠시 후 급박하게 눌러대는 자동차 경음기 소리와 고막을 찢을 듯한 타이어 마찰음이 들려왔다. 음산한 겨울 공기를 가르며 몸이 허공으로 떠올랐다. 다시 땅으로 추락하고 있다는 걸 알게 되었을 때는 이미 빛이 사라지고 난 후였다. 의식이 깊은 어둠 속으로 가라앉고 있었다. 세상은 여전히 시끄러웠다.

"아아아아악!"

"여기 영생 빌딩 앞인데 사람이 트럭에 치였어요. 구급차 좀 빨리 보내주세요."

비명을 질러대는 소리. 놀라서 웅성거리는 소리. 피가 쏟아져 나오는 소리. 이 세상이 그 피를 게걸스럽게 마셔대는 소리. 하아……하아……. 어디선가 그 아이의 거친 숨소리도 들려오는 듯했다. 아니, 그것은 나의 숨소리였다. 내가 여기서 이러고 있으면 안 되는데. 그 아이를 내가…….

정체를 알 수 없는 소리들이 다가오고 있었다. 세상이 만들어내는 소리가 아니었다. 나는 세상의 소리를 놓지 않으려 애를 썼다. 그 소리를 놓아버리면 이 세상으로 다시는 돌아오지 못할 것만 같았다. 그런 나를 비웃듯 깊은 어둠이 물었다.

'이 세상으로 다시 돌아오고 싶어?'

'아니.'

내가 깊은 어둠에게 대답했다. 이상한 일이었다. 어둠은 깊어만 가는데, 눈부신 빛이 나를 점점 더 채우고 있었다.

죽음은 삶에게 주는 선물이다.
– 셸리 케이건

영생 빌딩 안

"아······!"

그녀의 입에서 비명이 터져 나왔다. 심장이 갈비뼈를 뚫고 나올 듯 거세게 뛰고 있었다. 끔찍한 꿈이었다. 온몸이 산산조각 나고 검붉은 피가 쏟아져 내려 땅을 물들였다. 영혼이 육체에서 완전히 분리되는 것 같은 충격이 너무나 생생해서 정말로 죽은 건지 의심이 들 정도였다. 얼마나 오랫동안 잠들어 있던 거지?

퇴근길에 비가 쏟아져서 다시 사무실로 돌아왔던 것이 어슴푸레 떠올랐다. 책상에 엎드려 비가 멎기를 기다리다가 깜빡 잠이 들었던 모양이다. 그녀는 손을 더듬어 책상 스탠드 스위치를 켰다. LED 전구의 아련한 빛이 어둠 안에 고독한 섬을 만들어냈다. 학원 사무실에는 그녀뿐이었다.

아직도 비가 오는지 보려고 고개를 창문 쪽으로 돌렸을 때 번쩍 하얗다 못해 푸르른 섬광이 어둠을 뚫고 지나갔다. 곧이어 세상이 무너지는 듯한 거대한 빗소리가 주변을 가득 메웠다. 이렇게 많은 물을 쏟아내다가는 하늘이 조만간 탈진해버릴 것 같았다. 그녀는 비가 그칠 때까지 조금 더 이곳에서 기다리기로 하고 라디오를 틀었다.

> 카테고리 5의 아케론이 북상하고 있습니다. 현재 서울에는 태풍주의보가 내려진 가운데 초저녁부터 돌풍을 동반한 강한 비가 내리고 있습니다. 특히 국지성 집중호우로 인해 장두강을 가로지르는 다리 세 개가 물에 잠겨 그 일대가 고립되어 있는 상태입니다. 고립되신 분들은 지대가 높은 곳으로 대피하시거나 휴대전화를 이용해 119에 신고해주시기 바랍니다.

라디오에서 태풍경보가 흘러나왔다. 장두강이면 이 근처였다. 건물의 반지하 창고에 살고 있는 아기 고양이 솔이 걱정되었다. 태어난 지 몇 주가 채 되지 않은 것 같은데 어미 고양이가 보이지 않았다. 사람들 몰래 사료를 주며 며칠째 돌보고 있는 중이었다.

반지하 창고는 비가 오면 종종 침수되곤 해서 지금은 아무도 찾지 않는다. 덕분에 그녀에게는 소중한 비밀 아지트가 생겼다.

오래되고 낡은 이 영생 빌딩에서 그녀가 가장 좋아하는 곳이었다. 늦은 오후 서쪽으로 난 조그만 창문으로 햇살이 쏟아지면, 그 빛이 그리는 기다란 선을 따라 먼지의 입자들이 민들레 홀씨같이 춤을 추었다. 되바라지고 극성맞은 학원 아이들에게 시달리다가 그곳을 찾으면, 그녀가 가져다 놓은 화분 몇 개와 어미 잃은 아기 고양이가 고요히 그녀를 맞아주었다.

아무래도 솔을 데리고 와야 할 것 같았다. 그녀가 창고의 열쇠를 챙겨서 사무실을 나서려고 할 때였다. 핵폭탄이라도 터진 듯 온 하늘이 하얗게 갈라지더니 연속으로 천둥이 치기 시작했다. 굉음으로 건물 전체가 흔들리고 그 파동이 그녀를 꿰뚫고 지나가던 순간, 눈앞이 암흑으로 변했다.

정전은 종종 있는 일이지만, 오늘은 이상하리만치 짙은 어둠이 시공간을 녹여버려 이곳에 영영 갇힌 듯한 생경한 기분이 들었다. 그녀는 시야가 조금씩 어둠에 적응하기를 기다렸다가 천천히 창고 쪽으로 걸어갔다. 창고는 복도 끝에 있는 계단을 반 층만 내려가면 있었다. 하루에도 몇 번이나 드나들던 곳이다.

한참을 걸었는데도 아직 복도의 중간쯤인 것만 같았다. 어둡고 깊은 터널을 끝없이 터벅터벅 걸어가는 느낌이었다. 열쇠로 창고 문을 여니 반지하 특유의 서늘한 습기가 그녀의 몸에 들러붙었다. 문 고정 받침대로 문을 반쯤 열어놓은 채 그녀는 창고로 들어갔다.

"솔아, 어딨어?"

여러 번 불러보았지만, 솔은 끝내 모습을 드러내지 않았다. 어쩌면 위험을 미리 감지하고 안전한 곳으로 피했을 수도 있다. 그때 어둠 속에서 두 개의 빛이 반짝였다. 아기 고양이의 눈빛이라고 하기에는 그것의 몸집이 컸다. 사람이다!

"누구…… 있어요?"

그 눈빛이 그녀를 주시하며 희번덕거렸다. 악의였다. 온몸에 소름이 돋았다. 그녀는 정체를 알 수 없는 사람이 자신을 죽이려고 한다는 것을 직감했다. 번쩍, 다시 한번 번개가 공간을 덮쳤다. 어둠 속의 사람이 두 손으로 힘껏 그녀를 밀치고 문 쪽으로 달려가고 있었다. 번개가 내뿜는 찰나의 빛으로는 누구인지 파악하기 어려웠다. 검은 후드티를 입고 있다는 것 정도만 간신히 알 수 있을 뿐.

콰르르릉 쾅! 굉꽝한 천둥에 건물이 미친 듯이 흔들리더니, 유리창이 순식간에 와장창 깨져버렸다.

"아아아!"

그녀는 몸을 웅크리며 두 손으로 머리를 감쌌다. 파편이 연약한 살갗을 파고들었다. 하지만 더 고약한 일이 기다리고 있었다. 어느새 창고 밖으로 나간 괴한이 문틈으로 그녀를 바라보고 있었다. 그의 입꼬리가 잔인한 곡선을 그리며 씩 올라갔다. 문을 닫으면 그녀가 죽게 되리라는 것을 이미 알고 있는 눈치였다.

"잠깐! 문 닫지 말아요. 밖에서 잠……."

탁 하고 밖에서 문이 잠기는 소리가 났다. 사람들이 창고에 갇히는 사고가 빈번해 몇 번이나 건물주에게 문을 고쳐달라고 요청했지만, 구두쇠 건물주는 1천 원짜리 문 고정 받침대를 몇 개 사주는 것으로 입을 씻어버렸다. 그래서 사람들이 이곳을 꺼렸던 것도 사실이다. 그녀는 문을 두드리며 열어달라고 사정했지만 아무 소용없었다.

이 밤의 불운은 여기서 끝나지 않았다. 깨진 유리창 사이로 빗물이 쏟아져 들어왔다. 무서운 기세로 빗물이 순식간에 그녀의 무릎까지 올라왔다. 아무리 집중호우라도 이렇게 갑자기 수위가 높아지는 것이 이해되지 않았다. 하지만 그런 걸 생각할 겨를이 없었다. 창고 안에 물이 점점 더 차오르고 있었다. 눈 깜짝할 사이에 빗물이 그녀의 허리까지 밀려들었다. 무의식적으로 손잡이를 돌려보았지만 문은 단단히 잠겨 있었다.

그녀는 문을 열려는 시도를 멈추었다. 물이 몸을 감싸 오를수록 이상하게도 마음이 편안해졌다. 사람들은 절망의 진정한 끝이 안온함이라는 것을 알고 있을까. 물이 가슴까지 차올랐다. 빗물에서 강렬한 금속 향이 배어 나왔다. 유리 조각이 박힌 상처에서 흘러나온 피가 빗물과 섞여가는 모양이었다. 이내 그녀 주위의 빗물이 연한 장밋빛으로 물들었다. 턱밑까지 차올랐던 물이 코로 들어갈 지경에 이르렀을 때 그녀 안의 목소리가 속삭였다.

'차라리 숨을 안 쉬는 게 낫지 않아? 설마 더 살고 싶은 거야?'

그래. 이렇게 끝내는 것도 나쁘지 않을 거야. 고단하고도 고독한 생이었다. 그녀는 몸을 동그랗게 만들어 물 안으로 들어갔다. 오히려 물속이 따뜻했다. 몸 안에 남아 있던 마지막 숨이 허무한 거품이 되어 사라졌다. 몸을 동그랗게 만들 힘도 거품과 함께 빠져나갔다. 죽음도, 죽음 이후의 삶도 차라리 이 빗물에 용해되면 좋겠어. 흔적 없이 사라질 수 있게…….

"윤슬아!"

검은 물속으로 한줄기 희미한 빛이 가느다란 선을 그었다. 윤슬. 참 오랜만에 듣는 이름이었다. 그녀가 그 이름으로 기억되던 시절은 그나마 빛을 내고 살던 시간들이었다. 지금은 이렇게 빛을 잃어가고 있는데 아니, 이미 빛을 잃은 지 오래되었는데 대체 누가 아직도 그 이름으로 부르는 걸까. 이제 그 이름을 기억해주는 사람은 거의 없을 텐데.

"이윤슬!"

이번에는 조금 더 가까운 데서 들려왔다. 낯선 목소리였다. 다른 소리들은 모두 아득했지만, 자신의 이름을 불러주는 그 사람의 절박함은 너무나 생생했다. 물 안에 있는데도 그녀의 눈에서 뜨거운 눈물이 흘러내렸다. 깊은 암흑 속에서 한줄기 빛이 어둠을 서서히 부서트리기 시작했다. 빛의 줄기 주위로 한 남자의 실루엣이 점점 선명해져갔다. 생전 처음 보는 남자였다. 그 남자가 빛을 가지고 그녀에게 오고 있었다.

11월 3일, 07:20 PM, 효성 대학병원 응급실

다급한 발소리. 바퀴 달린 응급실 침대가 굴러가는 소리.

"40대 교통사고 환자입니다. 현장 도착 당시 의식이 없었습니다. 동공 반응도 없고요. 혈압 73-41, 맥박 119입니다. 혈압이 자꾸 떨어지고 있는데요?"

"출혈이 왜 이렇게 심해?"

삐이이이이!

"선생님, 어레스트입니다!"

"에피네프린 주사해! 제세동기 준비됐나?"

"준비됐습니다."

"모두 나와! 150줄 차지."

위이이잉.

"클리어. 하나, 둘, 셋, 슛! 200줄 차지."

위이이잉.

"클리어. 하나, 둘, 셋, 슛!"

삐, 삐, 삐, 삐, 삐……

살아 있는 자들의 세상은 역겨울 정도로 소란스러웠다. 나의 세상은 갈수록 고요해진다. 아니, 그게 아니었다. 내가 스스로 고요한 지점을 찾아 더 깊이 들어가고 있는 것일 뿐.

우리가 깨어 있는 동안은 빛이 우리와 함께하지만,
잠이 들면 어둠 속으로 들어가듯이,
삶이 끝나면 죽음이 시작된다.
– 헤라클레이토스

영생 빌딩 안

윤슬이 눈을 떴다. 어스름한 빛들이 공간을 낮게 감싸고 있었다. 비상등의 침침한 불빛이었다. 온몸이 덜덜 떨릴 정도로 추웠다. 몸을 일으켜 앉으니 윤슬을 덮고 있던 블랭킷이 스르르 흘러내렸다. 상의가 벗겨져 있었다. 당황스러웠던 그녀는 서둘러 블랭킷을 끌어올려 몸을 가리고 주위를 살펴보았다. 시야가 서서히 어둠에 적응되자 눈에 익은 책상과 의자, 테이블이 윤곽을 드러냈다. 학원 원장실이었다.

그제야 기억이 돌아왔다. 솔을 찾으러 반지하 창고에 갔던 일. 어둠 속에서 그녀를 바라보던 붉은 눈빛. 검은 후드티를 입고 있던 사람이 자신을 창고에 가둔 일. 천둥 때문에 창문이 깨졌던 일. 그리고 깨진 창문 사이로 밀려든 빗물로 순식간에 창고가 범람한 일. 이젠 끝, 죽음이라고 생각했던 일.

"정신이 들어?"

그림자같이 고즈넉한 음성이 가까이로 다가오자 윤슬이 날 선 목소리로 외쳤다.

"가까이 오지 마!"

남자가 어이없다는 듯 말했다.

"빠져 죽게 놔둘 걸 그랬나?"

창고에서 그녀를 죽이려 했던 그 검은 후드티의 사람은 아닌 것 같았다. 죽이려 했다면 굳이 다시 돌아와 물속에서 구해내지도 않았을 것이다. 그는 가까이 오지 말라는 경고를 완전히 무시하고 성큼 다가왔다. 그에게서 새벽 미명의 산안개 같은 날것의 향이 느껴졌다. 깊고 짙었지만 빛이 새어드는 순간 쉬이 사라질 허무함 같은 것이었다. 남자는 뜨거운 김이 나고 있는 머그잔을 그녀 앞에 퉁명스럽게 내려놓았다.

"마셔."

아직 손이 덜덜 떨리고 있어 윤슬은 잔을 제대로 들 수가 없었다. 그가 손으로 컵의 밑쪽을 가만히 받쳐주며 말했다.

"뜨거우니까 조심해."

천천히 한 모금. 쌉쌀한 녹차 향이 입안에 퍼지면서 몸에 온기가 스며들었다. 물을 아주 조금 넣어 거의 텁텁할 정도로 진하게 우려냈다. 그녀가 평소 녹차를 마시는 방식이었다. 두 모금. 그제야 녹차가 만들어내는 수증기 너머로 남자의 모습이 눈에 들어왔다. 그의 속눈썹에 맺혀 있던 물방울이 눈물처럼 툭 떨어졌다. 너무나 새까매서 오히려 맑아 보이는 눈동자였다. 턱 근육이 도드라질 정도로 꼭 다문 두 입술 때문에 몹시 강인한 사람처럼 보였지만, 어쩌면 나약한 모습을 숨기기 위해 애쓰고 있는 것일지도 몰랐다.

남자는 키가 크고 단단한 체격이었다. 피트니스 클럽 퍼스널 트레이너에게 비싼 돈을 들여가며 만든 세련된 근육이 아니라, 생존하기 위해 어쩔 수 없이 만들어진 거칠고 필사적인 근육이 붙은 몸이었다. 빛과 어둠, 선과 악, 강함과 약함. 함께 존재할 수 없는 것들이 위태롭고 치열하게 공존하고 있는 느낌의 사내였다. 남자가 상의를 벗고 있다는 것을 인지한 윤슬은 자신도 모르게 블랭킷을 목 위까지 올렸다. 그녀의 행동에 그가 가소롭다는 듯 말했다.

"오해하지 마. 저체온증 때문에 그랬던 거니까."

또 기억이 돌아왔다. 물속에 빠져 있던 그녀를 거세게 잡아끌던 강인한 팔. 그녀의 입술에 닿았던, 믿기 어려울 만큼 부드러운 입술. 폐에 깊숙이 차오르던 그의 뜨거운 숨. 그녀의 젖은 옷을 벗기고 차갑게 얼어버린 몸을 아우르던 체온. 윤슬의 얼굴이 순식간에 붉어졌다.

"뒤돌아봐. 아까 상처가 난 것 같았어."

"내가 할게요."

남자는 윤슬의 말을 무시한 채 어깨를 붙잡아 돌려 앉히고는 목 위쪽까지 덮고 있던 블랭킷을 치워버렸다. 그녀의 가녀린 어깨가 수줍게 자태를 드러냈다. 말은 거칠게 했지만 상처 부위를 치료하는 그의 손놀림은 극도로 조심스러웠다.

"으으흐……."

윤슬은 통증을 잘 견디는 편인데도 상처 부위를 불로 지지는 것 같은 고통에 신음이 입술 사이로 새어 나가는 것을 도무지 막을 수 없었다.

"미안해."

남자가 이유를 알 수 없는 사과를 했고, 윤슬은 이유를 알 수 없이 울컥해졌다. 간단한 치료가 끝나자 그가 말했다.

"입을 옷이 있나 찾아보고 올게."

곁에 앉아 있던 남자가 일어서자, 비릿한 쇠 냄새가 훅 밀려들었다. 동시에 그의 왼쪽 옆구리 뒤쪽에서 검붉은 피가 흘러내리고 있는 것이 윤슬의 시선을 사로잡았다. 윤슬은 엉거주춤 일어나서 그의 팔을 붙잡으며 말했다.

"저기요. 그쪽도 피 나요. 많이."

"신경 쓸 거 없어. 내가 할 수 있……."

남자의 말이 끝나기도 전에 윤슬은 구급상자를 자기 쪽으로 가져왔다. 솜에 알코올을 묻혀서 상처 부위에 갖다 대니 남자가 숨을 고르며 고개를 옆으로 돌렸다. 온몸이 딱딱하게 경직된 것

으로 보아 몹시 고통스러운 모양이었다. 환부를 소독하던 윤슬
이 잠시 멈칫거렸다. 피를 닦아내자 그의 등에 새겨진 무수한 상
처들이 모습을 드러냈다. 심한 채찍질을 당하기라도 한 듯한 흉
측한 선들은 제각각 나이가 다른 상처였다. 시간이 오래 지나 이
제는 흐릿해진 상처와, 생긴 지 얼마 안 되어서 여전히 핏빛이 생
생한 상처가 서로 얽혀 있었다.

"적당히 해."

자신의 상처를 보고 있다는 걸 알아차린 남자가 목소리에 날
을 세웠다. 그는 윤슬을 보지도 않고, 성큼성큼 희미한 어둠 속으
로 들어갔다.

남자가 떠나고 윤슬 혼자 남자, 어둠이 큰 입을 벌려 사무실
전체를 집어 삼키고 있는 것 같았다. 아무리 생각해봐도 이상한
일들의 연속이었다. 집중호우가 쏟아졌다고 해도 그렇게 짧은 시간
에 지하실이 침수될 수 있을까? 검은 후드티를 입고 있던 사람은 누
구였을까? 그리고…… 저 남자는 대체 누구지?

어둠 속에서 다시 모습을 드러낸 남자가 티셔츠와 카디건을 건
네주었다. 사물함 속에 넣어둔 윤슬의 옷이었다. 그 많고 많은 사
물함 중에 우연히 그녀의 것을 열어 이 옷을 찾아 온 것이다.

"이 지역에 비상 대피령이 내려진 거 모르고 있었어? 왜 이 건
물에 혼자 남아 있던 거야?"

윤슬은 왠지 남자가 자신을 나무라는 것처럼 느껴졌다.

"비가 너무 쏟아져서……."

"겁도 없군. 이 건물은 지대가 낮은 곳에 있어. 장두강이 범람하면 여기도 안전하지 않다고."

"119를 부르면 안 될까요?"

"지금은 돌풍 때문에 헬리콥터가 뜰 수 없다고 했어."

이 공간에 고립되었다. 정체불명의 남자와 함께. 그리고 그 검은 후드티의 사람.

"그럼 어떻게 해야 하나요?"

"우리가 할 수 있는 건 아무것도 없어. 빗물이 들어올 수 있는 출구를 최대한 차단하는 정도."

남자의 목소리에 긴장감이 감돌았다.

11월 3일, 07:51 PM, 효성 대학병원 7번 수술방

"이수진 환자, 혈당이 너무 낮아서 쇼크가 올 수도 있겠는데요?
포도당 수액 투여하겠습니다."

삶이 소중한 이유는
언젠가 끝나기 때문이다.
- 프란츠 카프카

영생 빌딩 안

몇 시간이나 지났을까. 윤슬은 시간의 흐름을 가늠할 수 없었다. 건물은 여전히 어둠으로 둘러싸이고, 빗소리가 다른 모든 소리를 흡수하고 있었다. 남자를 도와 뒷문을 모래주머니로 막고, 창문 유리가 흔들리지 않도록 창틀을 테이프로 단단하게 고정했다. 작업을 다 끝내고 다시 학원 사무실로 돌아오니 꼬르륵 윤슬의 배가 천둥보다도 큰 소리를 만들어댔다. 다행히도 남자는 못 들은 척해주었다. 태연하게 지나치려 했지만 비어 있는 위가 주인을 원망하듯 다시 거세게 수축했다. 머쓱한 표정을 짓고 있는 윤슬을 흘끔 바라보더니 남자가 출입문 쪽으로 걸어갔다.

"어디 가는데요?"

아무 대답도 없이 남자가 윤슬을 데리고 간 곳은 1층에 있는 학원 휴게실이었다. 이미 침수가 시작되어 무릎까지 물이 들어와 있었다. 윤슬이 물살에 다리가 휘청거리며 넘어지려고 하니 남자가 무심하게 팔을 붙잡아주었다. 남자의 손이 팔에 닿자 윤슬은 자신도 모르게 몸을 파르르 떨었다. 그가 머쓱해진 손을 떼어냈다. 그의 눈빛에 황망함이 스치고 지나가는 것 같았지만, 곧 아무렇지도 않은 듯 휴게실에 있던 소화기로 배점의 자물쇠 머리를 내리쳤다.

"지금 뭐 하는 거죠?"

"서랍에 수표 몇 장 넣어둘 테니까, 혹시 모자라면 나중에 더 준다고 해."

남자는 계산대 서랍을 열고 10만 원짜리 수표를 두둑하게 넣었다. 그 정도면 음식 값과 자물쇠 수리 비용으로 충분할 것이다. 그가 윤슬에게 더플백을 안겨주며 말했다.

"내가 무거운 것 위주로 챙길 테니까 초콜릿하고 빵 같은 것 좀 담아봐. 생각보다 여기 오래 있어야 할 수도 있으니."

일단은 뭐라도 먹어야 했다. 위산이 위의 거죽을 다 녹여버리기 일보 직전이었다. 두 사람은 학원 탕비실에서 우연히 발견한 휴대용 버너에 물을 끓여 면발이 다 익기도 전에 컵라면을 먹어 치우고, 핫바와 초콜릿까지 남김없이 위장 속으로 밀어 넣었다.

속이 든든해지니 그제야 뇌가 움직였다. 우선 이 남자가 누구인지부터 알아야 했다. 분명히 처음 보는 얼굴인데, 평생 주변을 맴돈 사람같이 친숙한 느낌이 들었다.

"저기 그런데, 우리가 혹시 아는 사이인가요?"

남자가 도무지 무슨 생각을 하고 있는지 알 수 없는 표정으로 윤슬을 바라보았다.

"아까 반지하 창고에서 제 이름을 부른 것 같아서요."

그것도 이제는 모두에게 잊힌 이름 '이윤슬'을.

"나를 모른다니 섭섭한데."

한참을 침묵하던 그의 입에서 의외의 대답이 튀어나왔다. 순간 그녀를 압도하는 감정은 불쾌함이었다. 바로 뒤를 이어 두려움이 밀려들었다.

"당신 뭐야?"

두려움을 숨기고 싶었지만 윤슬의 목소리는 이미 떨리고 있었다. 도망가야 할까 고민하던 차에 그의 건조하게 말했다.

"도망가려 해봤자 소용없을 거야. 밖으로 나가는 문을 다 모래주머니로 막아놨으니. 지금은 나와 함께 움직이는 게 여러모로 나을 거고."

마치 그녀의 뇌를 들여다보고 있기라도 한 것 같았다. 그의 입에서 나오는 모든 말은 반박할 여지가 없었다. 그녀가 흔들리고 있다는 것을 알아차리기라도 한 듯 남자가 쐐기를 박았다.

"내가 변태 스토커였다면 조금 전 의식이 없을 때 할 수 있는 못된 짓은 다 했을 거야. 괜한 짓 하느라 힘 빼지 마."

투박하고 거칠어서 오히려 진심같이 느껴지는 이상한 말투였다. 어쨌든 이 남자 덕분에 윤슬이 지금도 이렇게 살아 있는 건 엄연한 사실이었다.

"여기서 나랑 같이 있어. 비가 그칠 때까지."

이 미친 폭풍 속에 너무 오래 있은 탓인지, 윤슬은 자신도 미쳐가는 듯했다. 같이 있자는 그의 말이 일종의 구애처럼 들렸다. 윤슬은 몸의 긴장을 풀고 등을 벽 쪽에 기대며 앉았다. 그의 말대로 자신이 할 수 있는 것은 하나도 없었다. 이 비가 그치기만을 기다리는 수밖에.

"비가 그칠 때까지만이에요. 비는 질색이니까."

"비를 왜 싫어하는 거지?"

소파에 누워서 고단한 듯 오른손을 눈 위로 갖다 대며 남자가 물었다.

"엄마가 한 번도 우산을 가져오지 않아서."

"어이없군."

그가 한심하다는 듯 코웃음을 쳤다.

"환자 이름은 이수진입니다. 이 근처 과학 학원 교사이고요. 어머니 이희상 씨가 유일한 가족인데 연락해보니 의료진이 대신 전화를 받았어요. 지금 중증 치매로 요양원에 장기 입원 중이랍니다. 일단 의료진에게 수술 동의서를 받긴 했습니다."

"김 간호사, 수술방 연락해서 동의서 받았다고 해."

"네, 알겠습니다."

수간호사가 물었다.

"그런데 어머님 성함이 이희상이라고?"

"네, 아는 분이세요?"

"내가 예전에 좋아하던 시인 이름이 이희상이었거든. 흔한 이름이 아닌데."

수간호사는 당직을 마치고 집에 가면 이희상 시인이 쓴 시집을 꼭 다시 한번 읽어봐야겠다고 생각했다. 사라져가는 순간의 아름다움을 노래하던 시인이었다. 사라져가서 아름다운 거라고. 아름다워서 슬픈 거라고. 그래서 놓아줘야 한다고.

"그분이라면 평생 독신으로 지낸 걸로 아는데, 딸이 있었나."

죽음은 삶의 영원한 부분이며,
우리는 그것을 준비해야 한다.
- 레프 톨스토이

2.

영생 빌딩 안

"엄마는 시인이었어요."

엄마는 소수의 마니아 독자 팬들을 거느리고 있는 시인이자, 지방대학 영문과 교수였다. 엄마로 하여금 시를 쓰게 하는 유일한 원동력은 쾌락이었다. 제자들에게도 무조건 쾌락을 좇아야 독창적이고 감각적인 시를 쓸 수 있다고 말도 안 되는 조언을 해 댔다.

하찮은 변명이었다. 엄마는 자신의 행동을 글에 대한 남다른 심미안을 가진 예술인의 광기로 그럴듯하게 포장하려고 했지만, 사실은 그저 나약한 인간일 뿐이었다. 맨 정신으로 이 세상을 마주할 뻔뻔스러움이 없어 차라리 알코올중독자가 되었다고 했다. 맨 정신으로 대면하기에 이 세상은 너무 처참하고, 보잘것없고, 구질구질하다고. 엄마는 어쩌면 너무나 잘 알고 있었을 것이다. 가장 처참하고, 보잘것없고, 구질구질한 것은 바로 자기 자신이라는 걸.

"초등학교 4학년 때였나? 비에 젖은 채 집으로 들어가니 엄마가 말했죠. 역시 비에 쫄딱 젖어 있는 인간은 추하다고. 비 좀 맞은 걸로 소란 떨지 말라고."

남자의 눈빛이 짧게 흔들렸다가 다시 무심해졌다.

"사실 엄마 말이 틀린 건 없어요. 비 몇 번 맞는다고 무슨 일이 일어나지는 않으니까."

엄마가 글을 쓰고 있었다면 아니, 낮술을 마시고 만취해서 낮잠을 자고 있었더라도 윤슬은 엄마를 이해했을 것이다. 이해하려고 노력했을 것이다. 윤슬은 그 어린 나이에도 자신에게 닥친 모든 불운을 이해해야 했다. 그래야 미치지 않고 제정신으로 살아갈 수 있었다.

"엄마는 혼자서 술을 마시고 있었어요."

시종일관 냉소적이었던 남자의 눈빛이 순간 깊이를 가늠할 수 없을 정도로 깊어졌다. 그가 눈빛보다 더 깊은 목소리로 물었다.

"비를 맞고 집으로 돌아간 것도, 어머니가 혼자 술을 마시고 있던 것도 그날뿐만이 아니었을 텐데?"

윤슬은 치부를 들켜버린 것 같았다. 경계심 가득한 목소리로 그에게 물었다.

"당신이 그걸 어떻게 알죠?"

그가 윤슬의 시선을 피하며 답했다.

"사랑하던 사람이 일종의 중독자였다고 해두지."

1990년 가을

윤슬이 초등학교 4학년 때였다. 거센 비가 쏟아지는 오후였다. 학교가 파하고 모두들 정문 현관에서 엄마를 기다리고 있었다. 색색의 우산을 들고 엄마들이 모습을 드러내기 시작했고, 그중에는 친구 지은의 엄마도 있었다. 그 애 엄마는 빗방울이 염산이라도 되는 줄 아는 것 같았다. 자기 딸에게 비가 한 방울이라도 떨어질세라 호들갑을 떨어댔다. 지은이 윤슬에게 물었다.

"윤슬아, 엄마 아직 안 오셨어?"

엄마는 한 번도 우산을 가져다준 적이 없었다. 학교에 모습을 드러낸 적 자체가 없었다. 나는 왜 거기 서서 기다렸을까. 어쩌면 오늘은 엄마가 와주지 않을까 해서? 애들이 다 갈 때까지 기다리면, 비 맞고 혼자 집에 가는 것을 들키지 않을 것 같아서?

"얘가 윤슬이구나. 그 사생아라던."

"엄마, 사생아가 뭐야?"

"그런 게 있어."

친구 엄마는 마치 윤슬에게 치명적인 병균이라도 묻어 있는 듯, 자기 딸을 팔로 싸매고 부랴부랴 떠나버렸다. 비 오는 학교 현관에 남은 것은 아직 엄마를 기다리고 있던 아이들 열 명 남짓, 사생아 한 명, 그리고 아이들의 소곤거림이었다.

"쟤 사생아래, 사생아."

"사생아가 뭔데?"

"왜 있잖아, 그……."

아무리 작은 소리로 소곤거려도 들렸다. 일부러 윤슬에게 딱 들릴 만큼의 데시벨로 소곤거리는 것 같기도 했다. 윤슬은 비가 쏟아지는 학교 운동장으로 무작정 달려 나갔다. 차마 사생아의 뜻까지 듣고 있을 수는 없었다. 처음 들어보는 단어였지만 무슨 뜻인지 바로 알 수 있었다. 아빠가 없는 아이. 축복받지 못하는 아이. 태어나지 않았어야 할 아이. 나를 묘사하는 데 사생아보다 더 적합한 단어기 또 있을까?

윤슬이 언제 터질지 모르는 시한폭탄 같은 마음을 가지고 가까스로 집에 돌아왔는데, 술에 취한 엄마는 젖어 있는 딸을 보고 깔깔거리며 귀찮게 굴지 말라고 했다. 그 순간 뇌관이 터져버렸다.

"친구들이 나보고 사생아래. 그게 뭐야?"

단어의 뜻이 궁금해서 물은 것은 당연히 아니었다. 윤슬은 엄마의 입에서 '그런 말을 듣게 해서 너에게 정말 미안하다'는 말이 나오는지 보고 싶었다. 하지만 엄마는 오히려 더 빳빳하게 고개를 들고 경멸의 시선으로 윤슬을 바라보며 말했다.

"얘, 너는 엄마가 명색이 시인인데 사생아의 뜻도 모르니? 사생아는 나같이 음탕한 여자에게서 태어난 너같이 재수 없는 애를 말하는 거야. 이제 알겠니?"

엄마가 드디어 미쳤구나. 그런 말을 4학년짜리 딸한테 아무렇지도 않게 하는 엄마가 이 세상에 과연 또 있을까. 윤슬은 무슨 말이라도 해야 했다. 엄마에게 상처를 주고 싶었다.

"엄마가 이렇게 형편없으니까 아빠가 엄마를 버렸지!"

하지만 엄마는 얼굴빛 하나 변하지 않고 여전히 차분하고 고상한 목소리로 말했다.

"한 번 만나본 적도 없으면서 아빠라는 말이 참 쉽게도 나오는구나. 그 사람이 나를 버린 이유는 하나야. 그게 뭔지 알아?"

엄마의 시선이 수만 개의 바늘이 되어 윤슬에게 꽂혔다.

"바로 너 때문에."

윤슬은 자신의 귀를 의심했다. 대체 지금 엄마가 뭐라고 한 거지? 윤슬의 청각에는 전혀 문제가 없다는 것을 확인시켜주듯 엄마가 다시 또박또박 말했다.

"네가 태어나지 않았다면 지금 이 순간에도 나는 그 사람과 함께였을 거야. 그러니까 앞으로 사생아니 뭐니, 누가 누구를 버렸느니 그런 말은 입에 담지도 마."

엄마는 평소보다 더 꼿꼿한 자세로 위스키가 담긴 디캔터를 들었다. 마지막 남은 알량한 자존심을 지키겠다는 듯 휘청거리지 않으려 애쓰고 있었다. 하지만 작업실로 향하는 엄마의 걸음이 자꾸 흘러내렸다. 윤슬은 작업실 문이 매정하게 닫히고 나서야 자각했다. 엄마가 흘러내리는 것이 아니었다. 자신의 눈에서 눈물이 흘러내리고 있었다.

영생 빌딩 안

"뭐? 정말 그렇게 말한 거야? 당신이 태어나서 그 사람이 떠난 거라고?"

남자는 아주 낮은 목소리로 문장 끝에 "미친년이군"이라고 덧붙였다. 윤슬에게 들리지 않으리라 생각한 모양이었지만, 그 말의 음파는 이미 외이도를 타고 고막에 부딪쳐 수많은 진동을 만들어내는 중이었다.

"그래도 남의 엄마에게 미친년은 너무 심하잖아요?"

자식 된 도리로 그에게 쏘아붙였지만, 윤슬은 막상 미친년이라는 말을 들으니 쾌감이 느껴지긴 했다. 자신의 욕정을 이기지 못해 자식을 이 세상에 내놓은 주제에, 어떻게 딸에게 그토록 매번 당당할 수 있었을까.

"이 세상에 태어나지 말았어야 할 운명은 없어. 태어났으면 어쨌든 간에 의미가 있는 거야."

아무렇게나 막 던지는 말 같은데 윤슬의 심장이 덜컥거리며 반응하고 있었다.

"당신, 어머니와 한 번도 싸워본 적 없지? 싸웠어야 했어. '이러려면 나를 왜 낳았어?' 같은 독한 말을 해봤어야 하는 거야."

그의 말이 맞다. 엄마와 싸웠어야 했다. 엄마가 지금처럼 식물 같은 사람이 되기 전에 '대체 나한테 해준 게 뭐냐고, 내 인생에게 사과하라고' 바락바락 악을 써봐야 했다. 멍하게 그를 바라보기만 하는 윤슬에게 남자가 멋쩍다는 듯 말했다.

"이봐, 농담이었다고."

"재밌었어요."

"하나도 안 웃던데?"

"이런 슬픈 가정사를 얘기하고 있는데, 설마 농담 같은 거 하실 분일까 싶어서."

윤슬의 비꼬는 대답을 듣고 나서야 그의 입가에도 쓰윽 짓궂은 미소가 걸쳐졌다.

"대들어봤자 뭔가 바뀔 것 같지도 않았지만, 엄마가 작업실로 들어가고 나서야 상황 파악이 된 거죠."

"……?"

"집이 엉망이 되어 있었어요. 술병이 아무렇게나 굴러다니고, 신문들은 갈기갈기 찢어져 있고. 찢어진 신문마다 한 사람의 기사가 실려 있었죠."

> 한국 대학교 법대 이재민 교수, 자유민주당 공천받아.
> 자유민주당 비례대표 후보 이재민—노블레스 오블리주를 실천하는 진정한 휴머니스트.
> 이재민 교수—대한민국 정치에 신선한 파란을 불러올까?

"신문에 나온 그 남자의 얼굴을 봤는데, 분명히 처음 보는 얼굴인데 거울을 보고 있는 것 같았어요."

흑백사진이지만 확연했다. 웃으면 눈매가 부드럽게 곡선을 만들고 왼쪽 빰에 보조개가 생긴다. 혐오스럽게도 윤슬과 닮아 있었다. 구역질 나는 얼굴. 침 뱉고 싶은 얼굴. 저 남자가 '나를 버린 내 아버지'라는 걸 눈으로만 보아도 알 수 있었다. 윤슬은 아버지라는 단어를 차마 입 밖으로 내지 못했다. 그 말을 내뱉었다간 인생이 또다시 통째로 부정당할 것만 같은 느낌이었다. 그것을 간파하기라도 한 듯 그가 대신 그 단어를 말해주었다.

"친아버지였군."

윤슬은 담담하게 말을 이었다.

"내 유년기는 그날 끝나버린 것 같아요."

"왜?"

"엄마를 이해하게 됐으니까."

남자가 물끄러미 윤슬을 바라보았다.

"어쩌면 두려웠던 걸까요? 엄마마저 나를 버리면 어떻게 하지 싶어서?"

그의 시선이 다시 깊어지고 있었다. 그 시선을 받아내는 것만으로도 윤슬이 기 가슴속에 뜨거운 것이 밀려왔다. 윤슬은 앞에 놓여 있던 차를 한 모금 마셨다. 그렇게 해서라도 끓어오르는 감정을 애써 누그러뜨려야 했다.

"아마, 어머니는 당신을 절대로 버리지 않았을 거야."

"그걸 어떻게 알죠?"

"어머니가 당신을 버리려고 마음먹었다면 애초에 윤슬이라는 이름을 지어주지도 않았을 거야. 나 같았으면 개똥이나 춘자 같은 이름을 아무렇게나 지어줬을 거라고."

윤슬. 햇빛이나 달빛에 비치어 반짝이는 잔물결을 뜻하는 순우리말이었다.

"교수님이 예전에 쓰신 글에서 읽은 적이 있어. 윤슬은 자기가 찾아낸 단어 중에서 가장 완전하게 아름다운 말이라고. 그런데 자기 딸 이름을 윤슬이라고 짓다니 양심이 좀 없으시군."

애써 밀어 내렸던 뜨거운 기운이 다시 윤슬의 눈가로 몰려들었다. 각막 안에서 수많은 기포들이 생성되었다가 부서지기를 반복하고 있었다.

"이봐, 설마 울려고 하는 거야?"

성의 없게 누워 있던 그가 당황하며 일어나 앉았다. 윤슬은 그가 허둥거리는 것을 보니 웃음이 나왔다가 다시 눈물이 나왔다. 그가 살며시 윤슬 앞으로 다가와 한쪽 무릎을 꿇었다. 그러고는 조심스럽게 그녀의 얼굴에 자신의 손을 갖다 대었다. 그의 손 위로 눈물이 한 방울 툭 떨어졌다.

"그만 울어. 개똥이라고는 안 부를게."

유치하기 짝이 없는 농담이었다. 눈물이 나오려는 길을 막고 있던 웃음이 피식 정다운 헛바람이 되어 공기를 떠돌았다.

2021년 가을

윤슬이 유학 생활을 정리하고 국경없는의사회의 연구원 자격으로 이곳저곳을 떠돌다가 한국에 돌아온 지 1년 남짓 되었을 때였다. 퇴근하고 집에 오니 빛을 잃은 집 한쪽 구석에 몸을 숨기고 있던 엄마가 식칼을 휘두르며 도무지 이해할 수 없는 말을 했다.

"너 누군데 우리 딸 옷을 입고 있는 거야? 네가 우리 딸을 죽이고 슬이 행세를 하고 있는 거지? 여기서 당장 나가!"

휙! 식칼이 허공을 가르자 윤슬의 오른쪽 관자놀이부터 왼쪽 손목까지 날카로운 불꽃이 튀었다. 곧이어 데인 듯 살갗이 뜨거워지면서 붉은 액체가 바닥으로 떨어졌다. 윤슬은 칼을 휘두르며 따라오는 엄마를 피해 창고 방으로 가서 문을 잠갔다. 심장이 튀어나올 듯 세차게 뛰었다.

윤슬은 가까스로 진정하고 상처를 살펴보았다. 관자놀이와 가슴은 가볍게 긁혔지만, 손목에서는 제법 피가 흘렀다. 방에 있던 손수건으로 일단 상처 부위를 감쌌다. 방바닥에 동그란 피의 늪이 점차 지형을 넓히고 있었다.

엄마가 보인 행동은 아무래도 카그라스 증후군인 듯했다. 정서적인 부분을 담당하는 편도체가 시각 정보를 감정으로 제대로 연결시키지 못해, 전혀 모르는 타인이 친밀한 사람으로 분장하고서 그 사람인 척한다고 확신하는 일종의 정신 질환이었다. 시각 정보에만 문제가 있을 뿐 청각은 상대방을 정상적으로 인식할 수 있다는 내용을 논문에서 읽은 적이 있었다. 카그라스 증후군에 걸린 환자가 병원에서 아버지를 보았을 때는 '이 사람은 내 아버지인 척을 하는 가짜다'라고 우기다가, 눈을 가리고 목소리를 들려주자 단번에 아버지인 것을 알았다는 것이다. 윤슬은 이 방법으로 엄마를 진정시켜보기로 했다.

"엄마……."

윤슬은 문밖에서 미친 듯이 손잡이를 돌려대고 있는 엄마를 불렀다.

"어? 너 집에 있었어?"

엄마의 목소리가 평소의 냉랭함을 되찾았다. 윤슬을 비로소 딸로 인식한 것이었다.

"응, 엄마. 무슨 일 있어?"

"너 그 이상한 여자 못 봤니? 걔가 글쎄 네 옷을 입고, 네 행세를 하고 있잖아. 걔 쫓아내야 돼. 안 그러면 걔가 너를 죽이려 들 거야. 슬아, 조심해. 죽으면 안 돼."

윤슬은 왜 죽으면 안 되냐고 묻고 싶었지만, 차마 물어볼 수 없었다. 잠시 후 현관문이 부서지는 소리가 들려왔다. 응급 구조대가 온 것 같았다. 엄마의 손에 쥐어져 있던 식칼이 떨어지는 소리가 나더니 히스테리컬한 비명이 이어졌다. 제법 크기가 커진 피의 늪을 보면서 윤슬은 정신을 잃었다.

영생 빌딩 안

"왜 내가 죽으면 안 되냐고 묻지 못한 거지?"

이 남자는 계속 이런 식이었다. 윤슬이 하고 싶었지만 할 수 없었던 말을 어떻게든 끌어낸다. 그럼 윤슬은 생전 처음 보는 남자의 질문에 어느새 또 성실하게 답을 해주는 것이다.

"엄마한테 '네가 내 노후를 책임져야 하니까' 같은 이기적인 대답을 들을 것 같아서."

남자의 입에서 싱거운 웃음이 튀어나왔다.

"왜냐고 묻지 않아야 더는 상처받지 않을 것 같았어요. 그래야지 계속 살아갈 수 있으니까."

"결국은 어머니에게 자신의 의미가 무엇인지 확인하고 싶은 거였군."

윤슬의 눈빛이 흔들리고 있었다. 윤슬은 애써 태연한 척 이야기를 이어나갔다.

"엄마는 그 일이 있고 2주 후에 알츠하이머 판정을 받았어요. 이미 해마 수축이 많이 진행된 상태여서 카그라스 증후군이 생긴 것 같다고."

"나도 어디서 읽은 적 있어. 카그라스 증후군에 걸린 어떤 남자의 사례 연구였는데, 그 사람은 부인이 다른 여자랑 바꿔치기 됐다고 믿는 미친놈이었지."

"자기 부인과 바람피우려던 그 환자 말하는 거죠? 심지어 '우리 와이프한테는 절대 비밀인데, 나는 와이프보다 너랑 자는 게 더 짜릿해'라고 말했다던, 간이 부은 남자."

그가 큰 소리로 웃었다. 무례하기 짝이 없는 그를 또 웃게 해주고 싶을 만큼 묘하게 중독성 있는 웃음소리였다.

"정상인들은 보통 딸을 보면 그 시각 정보가 뇌에 전달되고, 편도체가 딸과 연결되어 있는 애틋한 감정이나 추억을 끌어내거든요. 하지만 카그라스 증후군에 걸리면 딸을 봐도 그런 것들이 생기지 않게 돼요."

윤슬이 씁쓸한 미소를 지었다.

"정말 어이없는데, 이렇게 말하는 거예요. '너 우리 윤슬이 어떻게 했어? 걔 불쌍한 애야. 평생 외롭게 살았던 애라고. 내가 얼마나 후회를 하려고 걔를 그렇게 외롭게 만들었을까.' 그 말을 듣고 처음으로……."

먹먹함이 밀려와 윤슬은 차마 문장을 끝낼 수 없었다.

"제가 별 쓸데없는 말을 다 하네요. 사람이 죽을 때가 되면 아무 말이나 털어놓는다던데."

윤슬이 목숨보다도 더 사랑했던 승재에게조차 하지 못한 말들이었다. 그런데 이 남자한테는 거리낌 없이 털어놓고 있었다. 전혀 그녀답지 않은 행동이었다. 그가 담담한 목소리로 말했다.

"내 등의 상처를 봐서 그래."

윤슬은 당황스러움을 숨기지도 못한 채 물끄러미 그를 바라보았다. 등에 있던 수많은 상처들이 그의 깊은 눈동자 위로 겹쳐지고 있었다. 너덜너덜해져 있는 그의 등을 본 순간, 어쩌면 무의식적으로 이 사람은 자신보다 더 불행했던 사람이라고 생각했을지도 모르겠다. 그러니 자신의 치부를 알아도 손가락질하거나 동정하지 못할 거라고. 비열하고 이기적인 안도감이었다.

윤슬은 더 이상 그를 바라볼 수 없어 시선을 허공으로 돌렸다.

"아까 봤잖아. 내가 가장 사랑하던 사람에게 받은 상처들."

"당신을 그렇게나 아프게 한 인간은 그냥 떠나버려요."

윤슬의 말에 남자가 이유를 알 수 없는 원망의 시선으로 그녀를 바라보았다.

"나도 정말 그러고 싶은데 그럴 수가 없어."

"왜요!"

한참이나 아무 말이 없던 그가 나지막한 체념을 뱉어냈다.

"젠장, 아직 사랑하나?"

윤슬은 사랑이라는 감미로운 단어를 이토록 먹먹하게 발음하는 사람이 다 있구나 싶었다. 한동안 아무도 아무런 소리를 만들어내지 않았다. 공간이 고요해지자 비로소 서로의 숨소리가 들렸다. 서글픈 사랑을 하다가 지쳐버린 자들이 만들어내는 녹신해진 숨결이었다. 윤슬은 기분이 이상했다. 그 숨소리가 서글픔을 서서히 희석하고 있다는 생각이 들었다. 저 사람이 그저 저기에 있다는 것이 그녀에게 위로가 되어주었다.

11월 3일, 07:59 PM, 한빛 요양원

"이게 오늘 마지막 일정인가?"

김 보좌관이 이재민 의원의 옆으로 다가와 대답했다.

"네, 의원님. 죄송합니다. 앞의 일정이 많이 지연되는 바람에. 기자들이 대기 중이니 사진 몇 장 찍고 의료진들 격려해주시면 될 것 같습니다. 중증 치매 환자를 돌보는 요양원입니다."

요양원으로 들어가던 이 의원이 멈칫거렸다. 온몸의 피가 순식간에 끓어오르는 듯했다.

"왜 그러십니까?"

"아, 아무것도 아니야. 가지."

설마 그녀일 리가 없다. 잘못 봤을 것이다.

일정을 마치고 요양원을 나서려는데 김 보좌관이 귓속말로 이 의원에게 물었다.

"의원님, 혹시 저 환자 아시는 분입니까? 아까부터 저희를 따라다니는 것 같아서요."

그는 보좌관이 가리키는 곳으로 고개를 돌렸다. 감정이 벅차올라 숨을 쉴 수가 없었다. 역시, 희상이었다. 한때 심장을 불사르듯 사랑했던 여자. 이름을 떠올리기만 해도 심장이 거대한 파고를 만들던 바로 그 여자.

"드디어 나한테 와준 건가요?"

순식간에 이 의원 앞으로 달려온 희상이 울고 있는지 웃고 있는지 알 수 없는 표정으로 말했다. 여전히 아름다웠다. 그의 심장이 주체할 수 없이 뛰고 있었다. 하지만 대선이 코앞이었다. 지금까지 이루어온 모든 것을 여기서 무너지게 할 수는 없었다.

　"아시는 분이면 따로 자리를 마련할까요? 괜한 구설수에 오르실까봐 염려됩니다."

　"아니, 그럴 필요 없네. 모르는 여자야."

　은밀한 목소리로 묻는 김 보좌관을 뒤로하고 발길을 돌리려는데, 희상이 우악스럽게 그를 붙잡으며 말했다.

　"너무 불쌍한 아이예요. 평생 외롭게 살았어. 이게 다 당신 때문이야!"

　옆에 있던 보좌관과 의료진이 무력으로 그녀를 제압했다. 그녀는 입에 거품을 물며 발작 증세를 보였다. 이 의원은 차마 그 모습을 바라보고 있을 수 없었다.

　누가 희상을 이렇게 만들었을까. 우아하고, 고상하고, 시를 사랑하고, 아름다운 문장에 희열을 느끼고, 바닷물 위에서 흩어지는 빛들을 하염없이 바라보고, 그 빛들처럼 아름답게 사라지고 싶다고 말하던 여자였는데.

3.

11월 3일, 08:00 PM, KBC 신관 공개홀

강렬한 조명이 폭죽 같은 소리를 내며 하나씩 빛을 내기 시작했
다. 최근 몇 개월이 승재의 인생에서 가장 빛나는 시간이라 말할
만한 날들이었다면, 지금 이 순간 그의 빛은 절정의 순간을 지나
고 있는 것 같았다.

"교수님, 준비되셨습니까? 생방송 시작 2분 전입니다. 일반 시
청자들을 대상으로 하는 프로그램인 만큼, 최대한 쉽게 쉽게 가
주시면 감사하겠습니다."

"노력해보겠습니다."

"마지막으로 사회자에게 당부하고 싶으신 부분이 있으면 지금

말씀해주셔야 합니다."

"가족, 특히 아버지에 대해서 언급하지 않으면 좋겠습니다. 오늘은 연구 이야기에만 전념했으면 합니다."

담당 PD의 표정에 잠시 당혹감이 떠올랐지만, 그는 곧 승재를 안심시켰다.

"알겠습니다. 오늘은 아버님 이야기는 절대로 하지 말라고 다시 한번 전하겠습니다."

남남 PD는 인터컴으로 사회자에게 짧게 지시하고 다시 승재에게 말했다.

"교수님, 준비되셨으면 방송 시작하겠습니다."

무대 뒤에서 마지막 원고를 읽고 있던 승재가 고개를 끄덕였다. 현미경만 들여다보고 있기엔 지나치게 수려한 눈빛이었다.

"자, 스탠바이! 아나운서 멘트 큐."

"안녕하십니까. 〈명사의 강연〉 진행을 맡은 이자영입니다. 오늘은 인간이라면 누구나 두려워하고 피하고 싶은 것, 바로 죽음에 대해 이야기 나눠보도록 하겠습니다. 지금 나오실 이분 덕분에 요즘 전 세계적으로 죽음에 대한 패러다임이 바뀌고 있다고 해도 과언이 아닐 텐데요. 과학의 아카데미상 혹은 실리콘밸리의 노벨상으로 잘 알려져 있는 브레이크스루상, 브레이크스루는 한국말로 번역하면 돌파라는 뜻이죠. 이름처럼 여러 과학 분야에서 한계를 넘어선 연구자들에게 수여되는 상인데요. 한국 최초로 브레이크스루상을 수상하신 뇌과학자, 한국 대학교 이승재 교수님 모시고 뇌과학의 관점에서 바라보는 죽음에 대해 들어보도록 하겠습니다."

승재가 무대 위로 나가자 박수 소리가 더 커졌다. 승재는 풍랑이 일고 있는 바다에 온 것만 같았다.

"안녕하세요. 이승재입니다."

낮고도 깊은 그의 목소리가 마이크를 통해 공간으로 퍼져 나갔다.

"보통 세계적인 상을 받았다고 하면 어느 분야의 최고 권위자, 일단 머리가 하얗고 아무래도 약간은 나이가 지긋하신 분일 거라는 편견이 있기 마련인데요. 일단 교수님, 너무 젊고 핸섬하시네요. 배우라고 해도 믿을 것 같습니다."

"과찬의 말씀이십니다."

승재는 고개를 숙이며 과학자 특유의 소년 같은 미소를 지었다. 싱그러웠다. 확실히 이 남자에게는 출중한 외모 말고도 사람들의 이목을 끄는 뭔가가 있었다.

"브레이크스루 재단이 공개한 자료에 따르면 수상자들은 보통 20대에 박사 학위를 받은 후, 30대 중후반에 자신의 독창적인 연구 영역을 구축하고, 50대가 되어 수상의 계기가 되는 연구의 정점에 이른다고 하죠. 그 후로도 10년이 더 지난 60대 후반이 되어서야 수상의 영광을 누렸는데, 이승재 교수님은 40대 초반에 이런 큰 상을 받으셨어요."

"커리어가 정점에 올랐으니, 이제는 내리막길만 남은 게 아닌가 생각하긴 했습니다."

겸손함이 섞인 승재의 농담에 방청객들이 미소를 지었다.

"교수님의 연구에 대해서 자세히 설명해주실 수 있을까요?"

"2011년 애플의 창시자 스티브 잡스가 췌장암으로 세상을 떠났습니다. 죽기 직전에 그는 어딘가를 응시하며 마지막으로 이렇게 세 마디를 남겼다고 하지요."

승재는 숨죽인 방청객들을 바라보며 말을 이었다.

"Oh, wow. Oh, wow. Oh, wow."

"와, 정말인가요? 대체 스티브 잡스는 죽음의 문턱을 지나는 순간 무엇을 보았길래 그런 감탄사를 내뱉은 것일까요?"

"제가 하는 연구는 우리가 죽음의 문턱을 지나고 있는 바로 그 지점에서부터 시작합니다. 일단 죽음의 시작점이 무엇인지부터 설명을 해야 할 것 같은데요. 지금 이 자리에서 제가 갑자기 죽었다고 가정해보겠습니다. 여러분은 제가 죽었다는 것을 어떻게 알 수 있습니까?"

"교수님, 이거 생방송인데 지금 여기서 돌아가시면 진짜 큰일 납니다."

사회자가 싱거운 너스레를 떨었다.

"일반적으로 심장이 멈추면 죽었다고 생각할 것 같은데요."

"네, 보통은 그렇게 생각하시기 마련입니다. 사실 의학계에서는 '과연 어느 시점부터 죽음이라고 판단해야 할까?' 하는 문제에 대해 여전히 의견이 분분합니다. 의사들은 아직도 죽음이 무엇인지 명확하게 정의를 내리지 못하고 있다는 뜻이죠."

"오, 교수님. 불안한데요."

승재는 살짝 미소를 지으며 답했다.

"불안해하실 필요는 없습니다. 오히려 눈부시게 발전한 의학기술에 감사해야 할 겁니다."

"무슨 의미인가요?"

"40년 전에 의사들이 죽음이 무엇인지 지금보다 더 확실하게 이해했던 이유는 심정지가 곧 사망을 의미했기 때문입니다. 그때의 의학 기술로는 심장이 한번 멎으면 되살릴 수가 없었죠. 하지만 지난 40년간 의학이 눈부시게 발전하면서 심폐소생술과 제세동기가 등장했고, 심장이 정지해도 그것을 이용해 빠르게 처치하면 다시 소생이 가능하게 되었습니다. 간단하게 말씀드리면, 요즘은 죽었다가 살아나는 경험이 예전보다 월등히 많아졌습니다. 이렇게 의학적인 '사망' 후 죽음과 근접한 상태에서 일련의 일들을 겪는 것을 임사체험이라고 합니다. 전 세계적으로 병원에서 심폐소생술을 받고 살아난 사람들의 10-20퍼센트 정도가 임사체험을 했다는 통계가 있습니다."

승재는 머리가 반은 벗겨진 백인 남자의 사진이 떠 있는 대형 화면으로 눈을 돌리며 설명을 이어나갔다.

"이분이 가장 처음으로 임사체험 연구를 체계적으로 시작한 레이먼드 무디 박사입니다. 박사는 임사체험의 경험이 있는

150여 명의 사람들을 인터뷰하면서 굉장히 흥미로운 사실을 발견하게 됩니다."

"그게 뭔가요?"

"사람들마다 임사체험의 내용이 제각각 다르긴 하지만, 일정한 패턴 같은 것을 보인다는 거죠."

무대 위 화면에 사진 대신 파워포인트 슬라이드가 떴다.

1. 몸과 영혼이 분기되는 경험을 한다. (94퍼센트)

2. 귀에 거슬리는 소리를 듣는다. (80퍼센트)

3. 어두운 터널이나 복도를 지난다. (90퍼센트)

4. 빛을 본다. (95퍼센트)

5. 인생의 중요한 순간들을 회고한다. (91퍼센트)

6. 감정이나 감각이 예민해진다. (89퍼센트)

7. 사후 세계와의 경계선이나 장벽을 본다. (68퍼센트)

8. 죽은 사람이나 미지의 존재를 만난다. (52퍼센트)

9. 비현실적인 영역이나 달라진 시공간을 경험한다. (42퍼센트)

10. 타인의 관점에서 특별한 지식이나 깨달음을 얻는다. (30퍼센트)

"교수님, 저기 8번에 임사체험을 한 사람들의 52퍼센트가 죽은 사람이나 미지의 존재를 만난다고 되어 있는데요. 정확히 누구를 만난다는 뜻입니까?"

"사람마다 차이가 있습니다. 신 혹은 빛의 근원, 염라대왕을 만난 것 같다는 사람들도 있었고 돌아가신 할머니나 어머니를 만나고 왔던 사람들도 있어요. 아주 간혹 간디나 링컨 같은 역사적인 인물들을 만나기도 하죠. 아, 임사체험 중 적지 않은 분들이 자신이 예전에 키웠던 반려동물을 만나기도 합니다. 주목해야 할 점은, 임사체험을 하면서 현재 지상에 살아 있는 사람이나 동물을 만난 경우는 없다는 것입니다."

"모두 죽은 사람 혹은 동물을 만나고 왔다는 뜻이군요."

"흥미로운 케이스는 바로 이 사람인데요. 세계적인 뇌과학 권위자이자 신경외과 의사인 이븐 알렉산더 박사입니다. 그는 몇 년 전 세균성 뇌수막염으로 7일 동안 뇌사 상태에 빠진 적이 있었는데, 낯선 여자를 만나고 돌아옵니다. 그때는 그 여자가 누군지 알지 못했죠.

박사는 의식을 회복한 후 몇 개월이 지나서 우연히 자신이 어렸을 때 입양되었다는 사실을 알게 됩니다. 그리고 친어머니를 통해 임사체험 때 만났던 그 여자가 바로 자신의 친동생 벳시였다는 것도 알게 되죠. 벳시는 11년 전에 이미 사망한 상태였습니다. 이븐 박사는 그녀가 태어나기 훨씬 전에 다른 집으로 입양이 되어서, 아예 동생의 존재 자체를 모르고 있었던 거고요. 그런데 임사체험을 하면서 벳시를 만나게 된 겁니다."

죽음은 마지막 성장의 기회다.
- 엘리자베스 퀴블러 로스

영생 빌딩 안

비라고 하기에는 너무나 많은 양의 물이 하늘에서 쏟아지고 있었다. 윤슬은 어쩌면 이 건물에서 절대로 나가지 못할지도 모른다는 생각이 들었다. 정체를 알 수 없는 남자는 옆에서 쪽잠을 자고 있었다. 분명히 처음 보는 사람인데 태어적부터 알아왔던 사람 같은 친밀감이 느껴졌다. 어쩌면 스스럼없이 윤슬을 대해주어서 그런 것일 수도 있었다. 태어나서 존댓말을 한 번도 써본 적 없는 것 같은 남자. 그러면서도 그녀를 다루는 손길은 떨고 있다는 생각이 들 만큼 조심스러웠다.

분명히 경계해야 할 대상이었다. 윤슬에 대해 너무 많은 것을 알고 있었다. 이 정도면 거의 스토커 수준인데 오히려 당당하게 자기를 모른다니 섭섭하다고 그녀를 질책했다. 스스로도 납득이 되지 않았지만, 사실 자꾸만 더 말을 하고 싶어하는 것은 윤슬이었다. 그는 그저 무례하게 툭툭 몇 마디 던져놓을 뿐인데, 윤슬이 마치 기다렸다는 듯 이야기를 서둘러 풀어내고 있었다.

승재에게조차 할 수 없던 엄마 이야기를 먼저 꺼낸 건 스스로도 이해되지 않았다. 맹수의 거친 눈빛으로 그녀를 바라보다가도 시선의 끝자락에 애처로움을 내비쳐서 일 것이라고 윤슬은 생각했다. 아무 생각없이 던지는 것 같은 말이 그녀의 굳은 마음을 곰삭게 하고 있는 것은 사실이었다.

바람 소리 때문에 윤슬은 생각을 이어갈 수 없었다. 이 세상 모든 것을 집어삼킬 기세로 바람이 불고 있었다. 비록 건물 밖에서 들려왔지만 바람 소리의 파동으로도 온몸이 흔들리는 것 같았다. 그러다가 일순간 갑자기 비정상적으로 고요해졌다.

"이상하네요."

"뭐가?"

잠에서 깨어난 남자가 귀찮다는 듯 물었다.

"예전에 미시간에 있을 때, 토네이도가 시작되기 전에 이런 느낌이었는데……."

토네이도가 오기 직전 같은 불안한 느낌, 모든 것이 하늘의 구멍으로 빨려 들어갈 것 같은 묘한 느낌이었다. 하지만 서울 한복판에 토네이도라니, 말도 안 되는 소리였다.

"피해!"

남자의 다급한 목소리가 창문이 깨지는 요란한 소리와 뒤엉켰다. 그가 몸을 던져 윤슬을 거세게 끌어안았다. 거의 같은 순간 가로수 하나가 창문을 박살 내고 사무실 안으로 쓰러졌다. 윤슬을 겨냥하고 있던 뾰족한 나뭇가지들이 그녀 대신 남자의 어깨를 무참히 찔렀다.

"아!"

그가 외마디 비명을 질렀다. 윤슬의 입에서 터져 나와야 했을 비명이었다. 그는 통증을 가까스로 참아내며 윤슬을 품 안으로 더 깊숙이 끌어당겼다.

"으으윽."

윤슬의 목덜미에 남자의 뜨거운 신음이 스며들었다. 그의 고통이 윤슬의 심장을 찔렀다. 모든 혈관이 찢겨나가며 피를 토하고 있는 것만 같았다. 아프다는 신음을 내는 것조차 지금은 사치였다. 바닥이 거칠게 요동치며 창문들이 연달아 깨졌다.

"창문이 없는 곳이 어디야?"

그가 윤슬을 창문에서 벌어진 곳으로 필사적으로 끌고 가며 물었다. 깨진 창문 사이로 포악하게 밀려드는 돌풍이 그들을 먹어치울 기세로 바짝 쫓아오고 있었다. 바람의 괴력 때문에 사무실에 있던 가구들이 생명을 얻은 듯 들썩거렸다. 이내 의자와 모니터가 돌풍이 이끄는 방향으로 아무렇게나 날아갔다.

"저기! 복사실이요!"

남자가 윤슬의 말을 듣고 복사실 문을 열었다. 그리고 누가 먼저랄 것도 없이 복사실 안에 있던 테이블과 복사기를 문 쪽으로 옮겨 바리케이드를 만들었다.

"어서 테이블 아래로!"

윤슬이 테이블 아래로 들어가자, 남자가 자신의 몸으로 그녀를 위한 방패막이를 만들어주었다. 그의 팔 힘줄이 툭툭 불거져 나왔다. 지옥의 소리가 그들을 휘감기 시작했다. 그 위협적인 소리가 이 세상의 모든 것을 파괴하고 있을 때 남자가 말했다.

"괜찮아. 내가 여기 있으니까."

그 말을 듣고 나자 건물 밖 세상이 망해가는 소리가 더 이상 들리지 않았다. 윤슬의 달팽이관은 오로지 하나의 진동만을 뇌에 전달하고 있었다. 바로 자신의 몸에 밀착되어 있는 남자의 심장이 만들어내고 있는 박동 소리. 남자의 심장은 윤슬에게 같은 말을 반복하고 있었다. '괜찮아. 내가 여기 있으니까.'

말도 안 되는 소리였다. 토네이도가 지나가고 있는데 뭐가 괜찮다는 건지. 그가 여기에 있는 게 왜 괜찮은 이유인 건지. 하지만 윤슬은 이 난리통 속에서도 그의 심장박동을 듣고 있으니 정말로 모든 것이 괜찮아질 것만 같았다.

불과 몇 초 전까지 맹렬하게 세상을 파괴하던 소리가 사라지고 정적의 무게가 공간을 짓누르고 있었다. 청각이 자유로워지면서 후각도 함께 살아났다. 거친 피 냄새였다. 윤슬은 나뭇가지가 남자의 어깨를 무참히 찢었던 것이 그제야 기억났다.

"이봐요, 괜찮아요?"

남자는 신음이 새어 나오지 못하게 두 입술을 꽉 다물고 있었지만, 그의 거친 숨소리가 고통을 고스란히 드러냈다. 학원 사무실은 엉망이 되어 있었다. 토네이도의 손길이 닿은 모든 것이 원래의 형체를 알아볼 수 없을 만큼 망가졌다. 다행히 접대용 소파는 토네이도의 직접적인 경로에서 벗어나 있었던 모양이다. 아직 쓸 만했다.

"여기 일단 앉아봐요. 내가 상처를 좀 볼게요."

윤슬은 조심스럽게 남자가 입고 있던 스웨터를 들어 올렸다. 어깨에서 흐르기 시작한 피가 흥건하게 옷을 적셔놓았다.

"으으……."

그의 미간이 움푹 패었다.

"아, 미안해요. 더 살살 할게요."

생각보다 상처가 컸다. 상처 주위를 더듬는 윤슬의 손이 덜덜 떨렸다.

"저기 구급상자에 봉합 세트가 있었어."

윤슬은 뛰어대는 심장을 한 손으로 부여잡고 구급상자를 열어보았다.

"마, 마취제가 없는데 괘, 괘, 괜찮겠어요?"

"그렇게 떨고 있으면 환자가 더 불안하지 않겠어? 진정하라고."

"아플까봐."

사시나무처럼 떨리던 목소리가 무색하게 윤슬은 나이트릴 장갑을 능숙하게 꼈다. 그제야 빠른 속도로 뛰어대던 심장이 조금씩 차분해졌다. 어이없는 직업병이었다.

"제법이군."

침착하게 대처하는 윤슬을 보고 그가 의외라는 듯 말했다.

"이런 거 많이 해봤어요. 사람은 처음이지만."

순간 남자가 고개를 들고 긴장한 눈빛으로 윤슬을 바라보았다.

"잠깐. 혹시 동물 죽이고 다니는 반사회성 인격 장애 그런 건가?"

윤슬이 봉합 바늘을 뚫어지게 쳐다보며 오싹할 정도로 나른하게 속삭였다.

"어. 나 사이코패스인 거 티가 나나?"

남자의 입매가 딱딱하게 굳었다. 그 모습을 보고 당황한 윤슬이 난처한 듯 말했다.

"어…… 저기…… 농담이었는데."

"재, 재밌었어. 무척."

"하나도 안 웃던데."

"이런 심각한 상황에 설마 농담 같은 거 하실 분일까 싶어서 말이야."

조금 전 윤슬이 그에게 했던 농담이었다. 그들만이 공감할 수 있는 농담을 듣고서야 그녀의 표정에서 긴장이 슬며시 사라졌다.

"생물학 전공이어서 원숭이랑 쥐 해부를 정말 많이 했어요. 근데 걔네들은 이미 죽은 후였긴 한데."

긴장해서 아무 말이나 내던지다가 윤슬은 미안한 표정으로 다시 그를 바라보았다.

"지금 그 말이 이 상황에 도움이 된다고 생각해?"

윤슬은 미안하다는 말 대신 씩 미소를 지어주었다.

"봉합은 정말 잘할 자신 있어요. 해부가 끝나고 나면 매번 예쁘게 봉합해줬거든요."

상처 부위를 소독하자 남자가 순간 몸을 움찔거리며 무거운 한숨을 내뱉었다

"계속 얘기나 좀 해봐. 그러면 견뎌낼 수 있을 것 같으니까."

무슨 얘기를 할까 고심하고 있는 윤슬에게 그가 먼저 물었다.

"왜 신경과학을 공부한 거야?"

바늘이 첫 번째 스티치를 만들었다. 그가 몸을 부르르 떨었다.

"시인인 엄마를 보니 문과를 가면 절대로 안 될 것 같아서."

그가 소리를 내지 않고 조용히 웃었다.

"우리의 모든 생각, 감정, 느낌은 순전히 뇌의 작용이라는 걸 배우고 나서 막연하게 신경과학을 공부해야겠다고 마음먹었던 것 같아요. 행복해지고 싶었나?"

"전형적인 이과생 마인드였군. 이과가 망했어야 하는데."

두 번째 스티치. 그의 살갗에 소름이 돋았다.

"사실 석사 프로그램에 들어가서 연구를 해봐도 도무지 행복해질 기미가 안 보여서 공부를 그만두려고 했었어요. 그런데 졸업을 앞둔 어느 날……"

세 번째 스티치. 그가 흡 하고 짧고도 여린 신음을 허공에 띄웠다.

"지도 교수님이 물어보시는 거예요. 행복해지는 법을 찾았냐고. 솔직히 말씀드렸죠. 못 찾았다고. 그래서 공부를 그만둬야겠다고."

네 번째 스티치. 그가 거칠게 숨을 몰아쉬며 고개를 푹 떨구었다. 윤슬은 그의 고통을 덜어줄 수 있는 어떤 말이든 해야 했다. 지금 당장.

"할머니 교수님이셨는데 성격이 진짜 멍멍이 같……. 죄송해요. 너무 진심이 튀어나왔네요. 당한 게 많다보니."

고개를 떨구고 있던 그가 피식 웃었다. 좋은 신호 같았다.

"피도 눈물도 없을 것 같던 분이 제가 공부를 그만두겠다고 말씀드린 그날 저한테 이러시는 거예요."

"……?"

"같이 죽음에 대해 연구해보자고."

2005년 봄

윤슬이 공부를 그만두겠다고 말한 후 몇 초가 지났다. 아무리 길어도 10초를 넘지 않았을 것이다. 하지만 윤슬은 백만 년의 시간이 지나가면서 수천 개의 바늘이 아주 천천히 집요하게 그녀의 온몸 구석구석을 찔러대는 기분이었다.

일레나 교수님이 깐깐한 눈빛으로 물었다.

"그래서 지금 행복해지는 방법을 못 찾아서 공부를 그만두겠다는 거야?"

"네."

"너, 내가 신경과학 분야 일인자인 거 알고 있니?"

윤슬은 교수나 석학이 되려고 이 공부를 시작한 건 아니었다. 그저 엄마와 떨어져 있고 싶어서, 어떻게든 한국을 떠나고 싶어서 선택한 것이었다. 그리고 자신이 직접 지도 교수를 선택한 것도 아니었다. 석사 프로그램에 들어온 지 얼마 되지 않아, 일레나 교수님이 의중을 물어보지도 않고 윤슬을 자신의 연구실로 배정해버린 것이었다.

"신경과학계 일인자 밑에서 2년씩이나 연구해도 행복해지는 법을 못 찾았는데, 다른 교수한테 가서 그 답을 찾을 수 있을까? 너는 학문에 대한 접근 방식이 영 글러먹었어. 행복해지는 법을 찾을 수 없다면, 다른 식으로 문제에 접근할 생각은 안 해본 거니?"

대체 어떻게 하라는 거지?

"행복해지는 법을 못 찾았다면, 반대로 불행해지지 않는 법을 찾아보는 건 어때? 생각해봐. 왜 인간은 불행할까?"

대답을 회피하기에는 교수님의 눈빛이 너무나 진지했다. 대답을 받아내겠다는 의지가 확고해 보였다.

"글쎄요. 앞으로 다가올 일들이 불안해서 그런 게 아닐까요?"

"인간이 미래를 불안해하는 궁극적인 이유가 뭘 것 같아?"

곰곰이 생각하던 윤슬이 천천히 대답했다.

"죽음의 문제를 해결하지 못해서요."

교수님의 표정이 조금 밝아졌다.

"맞아. 왜 사람들은 죽음을 두려워하는 걸까?"

"불확실하니까요. 그다음에 무슨 일이 닥칠지. 정말 끝일지, 새로운 시작일지."

일레나 교수님이 미소 짓는 것을 윤슬이 처음으로 목격한 순간이었다.

"바로 그거야. 너의 지금 대답이 바로 죽음학의 가장 근본이 되는 질문인 거야. 난 우리가 이 문제에 대한 해답을 찾았으면 좋겠어. 그 해답이 인류가 불안함을 극복하는 데 조금이나마 도움을 줄 수 있지 않을까? 그것보다도, 너는 신경과학자로서 죽음에 직면하면 뇌가 어떤 반응을 보이는지 궁금하지도 않니?"

윤슬은 별로 궁금하지 않았다. 일단 대화를 여기서 끝내고 싶었다. 안 그랬다간 언제나처럼 또 말려들 것이 뻔했다.

"박사 코스 밟는 5년 동안 학비와 생활비를 전부 지원해줄게.

네가 원하면 5년 더 포닥(post-doc)까지 할 수 있어. 하워드 휴즈 재단이 앞으로 10년간 매년 100만 불씩 연구비를 지원하기로 약속했거든."

윤슬의 눈이 반짝였다. 5년 동안 한국에 안 들어가도 된다. 엄마를 안 보고 살 수 있다. 원하면 10년 동안. 그 사실만으로도 윤슬에게는 이미 충분히 매력적인 제안이 아닐 수 없었다.

"넌 네가 생각하는 것보다 훨씬 능력 있는 과학자야. 물론 멍청한 너는 그 사실을 영영 모를 것 같긴 하다만."

영생 빌딩 안

스물두 번째 스티치. 통증 때문에 빠르게 뛰던 남자의 심장박동이 조금씩 정상 리듬을 찾아갔다.

"헐, 미친. 그게 대체 칭찬이야, 욕이야?"

윤슬이 피식 웃었다. 이제는 남자의 막말에 쾌감이 느껴질 정도였다. 하지만 여전히 이 남자가 정말 자신의 뇌 속을 들여다보고 있나 싶어 경계심이 완전히 사라지지는 않았다.

"저도 교수님 연구실을 나서면서 똑같은 생각을 했어요."

스물세 번째 스티치. 이제는 통증에 익숙해진 건지, 윤슬의 봉합 테크닉이 좋아진 건지 그가 제법 잘 견뎌내고 있었다.

"석사 말년 차, 졸업 시험을 2주 앞두고 갑자기 자기 차 열쇠를 주면서 어떤 섬에 다녀오라는 거예요. 네 시간은 운전해서 가야 하는 곳인데."

"거기는 왜?"

"무슨 호텔에 있는 수제 초콜릿 기계에서 생크림 초콜릿 퍼지를 사 오라고요."

그가 어이없다는 듯 가볍게 웃었다.

"제가 졸업 시험 공부를 해야 한다고 말씀드려도 넌 네 실력으로 졸업하는 게 아니다, 내가 졸업을 시켜줘야 졸업할 수 있는 거다, 라는 거예요."

"그래서 설마 자존심도 없이 거기를 다녀왔던 건 아니지?"

윤슬이 배시시 웃으며 말했다.

"다녀왔죠 뭐. 졸업은 해야 하니까. 난 좀 실력이 없는 대학원
생이었어서. 하여간 별의별 일들을 다 시키셨어요. 밤 12시에 배
고프다며 딤섬을 사 오라고 한 적도 있었다니까요. 근데 또 막상
사 가면 드시지도 않아요. 저보고 다 먹으라고. 또 무슨 일이 있
었는지 알아요?"

남자가 윤슬을 귀엽다는 듯 쳐다보는 것 같았다. 그 눈길이 너
무나 정다워서 윤슬은 자꾸만 교수님에 대한 푸념을 늘어놓고 싶
어지는 것일지도 몰랐다.

"언젠가는 전화해서 집에 쥐가 나왔다는 거예요. 그래서 부랴
부랴 가보니까 테이블 위에 올라가 계셨어요. 무섭다고 소리를 지
르면서. 평소에 자기가 쥐를 얼마나 잘 잡는 줄 아냐, 브레인 꺼내
는 데 10초도 안 걸린다며 그렇게 자랑하시던 분이. 아, 교수님
얘기하니까 갑자기 울컥하네요. 당한 게 너무 많아서."

"울컥한 표정이 아니라 오히려 신나 보이는 표정인데?"

"에? 설마. 그땐 정말 싫었거든요. 교수님 호출만 와도 심장이
막 떨리고. 근데 지금 생각해보니까 좀 재밌네요. 진짜 어이없지
만, 교수님이 조금 보고 싶기도 하고."

"아직도 교수님과 연락하나?"

웃음을 띠었던 윤슬의 얼굴이 굳어지기 시작했다.

2008년 겨울

그날도 윤슬은 일레나 교수님한테 대판 깨지고 있었다. 이미 6년이라는 시간을 함께해왔다. 이 정도 깨지는 것은 별로 신경도 쓰이지 않을 정도의 내공이 생긴 후였다.

"너 아직도 침팬지 브레인 해부하고 나서 봉합해준다며?"

"네."

"그런 쓸데없는 짓 하지 말고, 뉴로스캐너(neuro-scanner) 이미징 작업이나 더 완성하란 말이야."

"싫은데요."

이런 독선적인 교수님과 오래 함께하다 보니 윤슬은 깨달은 것이 있었다. 싫은 것은 분명하게 싫다고 말해야 한다는 것이다.

"왜?"

그리고 교수님이 "왜?"라고 물을 때 대답을 잘해야 한다. 만약 교수님을 납득시킬 만한 확실한 이유가 있으면 은근히 뒤로 물러나주신다.

"실험 때문에 죽은 것도 억울할 텐데, 머리까지 그 모양이면 너무 슬플 것 같아서요."

윤슬이 마음에 드는 대답을 하면 교수님은 이렇게 말했다.

"그럼 그러든지."

문을 열고 나가려는 윤슬에게 일레나 교수님이 별것 아닌 투로 말했다.

"그런데 말이야. 너 박사 논문 프로포절을 서둘러야겠어."

윤슬은 화가 울컥 올라왔다. 또 이렇게 쪼아대기 시작하려는 것이었다.

"교수님, 제가 서두른다고 사망 직전의 피실험자를 바로 구할 수 있……."

"나 췌장암 3기래. 폐하고 간으로 전이도 됐고. 앞으로 길어야 1년 정도 남았다던데."

윤슬은 귀를 의심했다. 문을 열고 나서려다가 고개를 돌려 교수님을 바라보았다.

"너 췌장이 어디에 달려 있는지는 아니? 나 살아 있는 1년 안에 네 박사 논문 마무리해야 할 거 아냐. 너같이 실력 없는 대학원생을 대체 어느 교수가 받아주겠냐고."

"교수님! 그게 대체 무, 무슨 말씀이세요?"

윤슬의 목소리가 덜덜 떨렸다. 살아 있는 그녀는 그토록 떨고 있는데 죽어가는 노교수는 한 치의 흔들림이 없었다.

"수술은 불가능하고. 항암 치료나 방사선 치료도 지금 이 상태로는 힘들대. 면역 기능이 너무 떨어져 있어서."

"2차 소견 받아보셨어요?"

"하버드에서 췌장암을 제일 잘 치료한다는 의사한테 진단받았어. 가족력이야. 아버지와 삼촌들 다 췌장암으로 돌아가셨고. 그리고 얘, 나 일흔 살이야. 살 만큼 살았어."

일레나 교수님이 날카로운 눈빛으로 윤슬을 바라보았다.

"그래서 말인데, 내가 그 피실험자가 되어줄게. 너에게는 영광스러운 일 아니니?"

"교수님!"

윤슬을 에워싸고 있는 공기가 점점 뜨거워졌다.

"췌장암 때문에 너무 고통이 심해지면 안락사를 선택할 예정이야. 내가 언제 죽을지 정할 수 있으니 실험이 더 수월해지겠지. 의료 연명 장치를 떼는 그 순간부터 뉴로스캐너를 작동시켜. 내가 죽어가는 순간 뇌가 대체 뭘 보고 뭘 느끼는지, 대체 어떤 반응을 보일지 생각만 해도 너무 흥분된다. 그 정도면 하버드 올해의 논문상 같은 거 하나 받을 수 있지 않겠어?"

"지금 제정신이세요? 저는 못해요."

"해부도 너한테 부탁할게. 너 내 뇌를 아무렇게나 막 봉합해놓으면 안 된다. 예쁘게 해줘야 해. 난 흉측해 보이는 건 딱 질색이니까. 자, 시간 낭비하지 말고 가서 할 일 해. 나가면서 문 닫고."

일레나 교수님은 평소보다 더 꼬장꼬장한 목소리로 말했다. 췌장암 따위에 굴복하지 않으려는 듯이.

영생 빌딩 안

"잠깐만, 혹시 일레나 아가포브 교수의 학생이었던 거야? 죽어가는 자신의 뇌를 찍으라고 허락하신?"

봉합을 어느 정도 마무리하고 있는 윤슬에게 남자가 물었다.

"어? 우리 교수님을 아세요?"

"그럼 당신, 설마 하버드 대학에 다닌 건가?"

그가 몹시 놀란 표정으로 윤슬을 바라보았다.

"지금 그 표정, 너무 기분 나쁠 정도로 의외라고 생각하는 것 같은데?"

윤슬이 새침하게 흘겨보자 그가 멋쩍게 웃어넘기며 말했다.

"그럴 리가."

"이제 거의 끝나가는데, 음…… 마지막 스티치는 실수로 좀 콱 찌르고 싶어지는데."

"아, 아, 그러지 말라고. 정말 많이 아프니까."

그는 한 번만 봐달라는 듯 엄살을 떨었다.

"저 콤플렉스 있어요. 박사 1년 차 때 교수님이 히버드로 옮기면서 저를 데리고 가신 거였거든요. 실력도 없는 게 내 덕에 하버드 들어온 주제에, 하면서 치사하게 구셔서."

남자가 소리를 내어 웃다가 뭔가 대단한 것을 발견했다는 표정으로 물었다.

"설마, 당신 영어 이름이 Soul은 아니지?"

윤슬이 눈을 동그랗게 떴다.

"어, 내 영어 이름을 어떻게 알았어요?"

일레나 교수님은 윤슬 발음이 어렵다고, 아무렇게나 편한 대로 그녀를 Soul이라고 불렀다. 처음에는 딱히 발음을 고쳐줄 만큼 친한 사이가 아니었고, 나중에는 귀찮기도 해서 그냥 가만히 있었더니 7년 내내 그렇게 불렀다.

"당신이 일레나 교수님의 영혼이었군."

그가 신기하다는 표정으로 윤슬을 바라보며 말했다.

"설마요. 제 이름이 발음하기 힘들어서 그냥……."

쑥스러워진 윤슬이 말을 뭉개자, 남자가 스마트폰을 꺼내어 브라우저를 열었다.

"일레나 교수님의 블로그가 있었던 거 알고 있어?"

윤슬은 처음 듣는 말이었다.

"방문자가 많은 블로그는 아니었어. 거의 개인 일기장 같았는데, 나도 우연히 알게 되어서 몇 번 방문한 적이 있어. 신경과학에 관한 글도 있긴 하지만, 사실 대부분은 Soul이라는 제자에 대한 글이었거든."

믿을 수 없었던 윤슬은 민망하기도 해서 슬쩍 농담을 건넸다.

"설마 다 욕인가요?"

"욕이 없지는 않지만, 아무래도 직접 읽어보는 게 좋겠어."

남자가 스마트폰을 그녀에게 넘겨주었다. 'Day by Day with my Soul'이라는 제목의 블로그였다.

9월 1일

오리엔테이션에서 그 한국 아이를 처음 봤을 때 심장이 멎는 줄 알았다. 도대체 왜 그랬을까? 마리나와 닮아서? 화장실에서 우연히 그 아이가 약을 먹고 있는 걸 봤다. 아무래도 페닐에프린 같다. 마리나가 맨날 끼고 살던 그 약. 우울증이 있나?

10월 2일

결국 Soul을 우리 연구실로 데리고 왔다. 오랜만에 마리나와 함께 있는 기분이다. 말도, 표정도, 존재감도 없는 것까지 너무나 비슷하다. 그래, 어디 한번 같이 찾아보자. 행복해지는 법을.

"마리나가 누군가요?"
"일레나 교수님의 딸인 것 같던데. 딸이 있다는 것도 몰랐어?"
"전혀요."
"무심하기 짝이 없는 제자였군."

1월 19일

Soul과 한 학기를 함께했다. 걔는 가만히 두면 안 된다. 계속 몸을 움직이게 만들어야 한다. 뭔가를 던져주고 다그치고 일을 시켜야 한다. 안 그랬다간 우울의 늪에 스스로 걸어 들어갈 것이다.

일레나 교수님이 이런 생각을 했다는 걸 윤슬은 전혀 몰랐다.

고분고분 말 잘 듣는 동양인 학생을 가루가 되도록 부려먹으려고 연구실로 데리고 온 줄만 알았다.

"이건, 교수님이 저를 아주 잘 파악하셨던 것 같아요. 어찌나 일을 많이 시키시던지, 기숙사에 돌아가면 너무 피곤해서 그냥 기절했어요."

그래서 윤슬은 한동안 우울증 약을 복용할 필요가 없었다. 약을 챙겨 먹을 정신이 없기도 했지만 그 전에 우울감을 느낄 겨를도 없었던 것이다.

10월 8일
Soul에게 무슨 일이 있나 보다. 평소에도 조용하던 녀석이었는데 지난주부터는 아예 존재감을 스스로 지워버리고 있다. 저 미친 xx, 죽으려고 저러는 거 아니야? 초콜릿을 먹여야겠다.

"이날이 그날인가? 매키낙 아일랜드에 가서 초콜릿 퍼지를 사오라고 한 날."

그제야 모든 것이 명확해졌다. 교수님은 나를 일부러 거기에 보내셨던 거야.

"매키낙 아일랜드는 가을이 가장 아름다운 곳 아니었나?"

그랬다. 그곳의 가을은 비현실적인 붉은빛이었다. 윤슬은 항구에서 다시 내륙으로 돌아가는 배를 기다리면서 이렇게 아름다운 곳에서 죽는 것도 나쁘지 않겠네, 라고 생각했던 순간이 떠올랐다. 그 순간이 참을 수 없을 정도로 부끄러워졌다.

5월 13일

Soul이 공부를 그만두겠다고 찾아왔다. 이런 무식한 xx. 박사 프로그램 5년 동안 학비와 생활비를 지원하겠다고 했더니 바로 눈을 반짝였다. 어지간히 한국으로 돌아가고 싶지 않은 모양이다. 그래, 나랑 더 있자 여기에서.

11월 8일

요즘은 Soul이 웃는 모습을 꽤 자주 본다. 웃으면 마리나 같지 않아 낯설다. 마리나의 웃는 모습이 내 기억에 없는 걸 보니, 나는 그 아이가 웃는 모습을 직접 본 적이 없구나.

12월 13일

Soul에게 남자 친구가 생긴 모양이다. 이번에 우리 연구실에 들어오게 된 Jae라는 한국 학생인데, 야! 그 남자는 안 돼. 영 별로야. 일단 너보다 더 과학자 자질이 없어. 그러니까 이용당하지 마라. 신장을 내어주기 전에 머리를 좀 굴려보라고. 뇌는 이럴 때 사용하라고 있는 장기다.

J, a, e라는 알파벳을 보는 것만으로도 가슴에 통증이 느껴지는 사람 이승재. 생각해보니 음식을 사 오라거나 쥐가 나온다면

서 윤슬을 집으로 호출해댄 것이 승재와 사귀고부터였다. 일레나 교수님은 강박적이리만큼 자기 공간을 소중히 여기는 사람이라 누군가를 집으로 부른다는 것은 상상도 할 수 없는 일이었다. 정말이지 알츠하이머가 아닌가 의심이 들 정도였다.

마지막 블로그 포스트는 윤슬에게 보내는 편지였다. '나의 Soul에게'라는 제목을 본 순간부터 윤슬은 마음이 무너지기 시작했다.

"마지막 글을 읽으면 마음이 많이 아플 수도 있어."

남자가 걱정된다는 표정으로 말했다.

11월 19일

나의 Soul에게

너를 처음 본 순간 마리나가 생각났다. 너의 눈빛 때문에. 마리나도 늘 고독한 눈빛이었지. 한평생을 불행하고 쓸쓸하게 살다가 먼저 떠나버린 나의 딸. 난 최악의 엄마였어. 마리나를 임신했다는 것을 알게 된 그날, 남편이 갑자기 사고로 죽어버렸다. 그때부터, 그러니까 배 속에 있을 때부터 그 아이를 방치했던 거나 다름없어. 마리나는 나의 자궁 안에서부터 고독한 아기였다.

뇌가 행복해지는 법을 연구하러 이곳에 왔다는 헛소리를 네가 했을 때 비로소 왜 마리나가 마약중독에 빠졌는지 알 것 같았어. 그전까지는 이해하지 못했거든. 마리나가 약해빠져서 그런 줄 알았어. 마약중독자였던 남자 친구 때문에 그렇게 된 줄만 알았지. 그런데 그게 아니었어. 마리나는 행복해지기를 바랐던 거야. 헤로인으로 미친 듯 도파민을 방출시켜 쾌감이라도 느끼길 원했던 거라고.

"나는 드디어 고독한 것이 죽는 것보다 더 두려운 순간에 직면했다." 마리나가 유서에 쓴 유일한 문장이야. 나는 이 문장을 천 번씩 만 번씩 되뇌고 또 되뇌고 있다. 마리나에게 "내가 어떻게 도와줄까?" 하고 물으면 그 애는 언제나 "나를 제발 좀 내버려둬!" 하고 소리를 질렀지. 그때 그 아이를 혼자 내버려둔 것을 후회해. 마리나의 유서를 읽으면서야 알게 된 거야. "나를 제발 좀 내버려둬"는 자기를 혼자 두라는 뜻이 아니었는데. 제발 같이 있어달라는 최후의 애원이었는데. 내가 그 애를 그렇게 두려울 정도로 고독하게 만들었던 거야. 그래서 차라리 죽는 게 낫겠다고 결심할 만큼 극단으로 몰고 간 거야. 후회하고 또 후회해. 내 자신을 갈기갈기 찢어 죽여버리고 싶을 만큼 후회한다.

그래서 난 너를 혼자 내버려둘 수 없었어. 분명히 너를 위해서 시작한 일이었는데, 어느새 위로받고 있는 건 나였어. 쇼펜하우어는 "세상에서 가장 행복한 사람은 태어나지 않은 사람이고, 그다음으로 행복한 사람은 태어났으되 빨리 죽은 사람이다"라고 했다지. Fuck him. 그 인간이 틀렸다는 것을 나는 너를 만나고 알게 되었다. 쥐뿔도 모르는 인간. 지옥불에서 지금도 타들어가고 있기를.

세상에서 가장 행복한 사람은 외로울 때, 슬플 때, 화를 낼 때, 웃을 때, 아플 때, 죽음이 가까이 다가왔을 때 그 모든 순간을 나와 함께 해준 나의 soul을 만난 사람이야. 나의 soul이 내게 위로를 건네는 그 소리를 들은 사람이야. 나의 위로도 나의 soul에게 전달되었기를 바란다. 내 인생 마지막 7년을 함께해줘서 고마웠다. 진심으로 행복했어. 이 인사를 아직은 정신이 남아 있을 때 꼭 해줘야겠다고 생각했다. 너에게 이런 큰 짐을 안겨서 미안하구나.

죽음은 소멸이 아니야. 죽음은 문이다. 그 문을 열고 나가면 새로운 시작에서 마리나가 나를 기다리고 있기를. 그곳에 가면 나는 그 아이와 늘 함께 있을 거야. 절대로 혼자 두지 않을 거야…….

윤슬은 일레나 교수님의 편지를 더 이상 읽어 내려갈 수 없었다. 죄책감이 심장을 거세게 할퀴고 지나갔다. 암세포는 미쳐 날뛰는 좀비 떼같이 무한대로 분열하며 교수님의 몸과 영혼을 모조리 갉아먹고 있었다. 이미 췌장암 3기 진단을 받았을 때부터 의사는 완화 치료를 받아보는 것이 어떻겠냐는 제안을 한 상태였다. 공격적인 항암 치료나 수술보다는 증상 관리와 통증 조절에 초점을 맞추자는 말이었다. 진단을 받고 8개월 후, 웬만한 마약성 진통제 최고 도수로도 통증이 사라지지 않는다는 것을 깨달은 일레나 교수님은 바로 매사추세츠주에서 처음으로 안락사를 시범 운영하고 있는 애봇 호스피스 병원에 연락을 했다.

"인생에서 가장 후회하고 있어요. 교수님의 마지막을 지켜드리지 못한 걸."

"안락사는 보통 날짜를 사전에 정하지 않아? 그런데도 왜?"

하필이면 그날이었다. 모든 것이 지겨워져서 윤슬이 미친 듯이 도망쳐버린 날.

"교수님이 마지막까지 저를 기다리셨을까요?"

"기다리셨을 거야. 당신은 그분의 애제자이자, 딸이자, 영혼이었으니까."

자신이 인레나 교수님에게 이렇게나 중요한 의미인지 윤슬은 전혀 몰랐다.

"그래도 이해하셨을 거야. 당신이 행복해지기를 누구보다 원하셨던 분이니까."

윤슬의 눈에서 눈물이 흐르기 시작했다. 온 세상을 떠내려 보낼 듯 걷잡을 수 없이 흘렀다. 남자가 윤슬을 제 품으로 가만히 끌고 왔다. 눈물이 상처 가득한 그의 가슴을 타고 흘렀다. 그가 찬찬히 머리를 쓰다듬어주었다. 아무 말 하지 않았지만 윤슬에게는 그의 목소리가 들리는 것 같았다. 마음껏 울라고. 눈물이 모두 흘러가버릴 때까지 기다려주겠다고.

비록 오늘 처음 보는 사람이었지만, 윤슬은 그와 이곳에 함께 있어서 다행이라고 생각했다.

죽음이란 없다. 그와 같이 보이는 것은 변화이다.   *4.*

우리가 그 입구를 사망이라 부를 따름이다.

– 헨리 워즈워스 롱펠로

영생 빌딩 안

남자가 어디선가 배터리를 이용하는 작은 휴대용 TV를 찾아 왔
다. 윤슬이 여기저기로 채널을 돌려보았지만, 이곳 침수 상황에
대해 알려주는 곳이 한 군데도 없었다. 세상은 그들이 있는 이곳
을 잊은 것 같았다. 채널을 다시 돌리는데 목소리 하나가 윤슬을
사로잡았다.

　　사실 저의 지도 교수였던 그분이 상을 받으셔야 했습니다. 임사체
　　험 연구는 그야말로 일레나 교수님의 프로젝트…….

그의 목소리였다. 잊으려고 애를 쓰면 쓸수록 선명해지는 목소리. 너무나 선명해서 온몸이 저릿해지는 목소리. 순간 이 세상에 남은 것은 그 목소리와 그것을 향해 모든 감각이 미친 듯이 날뛰고 있는 윤슬 자신뿐이었다.

"어? 한국 최초로 브레이크스루상을 받은 그 남자 아니야?"

"이승재."

그의 이름을 말해놓고 윤슬은 흠칫 놀랐다. 지난 16년 동안 단 한 번도 입 밖으로 내뱉지 못한 이름이었다. 이제는 바스러질 대로 바스러져 푸석한 먼지밖에 남지 않았다고 생각했는데, 소리 내어 '승재'라고 말하는 것만으로도 여전히 심장에 날카로운 못이 박혔다.

"일레나 교수님의 블로그에 쓰여 있던 Jae라는 남자 친구가 이승재였나?"

윤슬은 대답하지 않았지만 그는 이미 알고 있었다.

"TV에서 강연을 하고 있어야 할 인물은 이승재가 아니고 당신이었지?"

혹시나 인생에서 승재를 다시 마주치게 될까봐 윤슬은 학교나 연구소, 제약회사 쪽의 직장은 알아보지도 않았다. 여러 학원을 전전하다가 이곳에서 일을 시작한 지 2년 남짓. 과학을 영어로 배운다는 취지의 학원이었다. 왜 한국에서는 모든 과목을 영어로 배워야 하는지 이해할 수 없었지만.

이 학원 강사들은 하버드, 예일, MIT 등 내로라하는 학교에서 박사 학위를 받은 사람들이 대부분이었다. 그런 명문 대학에서 학위를 받고도 이런 학원에서 강사를 하고 있다는 것은 그들이 무리에서 소외되었다는 뜻이다. 학원 선생들은 하나같이 우월감과 자괴감의 양극단에서 허우적거리고 있었다. 그들은 치열하게 스스로를 사랑하는 사람들이었다. 그래서 지금 처해 있는 상황을 있는 그대로 받아들이기 어려웠을 것이다. 그들을 외면한 지도 교수를, 동료를, 후배를, 이 사회를 비난해야 했다.

아득하긴 하지만 윤슬도 한때는 학계의 떠오르는 스타로 빛나던 순간이 있었다. 도망가지만 않았다면 여전히 빛나고 있을 것이다. 하지만 그녀는 그들과 달랐다. 어디까지나 스스로의 선택이었다. 비난받을 자는 그녀 자신이었다.

"후회는 안 해요."

"어디 그 대단한 사랑 얘기나 들어보자고."

혹시 질투를 하나 싶을 정도로 남자의 말투가 뾰족했지만, 윤슬은 왠지 말하고 싶었다. 아무에게도 하지 못한 말을 그의 깊은 눈동자에 묻어버리고 싶었다.

"첫 만남은 최악이었죠. 피와 고성과 욕설이 난무했던."

2007년 여름

일레나 교수님의 연구실이 있는 골든슨 빌딩 꼭대기 층에는 50명 정도 수용 가능한 소강당 겸 세미나실이 있었다. 예전에는 거기서 주로 졸업 논문 발표와 심사를 했었다. 윤슬이 하버드로 오기 몇 년 전, 졸업 시험에 통과하지 못해 실성한 대학원생 하나가 그곳에서 스스로 목숨을 끊은 사건이 있었다. 이때부터 그곳에서 졸업 논문을 발표히는 학생들에게 크고 삭은 불행이 찾아온다는 징크스가 생겼다. 이 징크스를 깨버리겠다고 호기를 부리던 대학원생이 그곳에서 논문 발표를 무사히 마친 뒤 축하 파티를 하러 이동하던 중 교통사고로 세상을 떠났다.

그 후 사람들은 그곳을 공식적으로 '저주의 방'이라고 부르기 시작했고, 아무도 그 방을 찾지 않았다. 세상에서 가장 이성적이고 과학적인 사람들만 온다는 하버드에 이런 비이성적이고 비과학적인 징크스가 팽배하다니 아이러니한 일이었다. 청소도 들어오기를 꺼리는지 모든 가구에 뽀얀 먼지가 균일하게 내려앉아, 마치 빈티지 필터를 이용해 공간을 톤다운시킨 것 같은 느낌이 들었다.

덕분에 윤슬에게는 가장 조용하고 편안한 공간이 생겼다. 실험 시간이 어중간하게 뜰 때마다 그곳에 가서 시간을 보내곤 했다. 지도 교수님과 되도록 멀리 떨어져 있기를 원했고, 실험실 사람들과 의미 없는 말을 섞는 것도 부담스러웠다. 어쩌면 불행이어서 찾아와, 자기를 저세상으로 데려가주기를 바랐는지도 모른다. 그날도 윤슬은 커피를 들고 갔다가 구석에서 깜빡 잠이 들었는데, 잔뜩 화가 난 남자의 목소리에 정신이 들었다.

"어머니, 이혼하세요. 그런 개자식이랑 살지 말고 이혼하시라고요!"

뜻밖에도 한국말이었고, 귀에 익은 목소리였다. 일레나 교수님 연구실에 갓 들어온 신입 대학원생, 그 유명한 이승재였다.

"뭐가 두려워요? 그냥 그 인간을 버리세요."

윤슬은 자신도 모르게 테이블 아래로 몸을 숨겼다. 전화 통화의 내용이 심상치 않았다. 그녀가 거기에 있다는 것을 들키면 곤란해질 게 분명했다.

"그 인간은 이미 오래전에 우리를 버렸어요. 우리 앞에서 아직도 그 여자를 사랑한다고 했을 때 게임 끝났다니까요. 어떻게 그걸 알면서도 아직도 그 인간이랑 같이 살 수 있냐고요."

승재가 그렇게 흥분한 모습을 윤슬은 처음 보았다. 완전히 다른 사람 같았다. 그가 하버드 입학 허가를 받은 날부터 한국 학생들 사이에서는 그에 대한 소문이 무성했다. 그들과 거의 교류가 없었던 윤슬마저 그의 이름을 여러 번 듣게 되었을 정도다.

이승재가 끈질기게 러브콜을 던지고 있는 스탠퍼드와 예일을 거절하고 결국 하버드로 오기로 했다더라. 철저하게 베일에 싸여 있기는 하지만 대단한 집안의 자제라더라. 하지만 이승재는 단 한 번도 그것에 대해 언급한 적이 없다더라. 그래서 더 멋지다더

라. 금수저 부모덕 안 보고 순전히 자기 능력으로 인정받고 있다더라. 한국 의대 수석 입학에 수석 졸업이니 모교 스태프로 남는 건 당연한 수순이었을 텐데, 순전히 뇌과학을 연구하고 싶은 순수한 열정 때문에 다시 유학을 나오는 거라더라.

외모는 배우 뺨치는 데다가 성실하고 겸손하고 매너까지 좋은 진정한 신의 몰빵. 그 이승재가 첫 번째 로테이션으로 일레나 교수님 연구실에 온 것이다. 윤슬이 그에게 호감을 느낀 것은 아니었다. 그럴 겨를이 없었다. 일레나 교수님의 연구 실적 압박은 너무나 극심했고, 알코올중독인 엄마는 하루가 멀다고 지금 죽어버리겠다, 뛰어내리겠다, 약을 먹겠다, 이 모든 것이 다 너 때문이나, 라는 협박 같은 말들로 그녀의 목을 죄어왔다. 정말이지 하루하루 숨을 쉬고 있는 것 자체가 신기할 정도였다.

연구실에서 승재를 실제로 만나니, 윤슬은 왜 사람들이 그에게 열광하는지 어렴풋이 이해가 되긴 했다. 개인적인 대화를 해본 적은 없었지만 그는 그 나이 또래 남자들이 아직은 갖출 수 없는 여유와 품위를 지니고 있었다. 얼마나 좋은 집안에서, 얼마나 많은 사랑을 받고 자라면 저런 분위기의 사람이 되는 걸까 하는 생각이 잠시 들기는 했다. 그런데…….

"저한테 이런 하소연도 이제 그만하세요. 그 개자식에 대해 듣는 것도 지긋지긋하니까."

모든 것이 완벽해 보이던 그가 자신의 친아버지를 개자식이라고 부르면서 고래고래 소리를 지르고 있는 것이었다.

"죄송해요. 제가 해드릴 수 있는 게 없어서."

물기가 묻어 있는 그의 목소리가 윤슬의 심장에까지 거센 물결을 보내고 있었다. 처음에는 울컥 목 뒤로 넘겨버리면 잦아들 줄 알았지만 물결은 점차 더 거세어져, 결국 윤슬의 눈에서 물줄기가 쏟아져 내렸다. 도무지 이유를 알 수 없는 눈물이었다.

아무래도 그곳에 더 머무르면 안 될 것 같았다. 급하게 몸을 일으키는 바람에 테이블이 밀리면서 아직 커피가 남아 있던 머그잔이 바닥으로 떨어져 동강이 나버렸다. 승재의 살벌한 눈빛이 단번에 윤슬에게 달려들었다. 그녀는 본능적으로 그의 눈길을 피하려 무릎을 구부리고 앉아 파편 조각을 줍기 시작했다.

"뭡니까?"

깨진 머그잔 조각보다 더 날카로운 목소리였다.

"어……."

"여기서 뭐 하냐고?"

이제는 그의 목소리에 분노가 서렸다.

"아…… 이, 이게 깨져서."

너무 당황한 탓에 윤슬은 말을 제대로 할 수조차 없었다.

"그렇게 안 봤는데 상당히 저열하군."

저열하다니! 윤슬은 억울했다. 이곳에 먼저 있었던 사람은 자신이라고 말하고 싶었다. 하지만 상처 입고 피를 철철 흘리고 있는 사람 앞에서 굳이 시시비비를 가리고 싶지는 않았다. 본의 아니었지만 그의 불행을 엿들은 것은 사실이었다. 아무한테도 들키고 싶지 않은 치부였을 것이다.

"당장 나가!"

그가 얼굴이 붉어질 정도로 고래고래 소리를 질렀다.

"말귀를 못 알아들어? 꺼지라고! 이런 씨……."

그의 입에서 최악의 욕설이 나오려는 찰나 "아!" 윤슬이 외마디 비명을 질렀다. 윤슬의 손에서 검붉은 피가 뚝뚝 떨어졌다. 머그사 파편에 베인 것치고는 피의 양이 너무 많았다. 순식간에 이성을 찾은 그가 성큼성큼 곁으로 다가오더니 윤슬의 손을 잡고 상처를 살펴보며 말했다.

"성맥성 출혈 같습니다. 빨리 지혈해야 할 것 같은데."

세상이 빙글빙글 돌다가 땅으로 꺼지고 있었다. 이렇게 세상에서 사라지려나 보다. 차라리 잘됐다. 어차피 사라져도 아쉬운 것 하나 없는 이런 인생 따위.

"정신 차려요!"

윤슬은 온몸의 피가 다 쏟아져 나와 거죽만 남은 기분이었다. 옆으로 쓰러지는 윤슬을 그가 다부진 팔로 붙잡았다. 이렇게 사라져버리게 놔둬, 라고 소리 지르고 싶었지만 거죽뿐인 그녀는 이미 소리를 잃은 후였다.

다시 눈을 떠보니 아직 병원 응급실이었다. 승재의 등에 업혀 이곳에 도착한 것이 늦은 오후였던 것 같은데 이제 시계는 밤

11시를 가리켰다. 윤슬의 오른쪽 손에는 하얀 붕대가 몇 겹으로 감겨 있었다. 상처 부위가 욱신거렸다.

윤슬 곁에 누군가 엎드려 자고 있었다. 승재였다. 모든 것이 다 기억나지는 않았지만, 클로즈업된 몇 개의 장면이 무작위로 떠올랐다. 그녀를 들쳐 업고 정신없이 질주하던 그의 목덜미에서 구슬처럼 생긴 땀방울이 흘러내리던 것. 하필이면 격렬하게 뛰어대던 그의 심장 바로 위에 상처 입은 그녀의 손이 맞닿아 있던 것도 기억났다. 그의 심장박동이 상처를 건드릴 때마다 살 수 있을까 하는 생각을 했던 것도. 아니, 살고 싶다는 생각이었던가.

그녀를 응급실 침대에 눕히자마자 그가 바닥에 주저앉아 성마른 호흡을 골랐었다. 그리고 가물거리긴 하지만 응급실 의사와 핏대를 올리며 싸우기도 했다.

"정신이 듭니까?"

윤슬의 기척에 잠이 깬 승재가 게슴츠레한 눈으로 일어나 앉았다. 윤슬이 몸을 일으키려 하자, 그가 팔로 그녀의 등을 받쳐주었다.

"원래 피가 잘 멈추지 않는 체질이라는 거 알고 있었습니까?"

윤슬은 처음 듣는 말이었다.

"혈소판 수치가 꽤 낮아요. 마이크로리터당 15만부터 정상인데, 6만이 조금 넘게 나왔다는 것 같습니다. 한 번쯤 정밀 검사를 받아보는 게 좋겠어요."

승재는 신경외과 레지던트를 하다 온 사람답게 그녀의 상태에 대해 명료하게 설명해주었다.

"환부는 좀 어떻습니까?"

"……."

"진통제가 필요합니까?"

"괜찮을 것 같아요."

그때 간호사가 들어와서 윤슬의 상태를 확인하더니, 퇴원 수속을 해도 된다는 말만 남기고 얼른 자리를 떴다. 간호사는 나가면서 승재에게 싸늘한 눈길을 던졌다. 아무리 눈치가 없는 사람도 단번에 알아챌 수 있는 냉랭함이었다. 그가 겸연쩍은 표정을 지으며 말했다.

"인턴이 손을 덜덜 떨면서 하도 어설프게 봉합하길래 잔소리를 좀 했더니, 도중에 울면서 그냥 나가버리더라고요. 그런 약해빠진 새끼가 무슨 의사라고."

새끼. 그의 찰진 욕을 듣자 윤슬의 머릿속에서 기억의 조각이 또 재생되었다. 그가 응급실 인턴에게 살벌한 중저음의 목소리로 "You are a fucking idiot"이라고 여러 번 반복해서 말하던 장면.

"그래서 내가 마무리했습니다. 생각보다 상처가 깊어서 신경 쓰였어요. 선배는 실험을 하니까 손이 중요한 사람인데."

그는 윤슬을 꼭 '선배'라고 불렀다.

"아, 걱정할까봐 말해주는데 저 신경외과 레지던트 2년 동안 봉합만 하다가 왔습니다. 병원에서 소송하겠다고 난리 치다가 내 솜씨를 보더니 조용해지긴 했습니다. 인턴이 도중에 도망가버렸으니 자기네들도 할 말은 없을 겁니다."

"그러면 이제 이 병원 진상 환자가 된 건가요?"

승재가 씨익 입꼬리를 올리며 웃었다.

"아무래도 우리, 이 병원에 다시는 못 올 거 같은데요."

윤슬은 물끄러미 그를 바라보았다. 그가 아무 생각 없이 말했을 '우리'라는 단어가 기나긴 여운을 만들고 있었다. 누군가가 우리라는 단어에 그녀를 포함시켜준 것은 태어나서 처음이었다. 우리라는 소리가 만들어낸 진동은 이미 공기 중으로 흡수되어버린 후였지만, 우리라는 말의 의미가 만들어낸 파장은 그녀의 마음속에서 빛이 되었다. 깊고 검고 적막하기만 했던 마음에 잔물결이 일렁이기 시작했다. 물결이 만들어내는 곡선마다 '우리'의 빛이 스며들고 있었다.

일주일 후

승재를 다시 만난 건 그 일이 있고 일주일 후였다. 손의 상처 때문에 한동안 실험을 할 수 없었던 윤슬은 대부분의 시간을 저주의 방에서 혼자 밀린 논문을 읽고 정리하는 데 쓰고 있었다. 하루 종일 비가 내리던 날이었다. 비 때문인지, 시간 때문인지 진위를 알 수 없는 어스름이 주위를 감돌고 있을 무렵이었다.

"아니, 그 일이 있고도 여기에 온 겁니까? 저주 내리면 어떻게

하려고. 간이 완전히 부었나 봅니다. 간비대증 검사도 받아봐야
겠는데?"

뜻밖에도 승재였다.

"상처는 괜찮아요? 아, 정말 누가했는지 봉합 하나는 완벽하게
했죠? 흉터는 한동안 남을 겁니다."

승재가 너스레를 떨며 가운 주머니에서 무언가를 꺼냈다. 흉터
연고였다. 예상치 못한 호의에 윤슬이 어색하게 연고를 받으며 말
했다.

"아, 고마워요. 지난번 일도."

"고마웠다는 사람이 연락 한번을 안 하나?"

윤슬도 승재에게 연락을 해야 하나 생각을 안 해본 것은 아니
었다. 하지만 의도치 않게 그의 치부를 알게 되어버린 것 같아 연
락을 할 수가 없었다.

"그때 입고 있던 셔츠를 아무리 빨아도 피가 안 지워집니다. 그
러니까 새로 하나 사줘요."

친한 사이에서나 할 법한 툴툴거림이 윤슬은 당황스러웠다. 뭐
라고 대답해야 할까 고민히 는 시이 승재가 천천이 입을 열었다.

"그날 내 통화를 엿들으려고 여기 있었던 게 아니라는 걸 나중
에야 알게 됐습니다. 내가 선배의 공간에 제멋대로 들어와놓고
무례하게 굴어서 정말 미안했습니다."

뜻밖의 담백한 사과였다. 윤슬은 이번에도 뭐라고 답을 해야
할지 몰랐다. 한동안 정적이 감돌자 승재가 다시 말을 꺼냈다.

"어렸을 때부터 사람들의 주목을 받으며 살아왔어요. 일거수 일투족을 감시받고 평가받는 삶이랄까. 뭐 그게 꼭 나빴다고만은 할 수 없을 것 같습니다. 그래서 정말 열심히 살았으니까."

그가 깊은 숨을 내쉬었다.

"경쟁이 치열한 특목고에 다녔어요. 중간고사를 보던 날 위경 련이 너무 심해서 결국 병원에 가야 했죠. 앰뷸런스가 도착하고 시험 도중에 들것에 실려 나가는데, 나랑 제일 친했던 친구와 눈이 딱 마주쳤어요. 그때 그 자식 표정을 아직도 잊을 수가 없어요. 이번 시험은 내가 저 재수 없는 새끼를 이겼구나 하는 표정."

윤슬은 승재가 무슨 말을 하는지 알 것 같기도 했다.

"한번 그런 표정을 보고 나니 그제야 알겠더군요. 생각보다 많은 사람들이 그 친구와 같은 표정으로 나를 보고 있다는 걸. 사람이 꽤 고독해지더라고요. 차라리 그 모습을 안 보려고, 더 완벽해지려 했던 것 같습니다. 지금 와서 생각해보면."

쓸쓸한 목소리로 승재가 말을 이었다.

"그러다가 이 자리에서 내가 가장 감추고 싶었던 상처를 들켜 버린 바로 그 순간……."

승재가 윤슬의 눈을 가만히 응시했다.

"선배의 눈물을 봤습니다."

그녀의 심장이 요동치기 시작했다.

"궁금했습니다. 왜 울고 있었던 건지."

윤슬의 의지가 개입할 겨를이 없었다. 그녀 안에서 지금껏 존재감 없이 움츠리고 있던 진심이 생각을 거치기도 전에 입술 사이를 비집고 나왔다.

"죄송하다고 해서."

전혀 예상하지 못했다는 표정으로 승재가 윤슬을 바라보았다. 윤슬은 뭐에 홀리기라도 한 듯 계속 말을 이어나갔다.

"어머니께 해드릴 수 있는 게 없어서 죄송하다고 해서. 이승재 씨 잘못이 아닌데……."

윤슬은 엄마가 떠올랐다. 엄마의 추한 모습에 분노가 치밀어 올랐다. 엄마는 술에 취하면 늘 주문을 외듯 읊어댔다. "내가 술을 마시는 건 다 너 때문이야. 그 남자가 나를 떠나버린 것도 다 너 때문이야. 내 인생이 이렇게 비루해진 것도 다 너 때문이야." 엄마가 아무렇게나 뱉어낸 독설은 불에 녹아버린 싸구려 플라스틱처럼 악취를 풍기며 찐득찐득 윤슬의 인생에 들러붙었다. 떼어내고 싶어도 떼어낼 수 없었다. 언젠가부터는 그녀의 인생과 한 몸이 되어버린 듯했다.

"이승재 씨가 할 수 있는 건 아무것도 없었을 텐데."

승재의 눈동자에 투명한 물이 치오르면서 목울대가 한 번 크게 꿈틀거렸다.

"부모님의 인생이고, 그분들의 결정이고 책임인데, 왜 이승재 씨가 사과를 하는 거죠?"

엄마의 인생이고, 엄마의 결정이고 책임인데, 왜 내가 죄책감을 가져야 하는 거지? 차마 입 밖을 나가지 못한 말은 그녀의 마음을 사정없이 흔들어놓고 있었다. 눈물이 흐르기 시작했다. 참을 수 없는 흐느낌이 되었다. 윤슬은 당황스러웠다. 그곳을 떠나야 할 것 같았다.

"미안해요. 내가 왜 이러는지 모르겠어요."

윤슬이 급하게 의자에서 일어나 자리를 뜨려고 하는데, 승재가 팔을 뻗어 그녀의 손목을 잡았다. 크고 따뜻한 손이었다.

"고마웠습니다. 나 때문에 울어줘서."

승재의 나직한 목소리에 윤슬의 심장이 아릿하게 녹아내리고 있었다. 두 사람의 시선이 허공에서 격하게 서로를 감싸 안았다. 윤슬은 이제라도 승재에게 묶여 있는 시선을 풀어내고 도망가야 한다고 생각했다. 하지만 마음은 더 이상 윤슬의 것이 아니었다. 마음이 자신을 떠나 승재에게 닿기를 열망하고 있었다. 승재의 시선이 윤슬의 손으로 옮겨왔다.

"이거군요. 그때 그 상처."

윤슬의 손목을 잡고 있는 승재의 손이 잔잔히 떨렸다. 윤슬이 상처를 숨기려고 손을 빼려 했지만 그는 놓아주지 않았다.

"상처에 키스해도 됩니까?"

윤슬의 허락을 듣기도 전에 승재가 깊게 상체를 숙여 상처 위에 입술을 대었다. 이 남자가 그곳에 입을 맞추니 오래전 광막한 우주에 매몰되었던 모든 따스한 것들이 서서히 존재를 드러내며 윤슬에게 전해지고 있었다.

"눈물에 키스해도 됩니까?"

다시 한번, 허락을 듣기도 전에 윤슬의 눈물 위에 승재가 입술을 대었다. 윤슬이 흠칫 뒤로 한 발짝 물러섰다. 승재는 전혀 개의치 않고 눈물이 흘러간 자국을 따라 입을 맞추었다. 윤슬이 한 발짝 더 뒤로 물러섰다. 등 뒤로 딱딱한 벽이 느껴졌다. 더 이상 피할 곳이 없었다. 그의 입맞춤이 싫어서 물러선 것이 아니었다. 너무나 깊고 거대한 바다 같아서, 감히 그를 담을 수 없을 것 같아서였다. 하지만 이미 가늠할 수 없는 거대한 바다가 윤슬의 온몸을 적시고 있다.

"입술에 키스해도……"

누가 그 말을 했는지 알 수 없었다. 마음이 마음에게 말한 건지도 모르겠다. 중요한 것은 문장이 채 끝나기도 전에 서로의 입술이 서로를 찾기 시작했다는 것이다. 입술이 겹쳐졌을 뿐인데, 그들의 외로웠던 인생이 치열하게 서로에게 엉켜들었다. 메말랐던 땅에 비가 떨어지는 느낌이었다. 목말랐던 땅이 빗방울을 흡수하는 순간 걷잡을 수 없는 욕망이 시작되었다.

그들은 서로를 어루만지고 파고들고 감싸 안았다. 살면서 무엇인가를 이토록이나 갈망했던 적은 없었다. 윤슬은 승재의 모든 것을 원하고 있었다. 차라리 그의 소유가 되고 싶었다. 자신을 완전히 부서트리고 그와 하나가 되고 싶었다. 승재의 입술이 천천히 윤슬의 목덜미로 내려갔다.

그의 뜨거운 숨결이 닿은 곳마다 아우성쳤다. 더 원한다고. 그의 모든 것을 더 원하고 있다고. 윤슬의 마음을 읽기라도 한 듯

승재가 더 저돌적으로 다가왔다. 그의 숨결이 떨리고 있었다. 떨림은 갈망이 되었다. 갈망은 욕망이 되었다. 윤슬이 입고 있던 셔츠의 단추가 하나씩 풀렸다. 단추를 푸는 손이 그의 손인지, 그녀의 손인지 알 수 없었다. 윤슬의 하얀 속살이 드러났다. 승재가 쇄골에 얼굴을 묻고는 숨을 몰아 내쉬었다. 그의 숨결이 닿는 곳마다 빛이 스며드는 것 같았다.

승재의 빛이 가슴골을 타고 천천히 내려가자 윤슬은 덜컥 겁이 났다. 이렇게 찬찬히 몸을 비춰나간다면, 내 모든 것이 드러나는 게 아닐까? 내가 감히 이렇게 빛나는 사람을 원해도 되는 걸까?

윤슬은 그제야 제정신이 들었다. 더할 수 없이 비루한 자신의 삶과 비루하다 못해 비참한 엄마, 그리고 무의식중에 그런 엄마가 차라리 죽어버리길 바라고 있는 잔인한 심장을 숨기고 싶었다. 죽을 만큼 승재를 원했지만, 자신의 모든 것을 드러내면서까지 그를 원하지는 않았다.

"잠깐만요!"

윤슬이 두 손으로 힘껏 승재를 밀어냈다. 순식간에 몸에서 온기가 사라지고 찬 기운이 밀려들었다. 승재의 폐부에서 깊은 숨이 천천히 그리고 조금씩 흘러나왔다. 애써 이성을 되찾기 위해 노력하는 모습이었다.

"아, 미안합니다. 내가 너무 갑자기."

승재가 윤슬의 옷섶을 여며주며 사과를 했다. 어둠 때문에 그의 표정이 보이지 않았다. 다행이었다.

"그런 게 아니라……."

윤슬은 말을 끝맺지도 못하고 도망치듯 그를 떠났다. 방금 전까지 그녀의 몸 구석구석을 밝히던 빛이 소멸해가고 있었다. 원래 빛나지 않던 그 상태로 돌아가고 있었다. 찬란한 빛을 지니고 있다가 한순간에 빼앗겨버리기보다는, 차라리 처음부터 빛나지 않는 편이 덜 비참했다.

한 달 후

윤슬은 한 달 동안 집요하게 승재를 피해 다녔다. 그는 감히 다가오지 못하고 미안해하는 눈빛으로 윤슬을 바라보기만 했다. 제발 그런 눈으로 보지 말라고, 그럴 필요 없다고 말해주고 싶었다. 그날의 일은 모든 것이 다 자신의 책임이라고. 하지만 그 말을 하려고 승재를 만났다가는, 그때는 정말 헤어 나오지 못할 것이라는 걸 윤슬은 알고 있었다.

사람들이 연구실을 비운 저녁 늦게 나왔다가 새벽에 돌아가는 날들의 연속이었다. 윤슬은 그날 역시 아무도 없는 현미경실에서 몇 시간째 실험을 하고 있었다.

"야아, 여기가 그 유명한 아가포브 연구실이구나."

현미경실 밖에서 낯선 남자의 목소리가 들렸다.

"선배님, 여기는 웬일이세요?"

승재의 목소리였다. 그의 목소리만 듣고도 심장이 자신의 존재감을 드러내며 덜그럭거렸다. 윤슬은 자신도 모르게 숨을 죽이고 모니터 전원을 꺼버렸다. 빛의 유일한 공급원이 사라지니 그녀도 어둠 속 그림자가 되었다.

"야, 여기로 로테이션 왔으면 먼저 과학고 선배님께 인사부터 드려야 하는 거 아니야? 빠져가지고."

하버드 한국 학생회 회장을 맡고 있는 김경석이었다. 윤슬도 몇 번 건물에서 그를 지나친 적이 있었다. 무슨 기업인가의 망나니 셋째 아들이라고 했다.

"죄송합니다, 형. 정신이 없어서."

"여기가 그 이윤슬인가 뭔가 하는 개 자리냐? 실력도 없는 게 교수 잘 만나서 운 좋게 하버드까지 왔다는."

승재는 아무런 대꾸도 하지 않았다. 윤슬이 있는 현미경실에서는 승재의 뒷모습만 볼 수 있었다. 윤슬은 그가 어떤 표정을 짓고 있는지 궁금했다.

"늦었는데 아직 실험실에 계셨어요?"

"윤슬이라는 애 어때? 걔가 표정이 없어서 그렇지, 가만히 뜯어보면 몸매도 좋고, 얼굴도 그 정도면 하버드 여자들 가운데 중간 이상은 가고. 뾰족하고 어둡고 축축한 늪 같달까? 어떤 느낌일까, 그런 애들이랑 하면?"

그의 발언에 모욕감이 느껴졌지만, 이런 일을 조용히 넘기고 최대한 그림자처럼 사는 것이 지금까지 윤슬이 해온 일이었다.

"선배님, 저 오늘 여기서 밤새워야 해서······."

승재가 최대한 예의 바르게 그만하라는 사인을 보냈다. 하지만 좋은 집안에서 가족들의 사랑을 받으며 자라나, 늘 지구가 자기를 중심으로 돌고 있다고 생각하는 인간들은 눈치가 없었다. 자라면서 누군가의 눈치를 볼 필요가 없었을 테니까. 눈치는 패배자들이나 보는 거라고 생각하고 있을지도 모르는 일이었다.

"난 걔가 겉으로는 고고하게 굴어도 그 눈빛에 뭔가 갈망하는, 아쉬워서 목말라하는 그런 게 있는 것 같아. 그런 애들이 또 잠자리에서 넙죽넙죽하면 그 반전 매력이 아주 그냥."

"아, 씨발 그만하라고."

더 이상 낮아질 수 없을 것 같은 저음의 목소리가 공간을 제압했다. 경석의 표정이 싸늘하게 변했다.

"뭐? 너 지금 뭐라고 했냐?"

"아, 씨발 그만하라고 했습니다."

승재는 느릿하고 우직하게 다시 한번 반복했다.

"당신 같은 쓰레기가 함부로 말해도 되는 사람이 아니니까"

윤슬은 승재에게 달려가고 싶은 걸 가까스로 참았다. 자신의 심장을 당장이라도 그에게 내주고 싶은 심정이었다.

"이 새끼가 미쳤나, 죽으려고."

퍽! 경석의 성마른 주먹이 승재의 뺨을 거세게 쳤다. 고개가 아무런 저항 없이 왼쪽으로 완전히 젖혀졌다. 승재는 그 상태로 천천히 눈을 떴다. 그의 시선이 어둠 속에 가려져 있던 윤슬을 포착했다. 승재의 얼굴이 서서히 일그러졌다.

"설마 다 들은 겁니까?"

승재가 입술에서 흐르는 피를 닦으며 윤슬에게 물었다.

"이 새끼가 하는 말을 다 듣고 있었던 거냐고!"

분노와 슬픔과 애절함이 동시에 느껴지는 복잡한 목소리로 승재가 소리쳤다.

"이 미친놈이 대체 무슨 헛소리를 하는 거야?"

승재는 다시 날아오는 경석의 주먹을 가볍게 막아 비틀면서, 그를 벤치 쪽으로 밀어버렸다. 경석이 반항하려 했지만 승재는 그를 완전히 제압했다.

"아! 너 이 손 안 놔?"

"사과해."

"뭐? 이윤슬이 너랑 무슨 관계인데 이 지랄이야?"

"내가 사랑하는 여자니까 사과하라고."

지금 '사랑'이라고 한 건가? 그가 내뱉은 단어 하나가 윤슬에게 새로운 생의 의미가 되고 있었다. 사랑이 뭐라고 이토록 심장이 뛸까. 사랑 그까짓 게 대체 뭐라고. 윤슬은 한 걸음 한 걸음 승재 곁으로 다가갔다. 두 팔을 내밀어 뒤에서 승재를 힘껏 끌어안았다. 경석을 치려고 한껏 치켜든 그의 팔이 주춤거렸다. 성난 괴물을 달래기라도 하듯 천천히 그의 팔을 끌어내리자, 승재의 거친 숨결도 차츰 고요해졌다.

어떻게 승재와 함께 실험실을 나왔는지, 어떻게 아파트까지 왔는지, 어떻게 열쇠로 현관문을 열고 들어왔는지 윤슬은 기억나지 않았다. 또렷하게 기억에 새겨진 것은 이미 침대 위에서 서로를 갈망하고 있던 순간부터였다. 어떻게 그녀가 그를 원했는지, 어떻게 그녀가 그의 모든 것을 원했는지, 어떻게 그녀가 닿아 있는 모든 곳마다 그의 것이 되기를 원했는지. 승재의 손이 윤슬의 맨살을 섬세하게 훑어 내렸다. 무엇보다 윤슬을 전율하게 한 것은 승재의 숨결이었다. 그의 숨결이 머물다 간 모든 곳이 찬란히 빛났다. 윤슬의 인생에서 가장 찬연하게 빛나는 순간이었다.

"왜 처음부터 나를 원했어?"

어둠 속에서 승재가 물었다. 질문이 아니라 확인하려는 것 같았다.

"승재 씨한테서 빛이 난다고 생각했어. 그 빛 안으로 들어가면 따뜻해질 것 같아서."

"고등학교 1학년 때였나, 학교를 마치고 집에 왔는데 어머니가 거실에 쓰러져 계셨어. 옆에는 수면제 통이 뒹굴고 있고."

오랜 정적을 깨고 승재가 이야기를 시작했다.

"무작정 어머니를 들쳐 업고 병원으로 갔는데, 그때 너무 무서웠어. 어머니가 내 등 위에서 죽어버릴까봐. 그럼 나는 평생 어머니의 무게를 짊어지고 살아야 할 것 같아서. 그렇게 알게 됐어. 아버지에게 다른 여자가 있다는 걸."

승재의 목소리는 건조하리만큼 차분하고 평온했다. 윤슬은 그게 슬펐다.

"그 인간에게 전화를 했더니, 내 말을 다 듣지도 않고 먼저 보좌관을 불렀어. 빨리 의료진들 입막음하고, 언론도 막으라고. 어머니가 또 쇼를 하는 거라고 했어. 아직 어머니를 모르냐고. 어머니는 마음의 병이 아주 깊은 사람이라고. 처음부터 수면제는 몇 알 없었다고. 그날 생전 처음 욕을 했어. 개새끼."

순간 윤슬은 진심으로 궁금했다. 그런 개새끼 같은 아버지라도 있는 게 나을까, 아니면 사생아로 살아가는 게 나을까. 그때 신문에서 봤던 그 남자도 그런 개새끼였을까?

"널 처음 봤는데 고요한 그림자 같았어. 같은 공간에 있는데도 자꾸만 시야에서 사라져서 언젠가부터 나도 모르게 너를 찾게 됐어. 거짓으로 빛을 내고 사는 것에 지쳐서 그랬던 것 같아."

승재의 잔잔하고 깊은 숨이 윤슬의 어깨에 닿았다.

"그날 내 잘못이 아니라고 네가 말해주었을 때 비로소 숨이 쉬어졌어."

승재의 말에 윤슬의 마음이 일렁였다.

"그때 생각했어. 네가 만들어놓은 그늘에 가면 숨 쉴 수 있겠구나. 거기서는 빛나는 척하면서 살지 않아도 되겠구나."

아이러니한 인생들이었다. 찬란하게 빛나는 사람이 그림자 같은 사람에게 위안을 받고 있었다. 밤새도록 사랑을 나누고, 입을 맞추고, 그들이 살아왔던 인생을 어루만져주었다. 이 드넓은 세상, 수없이 많은 사람들 사이에서 서로를 찾아주고 서로의 아픔을 알아봐주었다는 사실이 신기했다. 기적이었다.

지은 지 100년이 넘은 보스턴 아파트의 낡은 창문 밖으로 오 렌지색 빛이 희미한 선을 그려가고 있었다. 어둠의 절정이 그 가 느다란 빛의 선에 의해 서서히 무너졌다.

"세상에서 나만 불행한 것 같았어. 그걸 들킬까봐 두려웠고. 그래서 나를 동정할까봐, 동정하는 척하면서 사실은 나를 경멸 할까봐 더 두렵고 외로웠어."

살면서 처음 느껴보는 초현실적인 평안함에 윤슬은 저도 모르 게 속마음이 흘러나왔다. 승재가 당황스러운 기색으로 말했다.

"아, 미안해. 그동안 너무 내 얘기만 했지. 너희 부모님도 우리 부모님처럼 구제불능이신가?"

"어?"

승재의 짧은 질문에 다시 윤슬의 비참한 현실이 재생되었다. 사생아, 피해 의식에 절어 알코올중독자가 되어버린 엄마, 하루 에도 몇 번씩 차라리 고아인 게 낫겠다고 생각하는 자신. 윤슬의 방어기제가 본능적으로 급소를 틀어잡았다.

"나, 부모님이 안 계셔."

분명한 것 하나는 승재에게 절대로 사실 그대로를 말하면 안 된다는 것이었다. 승재가 흠칫 놀라며 몸을 일으켜 세웠다. 한참 이나 윤슬을 바라보다가 나지막한 소리로 "미안해"라고 말했다. 미안해하지 않아도 된다는 말이 나오기도 전에 윤슬의 이마에 승재의 입술이 닿았다.

미안하다는 승재의 말은 네가 고아여서 불쌍하고 가엾다는 뜻이 아니었다. 힘든 시간을 너 혼자 보내게 해서, 너무 늦게 너를 찾아와서 미안하다는 말이었다. 이제는 자기가 옆에 있으니까 괜찮다는 '미안해'였다.

승재는 몇 번이나 윤슬에게 미안하다는 말을 되풀이했다. 그때마다 그의 입술이 그녀에게 닿았다. 그의 온기가 그녀에게 스며들고, 그의 진심이 그녀를 물들였다. 그의 '미안해'는 공감이었고 위로였고 구애였고 갈망이었고 애정이었다. 윤슬은 이 세상 모든 좋고 따스한 것들을 다 내포하고 있는 승재의 미안하다는 말에도 차마 자신의 진실을 말하지 못했다.

영생 빌딩 안

한참 아무 말도 하지 않던 남자가 드디어 입을 열었다.

"대체 왜 그런 거짓말을 한 거야? 이승재였다면 충분히 당신을 이해해줬을 것 같은데. 당신이 사생아였든, 어머니가 알코올중독자였든 그 사람은 여전히 당신 곁에 있었을 거야. 이승재가 그런 남자라는 거 당신도 알고 있었잖아."

윤슬의 눈빛이 흔들렸다. 그의 말이 맞았다. 승재는 그런 남자였다. 그래서 윤슬이 승재를 잊을 수 없는 것이다. 승재에 대한 기억은 점점 더 저주가 되어갔다. 절대로 버릴 수 없는데, 절대로 가질 수 없어서. 잊어야 하는데, 더욱 선명해져서.

"당신이 그렇게 사라져버리고 이승재가 과연 행복했을까?"

자신이 떠난 후에 승재가 어떻게 살았을지 윤슬은 일부러 생각해보지 않았다. 그를 지워버려야 살 수 있었다. 안 그랬다면 진즉에 무너져 내렸을 것이다.

"왜 이승재를 떠날 수밖에 없었는지, 제대로 말해야 했어. 그렇게 떠나버리는 건 비겁한 짓이었어."

윤슬은 승재가 불행하게 살았으리라고는 전혀 생각하지 않았다. 그의 소식을 가끔 뉴스에서 접할 때마다, 그는 여전히 빛나는 삶을 살고 있는 것 같았다. 우아한 아내와 함께 로스앤젤레스 아카데미 영화 박물관에서 열리는 만찬에 참석한 사진이 한동안 포털 사이트의 메인 화면을 장식했다. 리무진에서 내리는 아내에게 한 손을 내밀어 에스코트해주는 모습이었다. 영화 속의 한 장면 같았다. 사생활 보호 차원에서 얼굴은 흐릿하게 처리되어 있었지만, 사진에 포착된 그녀의 몸짓에는 사랑받고 사는 여자의 당당함이 배어 있었다.

그 사진을 본 순간 심장이 저릿했다는 것을 윤슬은 부인할 수는 없었다. 승재의 사랑이 어떤지 알고 있었으니까. 윤슬 안에서 희미하게 사그라지던 모든 빛의 조각을 하나하나 끌어내어 온전히 빛나게 만들어준 사람이었다. 승재의 사랑이 이제는 저 여자를 빛나게 하고 있었다. 그래서 행복할 거라 생각했다.

"당신이 그렇게 떠나버려서 이승재는 숨도 쉴 수 없었을 거야. 숨을 쉬고 싶지 않았을지도 모르지. 아침마다 잠에서 깨어나 아직도 숨을 쉬고 살아야 한다는 사실에 절망했을 거라고. 아마 여전히 그렇게 살고 있을걸?"

"설마……."

윤슬은 목소리가 떨려 더 이상 말을 이을 수 없었다. 더없이 하찮은 나라는 존재가 승재의 삶을 그토록이나 불행하게 만들었다는 것이 과연 가당키나 한가.

"그런데 이승재 그 사람만 불행했을까?"

"그게 무슨 소린가요?"

남자는 거기서 말을 멈추었다. 그는 두 입술을 굳게 다물어버렸다. 그 질문의 답은 윤슬 스스로 찾아보라는 듯이.

11월 3일, 08:40 PM, KBC 신관 공개홀

"재미있는 사실은 이븐 교수가 사실은 사후 세계나 영혼의 실체
에 회의적이던 뇌과학자였다는 거죠. 하지만 자신의 죽은 여동생
을 만나는 임사체험을 하고 난 후, 그는 입장을 완전히 바꾸게 됩
니다. 과학계의 빈축을 살 것이라는 것을 알고 있으면서도, 그의
경험을 사람들에게 꼭 알려야겠다는 생각을 했죠. 저도 과학을
하는 사람이라 처음 임사체험에 접근했을 때는, 이것이 그저 뇌
의 환각이라는 전제하에 연구를 시작했던 걸 인정하겠습니다. 일
레나 교수님이 저를 엄청 구박하셨던 게 기억나는군요."

"아, 지난 2009년 췌장암으로 안타깝게 돌아가신 하버드 대

학 일레나 아가포브 교수님을 말씀하시는 거군요."

승재의 표정이 갑자기 심각해졌다.

"사실 저의 지도 교수였던 그분이 상을 받으셔야 했습니다. 임사체험 연구는 그야말로 일레나 교수님의 프로젝트 도어 전과 후로 나뉜다고 해도 전혀 과장된 표현이 아닙니다. 프로젝트의 이름이 시사하는 대로 임사체험 연구의 문을 열어준 학자라고 평가받고 있는 분이죠."

승재는 뒤쪽 화면으로 시선을 옮겼다. 한 올 흐트러짐 없이 머리를 올백으로 넘기고, 얼굴에 웃음기가 하나도 없는 여성의 사진이 화면에 올라와 있었다.

"이분이 일레나 아가포브 교수님입니다."

"저희가 16년 전 일레나 교수님 연구실의 단체 사진을 찾았는데요. 저기 두 번째 줄에 계신 분이 이승재 교수님 아니신가요?"

사진을 본 승재가 머뭇거리며 화면에서 눈을 떼지 못했다. 다른 사람들이 보면 앞을 바라보고 있는 것 같았지만, 사실 그의 시선은 사진에 찍히기 싫어 앞 사람의 뒤에 살짝 숨어 있는 윤슬을 향하고 있었다. 심장이 온도를 높여가고 있었다. 늘 이런 식이다. 이제는 담담해질 때도 됐는데 말이다.

"교수님?"

넋이 나간 듯 아무런 반응이 없는 승재를 사회자가 불렀다.

"네, 아마 제가 아가포브 연구실에 합류하고 한 학기쯤 지나서 찍은 사진 같습니다."

승재가 목소리를 가다듬으며 말했다. 그의 인생에서 가장 고요하고 평안한 순간이었다. 윤슬을 품에 안으면 심장으로 빛의 물결이 밀려들었다. 그 물결에 몸을 맡기고 눈을 감으면 그녀에게 젖어들었다.

"일레나 교수님은 안락사를 선택하고 임종 직전 브레인 이미지를 찍을 수 있게 해주셨죠?"

"네, 맞습니다. 사망 직후에 뇌를 해부할 수 있도록 유언장도 준비해놓으셨어요. 이렇게 하다 보니 제가 그분의 뇌를 직접 해부하게 됐죠."

윤슬이 하루아침에 사라져버려서 어부지리로 승재에게 그 영 광스러운 자격이 주어진 것이다. 사실 교수님은 그 누구보다도 윤슬의 손길을 원하셨다. 지금 이 자리에 있어야 할 사람은 그가 아니었다. 윤슬이었다.

"많은 학자들이 임사체험을 죽음의 공포에 시달리다가 뇌의 뉴런이 튕겨 나가 환각을 보는 것, 혹은 뇌에 산소가 부족해 생기는 측두엽 발작 증세라고 설명하죠. 하지만 일레나 교수님은 그런 이론을 정면으로 반박합니다."

승재는 잠시 뜸을 들이다가 말을 이었다.

"첫째, 임사체험을 한 사람들의 11퍼센트는 뇌사에 빠져 있던 경우였습니다. 뇌가 전혀 기능하지 않고 있던 상태였죠. 그런데도 그 사람들은 뇌사 상태에서 경험한 일들을 제법 상세하고 체계적으로 기억하고 있었습니다. 이븐 박사가 자신의 여동생을 만난 것을 생생하게 기억하는 것처럼 말이죠."

"정말 생각해보니까 그렇겠군요. 뇌사에 빠진 사람들은 생각을 할 수 없을 테니, 환상을 보고 그것을 기억해내는 것 자체가 불가능하겠습니다."

"둘째, 임사체험을 한 사람들이 죽음을 대하는 태도가 180도 바뀌었다는 겁니다. 심장 전문의 핌 반 롬멜 박사는 임사체험자들을 8년 동안 추적 연구했는데, 흥미롭게도 다시 생으로 돌아온 후 99.4퍼센트가 더 이상 죽음을 두려워하지 않게 되었고, 95퍼센트 이상이 신과 사후 세계에 대해 강한 믿음을 가지게 되었습니다.

임사체험 연구가 급물살을 타게 된 것은 일리노이 대학 제프리 롭 교수의 논문 때문이었는데요. 교수는 사망한 지 네 시간이 지나 시체 안치소에 있던 사람의 뇌를 구성하는 특정 세포들이 여전히 활동을 하고 있다는 걸 밝혀냈습니다. 뇌세포의 사멸은 우리가 생각했던 것보다 더 오랜 시간 점진적이고 단계적으로 진행된다는 거였죠."

승재는 화면으로 또 다른 사진을 보여주며 설명을 이어나갔다. 전선이 주렁주렁 달린 정교한 헬멧처럼 보이는 기계였다.

"1975년 레이먼드 무디 박사가 사람들의 경험과 불완전한 기억을 바탕으로 처음 임사체험 연구를 시작했다면, 50년이 지난 지금은 빅 데이터와 브레인 이미징 테크놀로지의 발전으로 죽음의 실체를 조금 더 파헤칠 수 있게 되었습니다. 화면에 보이는 건,

래피드 3D 뉴로스캐너라고 부르는 장치입니다. 최첨단 기술력을 이용해 더 미세한 뇌파와 뉴런의 움직임을 감지할 수 있게 해줍니다. 이 뉴로스캐너 헬멧으로 스티브 잡스가 세상을 떠나는 순간 왜 'Oh, wow'라고 감탄사를 내뱉었는지 그 이유를 알 수 있게 된 거죠. 어렴풋이나마 죽음의 실체를 알게 된 겁니다."

이번에는 화면에 뉴로스캐너로 촬영한 영상이 떴다.

"이 헬멧으로 의사가 사망 판정을 내린 환자들의 뇌파를 스캔했는데요. 피실험자는 이미 사후경직이 일어나기 시작하는, 말 그대로 시체였습니다. 그런데⋯⋯."

미미하긴 하지만 영상에는 분명히 움직임이 있었다.

"뇌파가 잡힌 겁니다."

방청석 여기저기에서 탄성이 흘러나왔다.

"설마, 죽은 게 아니었다는 뜻인가요?"

"그렇게 '삶 혹은 죽음'이라는 이분법적 구분에 근거해 말할 수는 없을 것 같습니다. 심장과 뇌가 완전히 정지한 육체 속에 여전히 존재하는 그 무엇인 겁니다."

신연처럼 고요해진 방청객들을 보며 승재가 말했다.

"예전에는 '죽음이란 무엇인가' 혹은 '영혼은 존재하는가'라는 물음에 철학과 종교만이 답을 할 수 있었지만, 이제는 뇌과학이 그 답을 제시해야 하는 순간이 온 거죠."

"그게 정확히 무슨 뜻인가요?"

"지금까지 알고 있던 뇌파보다 훨씬 낮은 영역대의 뇌파를 하나 발견하게 된 겁니다. 저희는 이 뇌파를 오메가파라고 부르기로 했습니다. 오메가는 그리스 문자의 마지막 자모이며, 수학적으로는 절대적 무한을 의미합니다. 그러니까 오메가파는 인간이 최후로 내보내는 뇌파인 동시에, 영혼의 영속성을 의미하는 뇌파입니다. 그래서 '영혼의 뇌파'라고 부르기도 합니다. 오메가파는 사람이 사망하기 몇 시간 전에 나타나기 시작해서 사망 후에도 72시간 정도 발화하다가 서서히 사라집니다."

잠시 멈추고 승재가 숨을 골랐다.

"여기서 우리는 72시간, 바로 3일의 의미를 되새겨야 할 필요가 있습니다. 동서고금을 막론하고 사람이 죽으면 3일을 기다렸다가 장례를 치르는 풍습이 있다는 것을 다들 알고 계실 겁니다. 고인이 다시 살아날 수도 있을지 모른다는 믿음에서 비롯되었다고 하죠. 바로 오메가파가 여전히 발화하고 있는 최후의 72시간이 아니었을까요?"

"정말 그러네요. 지금 소름 돋았어요."

"이쯤에서 뉴로스캐너 헬멧에 대해 조금 설명을 드려야 할 것 같은데요."

화면이 뉴로스캐너 헬멧 사진으로 바뀌었다.

"이 헬멧을 쓰고 다음 화면에 나오는 빨간 사과를 머릿속으로 떠올리면, 우리의 뇌는 다음과 같은 발화 패턴을 보입니다."

사과에 이어 바로 뉴로스캐너가 찍은 영상이 떴다. 일반인이 보기에는 점과 선들이 무작위로 움직이는 이미지 같았지만, 승재가 빛이 나고 있는 부분을 포인터로 표시해주니 비로소 사과 모양의 패턴이 보였다.

"이 테크닉을 이용해 이미 임상적 사망 판정을 받은 뇌가 무슨 형상을 떠올리고 있는지를 알아낼 수 있었습니다."

"아, 정말 신기하네요. 그러니까 이미 죽은 사람들의 뇌가 계속 무엇인가를 인지하고 있다는 뜻이군요. 대체 뇌는 무엇을 보고, 무엇을 느꼈던 걸까요?"

그것을 가장 먼저 알아낸 사람. 천재였지만 자신이 천재였다는 것을 몰랐던 사람. 그래서 더 빛났던 사람. 그 사람의 빛이 잔물결을 타고 승재에게로 흐르고 있었다. 이것은 순전히 윤슬이 해낸 일이다. 이 패턴을 발견한 것은 오로지 윤슬만의 천재적인 통찰력과 끈질긴 근성이었다. 윤슬이 이렇게 초석을 다져놓지 않았다면, 오늘의 이 영광은 승재를 찾아오지 않았을 것이다.

"아주 우연히 발견했습니다. 이미 죽은 사람이 72시간 동안 보여주는 브레인 이미지 패턴이 36주 된 자궁 속 태아의 브레인 이미지 패턴과 아주 비슷하다는 것을요. 방금 하신 질문의 답은 태아가 보고 느끼고 있는 바로 그것입니다."

"글쎄요. 엄마 배 속에는 아무것도 없지 않나요?"

"아무것도 없긴 하죠. 이것 하나만 빼고."

"오! 엄마의 자궁 속에는……."

사회자가 무엇인가 큰 발견을 한 것 같은 말을 내뱉었다.

"태아를 감싸고 있는 양막 안쪽에는 양수가 가득 차 있죠. 죽음의 순간 우리의 뇌가 보고 느끼는 것은 바로 '물'이었습니다."

방청석에서 탄성이 흘러나왔다.

"이때까지만 해도 윤리적인 이유로 이미 사망한 피실험자의 뇌만 연구 목적으로 스캔할 수 있었습니다. 아무래도 연구에 한계가 있었죠. 그러다가 2009년 일레나 교수님이 스스로 프로젝트 도어의 살아 있는 첫 번째 피실험자가 되기로 한 겁니다. '죽어가는 바로 그 순간의 피실험자'라는 말이 더 정확하겠군요."

일레나 교수가 머리에 전선이 주렁주렁 달린 뉴로스캐너 헬멧을 쓰고 있는 사진이 화면에 나왔다. 마치 그리스 신화에 나오는 메두사를 찍어놓은 것 같았다.

"모든 연명 치료를 중단한 시점의 일레나 교수님입니다. 보시다시피 뉴로스캐너 헬멧을 장착한 직후죠. 이 사진을 찍고 정확히 다섯 시간 5분 만에 임상적 사망 선고가 내려졌습니다. 호흡이 멎고, 오메가파를 제외한 모든 뇌파가 발화를 멈췄다는 뜻입니다."

"고인의 생전 마지막 사진이 된 거군요."

"이때부터 임종 시점까지 이렇게 뉴로스캐너 헬멧을 이용해 교수님의 죽어가는 뇌를 연속 촬영했습니다. 이것이 바로 교수님 사망 직전의 뉴런 발화 패턴을 찍은 영상입니다. 시간의 흐름과 함께 설명을 드리면, 대략 사망 두 시간 전부터 오메가파가 등장하기 시작합니다. 죽음이 가까이 왔다는 증거이기도 하죠. 이 부분을 보시면 좌측 하단 부분부터 점차 뉴런이 확장됩니다. 시각적으로 물을 인지했다는 의미입니다."

승재는 동영상의 다른 쪽을 가리키며 설명을 이어나갔다.

"그런데 뉴런이 증강되는 것은 시각 부위뿐이 아니었죠."

시각 부위와는 또 다른 부위가 점점 더 활성화되는 것이 서서히 보이기 시작했다.

"지금 더 커지고 있는 이 부분은 뇌에서 촉각을 담당하고 있는 부분입니다. 시각에서 시작한 뉴런의 증강이 촉각으로 번져나가고 있는 겁니다. 결국 일레나 교수님은 시각으로 물을 집하고 나서, 차츰 촉각으로 물을 인지하고 있다는 뜻입니다. 여기, 시간이 지남에 따라 죽음이 가까워져 올수록 촉각 부분이 더욱 확장되고 있는 것도 보이시죠?"

승재는 레이저 포인터로 동영상의 한 부분을 가리켰다.

"바로 이 시점이 임상적 죽음이 이루어진 시점, 즉 의사가 사망 선고를 내린 바로 그 시점입니다. 미세하지만 여전히 활동하는 오메가파가 시간이 지날수록 사라지는 걸 볼 수 있습니다. 마치 영혼이 물에 용해되듯이요."

"사람들은 삶과 죽음의 경계에서 물을 보고, 물로 가까이 간다는 뜻이군요."

"어쩌면 인류는 태곳적부터 죽음이 물과 연결되어 있다는 것을 알고 있었던 게 아닐까요?"

이 연결 고리를 생각해낸 사람 역시 윤슬이었다. 승재는 이것을 설명하는 윤슬을 바라보던 일레나 교수님의 표정을 아직도 생생하게 기억했다. 아, 이 천재가 나의 제자라니! 감탄을 숨길 수 없는 표정이었다.

"가톨릭과 개신교에서는 사람이 죽으면 요단강을 건넌다고 말합니다. 불교나 동양 종교에서는 삼도천 혹은 황천을 건넌다고 하고요. 그리스 로마 신화에서도 사람이 죽으면 건너가야 하는 다섯 가지 강이 있죠. 아케론, 코퀴토스, 플레게톤, 레테, 스틱스이던가요? 힌두교에서는 사람이 죽으면 소를 타고 바이타르나 강을 건넌다고 믿습니다. 아시아와 남아메리카, 아프리카의 159개 소수 민족의 토속 종교에서도 사람이 죽으면 강을 건넌다는 표현을 쓰는 것으로 알려져 있습니다."

"강, 그러니까 물을 뜻하는 거군요. 놀랍네요. 과학과 인문학의 진정한 크로스오버라는 생각이 듭니다."

"일레나 교수님의 숭고한 희생 후, 임사체험 연구는 하루가 다르게 발전하고 있습니다. 교수님이 시작하신 프로젝트 도어는 지금 저희가 진행하고 있는 프로젝트 리턴의 전신이 되었죠."

"이 프로젝트 리턴이 교수님께서 브레이크스루상을 받을 수 있는 결정적인 계기가 됐다고 알고 있습니다. 무슨 프로젝트인지 간단하게 설명해주실 수 있을까요?"

"프로젝트 리턴의 초기 연구는 죽음의 상태에 가장 근접해 있는 환자들, 즉 혼수상태나 코마, 뇌사에 빠진 환자들의 뇌파와 뉴런 발화 형태를 관찰하는 데 주력했습니다. 물론 환자 가족들의 동의하에, 최대한 환자의 상태에 지장 없는 선에서 이루어졌습니다. 혼수상태에 오랫동안 빠져 있거나, 뇌사 상태인 환자들은 한마디로 말하면 삶과 죽음의 경계에 낀 존재들입니다. 저희는 이 삶과 죽음의 시공간을 '회색지대'라고 부르고 있는데요."

"초기 연구에서 무엇을 발견하셨는지 무척 궁금하네요."

"첫째, 브레인 이미지에서 물의 영역이 더 커지고 활성화되는 환자분들은 98.5퍼센트 이상이 결국 의식을 회복하지 못하고 사망하셨습니다. 반면에 물의 영역이 갈수록 작아지던 환자분들 가운데 44퍼센트는 다시 의식을 회복하셨죠."

"와우, 정말 신기하네요."

"다시 의식을 회복한 환자분 중 25퍼센트 정두가 회색지대에서 일어났던 일을 기억하고 계셨는데요. 앞서 언급했던 임사체험 패턴이 이분들에게도 유사하게 나타났습니다. 빛을 본다든지, 터널을 지나간다든지 하는 것들 말이죠. 프로젝트 리턴을 통해서 새롭게 찾아낸 사실이 있다면, 회색지대에서는 물에 한번 들어가면 거기서 밀려드는 평안함 때문에 자꾸 빠져들고 싶어진다는 겁니다."

"물귀신이 떠올라서 조금 무서운데요."

"조금 오싹할 수 있는 이야기지만, 마치 어머니의 양수 안에 들어가 있는 기분이었다고 표현하는 분들도 계셨죠. 그래서 자기도 모르게 더 깊이 들어가게 되었다고, 물속 깊은 곳에 거대한 빛이 있었다고요."

"신기하네요."

"또 하나 알아낸 사실은, 어떠한 형태든지 물과 관련된 것은 죽음으로 연결된다는 것인데요. 예를 들면……."

승재가 슬라이드를 넘기며 말했다. 그래프와 도표가 화면을 빽빽하게 채웠다.

"오메가파가 나오기 직전, 유난히 눈물을 많이 흘리는 분들은 결국 죽음의 영역으로 들어가게 될 확률이 훨씬 높은 것으로 나타났습니다."

"그게 대체 무슨 뜻인가요?"

"이 화면을 보시면, 이것은 환자들이 눈물을 흘릴 때 발현되는 브레인 이미지입니다. 오른쪽 전전두피질 부분이 활성화되어 있는 것을 볼 수 있죠. 슬픔이나 외로움, 혹은 우울증이나 자살 충동과 연관이 있는 부분입니다. 이 부분이 활성화되어 있는 환자들은 결국 물의 영역에서 헤어 나오지 못하는 것으로 추정됩니다. 이것을 '눈물의 삼투압 현상'이라고 부릅니다."

말로 갈 수도, 차로 갈 수도, 둘이서 갈 수도,
셋이서 갈 수도 있다.
하지만 맨 마지막 한 걸음을
자기 혼자서 걷지 않으면 안 된다.
- 헤르만 헤세

영생 빌딩 안

"그런데 이승재 그 사람만 불행했을까?"

남자의 질문에 윤슬의 눈시울이 붉어지더니 이유를 알 수 없
는 눈물이 하염없이 흘렀다. 흐른다는 표현은 저절하지 않았다.
몸 안에 있는 모든 물들을 밖으로 쏟아내고 있다는 표현이 더 정
확할 것이다. 우연이라고 하기에는 기막힌 타이밍이었다. 뺨을 타
고 흘러내린 눈물이 바닥에 닿은 순간 밖에서 요란한 소리가 들
려왔다. 마치 교통사고라도 난 것같이 경보음이 울려대고, 서로
부딪치고 부서지는 소리였다. 소리가 가까워지고 있었다. 남자가

창문으로 다가가 밖의 상황을 살피고는 다급한 발걸음으로 윤슬에게 다가왔다.

"당신이 자꾸 우니까……. 제기랄."

그가 하려던 말을 멈추고 욕설을 내뱉었다.

"상황이 심각해지고 있어. 결국 강이 범람한 모양이야."

윤슬이 주위를 둘러보았다. 사무실 문 틈새로도 서서히 빗물이 새어 들어오고 있었다.

"위층으로 옮겨야 할 것 같아. 구급상자 챙기고. 물과 음식들도 보이는 대로 챙겨 넣고."

윤슬이 남자를 도와 필요한 물품들을 가방에 구겨 넣었다. 문을 열자 흙탕물이 급하게 그들의 무릎까지 차올랐다. 거세게 몰려드는 물 때문에 몸을 가누기 힘든 정도였다. 뒤에서 윤슬을 따라오던 남자가 아무 말 없이 그녀의 허리를 팔로 받쳐주었다.

한 걸음 한 걸음 계단을 향해 걸어 나가고 있을 때 또 한 번 우레와 같은 소리가 들려왔다. 그들은 누가 먼저랄 것도 없이 동시에 소리의 근원 쪽으로 고개를 돌렸다. 범람한 강물에 영생 빌딩 앞에 세워져 있던 커다란 조형물이 떠밀려오면서 건물의 정문을 박살 내고 있는 중이었다. 영생을 의미하는 무한대 기호(∞) 모양으로 만든 거대하고 흉측스러운 조형물이었다. 정문이 완전히 부서지자 건물 안으로 성난 파도처럼 물이 밀려들었다.

"뛰어!"

남자가 윤슬의 손을 거칠게 낚아채고 계단 쪽으로 질주하기 시작했다. 빗물과 뒤섞인 강물이 거친 파도가 되어 그들을 뒤쫓고 있었다. 당장이라도 그 파도에 휩쓸릴 것만 같았다.

간신히 2층으로 올라온 두 사람은 그대로 바닥에 주저앉았다. 더 이상 폐에 산소를 들이쉴 공간이 없을 만큼 숨이 찼다. 급하게 밀려든 물이 어느새 빌딩 1층 높이의 절반을 채우고 있었다. 곧 그들을 집어삼킬 검은 바다처럼 보였다. 이게 대체 가능한 일이야? 아무리 강이 범람했다고 해도 이렇게나 순식간에? 윤슬의 이성이 뇌 속에서 아우성쳤지만, 이 말도 안 되는 상황에 압도되어 더 이상 데이터를 수용할 수 없었다. 대응하는 것만으로도 이미 뇌의 용량이 초과되었다. 간신히 호흡이 제 박자로 돌아왔을 때 남자가 먼저 일어나 윤슬에게 손을 내밀며 말했다.

"안전하게 있을 곳을 찾아보자."

그의 손에 의지해 윤슬이 일어섰을 때였다. 냐아아아, 냐아아아. 어디선가 작고 미미하지만 간절한 소리가 들려왔다. 어린 생명체가 살아보겠다고 사력을 다해 내는 소리였다.

"무슨 소리 안 들려요?"

냐아아아. 또다시 소리의 윤곽이 잡혔다.

"지금 저 소리요."

아무래도 윤슬이 지하실 창고에서 몰래 돌봐주고 있던 아기 고양이 솔이 내는 소리 같았다.

"대체 무슨 소리가 들린다는 거야?"

남자의 반응에 윤슬은 직감할 수 있었다. 이 사람은 지금 일부러 저 소리를 못 들은 척하고 있다. 냐아아아, 냐아아아. 이번에는 제법 크게 들려왔다. 물에 잠긴 1층 어딘가에서 소리가 났다. 윤슬은 손전등을 소리가 나는 쪽으로 비추었다. 복도 중간쯤의 창틀 위에 솔이 위태롭게 앉아 있었다. 검은 물이 저 아이를 집어삼키기 전에 구해내야 했다.

"저기 창틀 위에 있어요. 제가 돌봐주고 있는 고양이에요. 아까도 솔이를 구하려고 지하실에 갔……."

남자가 윤슬의 말을 끊으며 말했다.

"그럴 시간이 없어. 어서 물을 피해야 한다고."

그의 눈빛이 윤슬을 베고 들어올 듯했다.

"내가 빨리 가서 구해 올게요. 저렇게 죽게 내버려둘 수는 없잖아요."

그가 신경질적으로 윤슬의 팔을 낚아채며 소리쳤다.

"내가 안 된다고 했잖아!"

놀란 얼굴로 윤슬이 그를 빤히 바라보았다. 지금까지 그가 보여주었던 모습들과 너무나도 달랐다. 이 남자는 정말 고양이를 구해줄 마음이 전혀 없는 건가? 불쾌한 의구심이 윤슬의 마음을 비집고 들어왔다.

윤슬은 남자의 손을 거칠게 뿌리치고, 성큼성큼 검은 물 쪽으로 향했다. 어디서 그런 용기가 났는지 모를 일이었다. 급히 따라온 남자가 윤슬의 어깨를 두 손으로 부여잡았다.

"당신, 정신이 있는 거야? 당신을 유인하려고 그……."

윤슬에게 소리를 지르던 그가 갑자기 중간에 뚝 말을 끊었다.

"그게 대체 무슨 뜻이죠? 유인이라니."

그의 눈동자가 하염없이 흔들리고 있었다.

"왜 나를 유인하죠? 그게 대체 무슨 말이냐고요."

윤슬이 집요하게 물고 늘어지자 남자의 눈빛이 파충류의 것처럼 서늘하게 변했다.

"당신 뭐야?"

윤슬의 목소리가 떨리기 시작했다. 생각해보니 이 남자에 대해 아는 것이 너무 없었다. 이름도, 나이도, 소속도.

윤슬은 온몸에 소름이 돋았다. 이 남자의 내면에 잠재된 악의를 드디어 마주한 것 같았다. 그에게서 도망쳐야 했다. 윤슬은 있는 힘껏 그를 밀어냈다.

"그러지 마!"

남자의 짧은 절규를 뒤로하고, 윤슬은 어느새 1층을 가득 메우고 있는 검은 물로 뛰어들었다. 거센 물결이 기다렸다는 듯이 그녀를 집어삼켰다.

11월 3일, 08:55 PM, 효성 대학병원 7번 수술방

삐삐삐삐삐삐⋯⋯.

"선생님, 이수진 환자 혈압이 잘 안 잡힙니다."

"미치겠네. 왜 이리 피가 줄줄 흘러?"

"어레스트입니다!"

11월 3일, 09:00 PM, KBC 신관 공개홀

"하워드 휴즈 재단으로부터 연구비를 지원받으면서, 본격적으로 피실험군의 영역을 불치 판정을 받은 환자분들로 넓혀갔습니다. 이미 혼수상태에 있는 분들과 달리 불치병 환자들에게는 회색지대의 개념이나 그곳에서 물이 의미하는 바를 미리 인지시킬 수 있기 때문이었죠. 그것이 죽음과 삶에 관한 의사 결정에 도움을 줄 수 있다고 생각한 겁니다."

승재의 눈동자가 더 깊은 빛을 내기 시작했다. 늘 실력이 외모를 따라가지 못하는 과학자라는 악평에 시달려야 했던 승재였다. 하지만 지금 이 순간 그의 열정 어린 눈빛을 보고 있는 사람이라면, 적어도 그를 따라다니는 악평이 얼마나 얼토당토않은 말인지 단번에 알 수 있었다.

"많은 임사체험자들, 특히 오랫동안 지병을 앓고 있어 죽음을 준비하고 계셨던 분들은 공통적으로 회색지대에 들어간 바로 그 순간 자신이 죽었다는 사실을 인지했다고 회고합니다. 그런 분들은 대체적으로 회색지대를 아주 아름답고 따스하고 평화로운 곳이라고 기억하죠. 거기서 처음으로 자신이 '사랑받고 있다'는 느낌을 받았다고 하는 분들도 계셨고요. 그래서 다시 지상으로 돌아오고 싶지 않았다고 말씀하기도 합니다."

"죽음은 춥고 두렵다는 우리의 고정관념을 완전히 깨트려주는 부분이네요."

"물론 예외가 있긴 합니다. 갑자기 사고를 당하거나 자살을 기도한 경우, 혹은 누군가에게 상해를 입은 경우 그 당시의 트라우마 때문인지 자신이 죽었다는 사실을 꽤 늦게 알게 되어 무척 혼란을 겪습니다. 이런 분들은 회색지대에서 토네이도나 지진 같은 격렬한 자연재해를 경험했다고 보고하기도 했습니다."

"교수님, 그럼 제가 만에 하나 오늘 회색지대로 가게 된다면 물만 조심하면 되는 걸까요?"

"임사체험자들은 공통적으로 회색지대에서 만난 누군가의 도움으로 문에서 빠져나와 '생명'의 영역으로 돌아올 수 있었다고 말합니다. 이븐 교수는 회색시대에서 발을 바다에 담그려는 바로 그때, 벳시가 '아직 할 일이 남아 있다'고 말하며 자신을 돌려보냈다고 합니다."

"오, 그렇군요."

"이건 조금 재미있는 케이스인데요. 저희 프로젝트의 피실험자한 분은 회색지대에서 너무 몸이 더러워져서 그렇게 목욕을 하고 싶으셨다고 합니다. 그런데 돌아가신 어머니가 나와서 절대로 목욕을 하지 말라며 말리셨다고 하네요. 결국 회색지대에서 누구를 만나느냐에 따라 삶과 죽음이 좌우될 수도 있을 것 같습니다."

승재가 날카로운 시선으로 방청객들을 바라보며 말을 이었다.

"기억해야 할 것은, 회색지대에서 만난 그 누군가가 여러분을 죽음으로 인도할 수도 있다는 사실입니다. 하지만 그런 경우는 전혀 보고되지 않았습니다. 보고될 수가 없기 때문이죠. 피실험자가 이미 사망한 후일 테니까요."

"프로젝트 이름을 리턴, 한국말로는 '귀환'이라고 지으신 이유가 있을 것 같습니다. 죽음에서 다시 생으로 돌아올 수 있는 방법이 있는 건가요?"

"저희는 분명히 죽음으로부터 되돌아오는 길이 있다고 믿습니다. 한 가지 특이점은, 임사체험을 한 많은 분들이 회색지대로 들어간 순간은 제법 또렷이 기억하는데, 거기서 다시 지상으로 넘어오는 순간의 기억은 대부분 소실한다는 겁니다. 무슨 거대한 트라우마가 있는 것같이 말이죠."

"마치 우리가 꿈에서 깨어나면 기억이 잘 나지 않는 것과 유사한 거군요."

"네, 정확하게 비유를 해주셨는데요. 지금 저희 팀에서 하고 있는 연구가 바로 이 부분입니다. 임시체험자들의 샘플 사이즈가 너무 적어 아직은 데이터 구축에 주력하고 있는 단계입니다."

"아, 정말 전율이 느껴집니다. 오늘 한 시간이 넘게 교수님 강연을 들으면서 죽음에 대해 다시 생각하게 되었습니다. 죽음이 끝이 아닌, 어쩌면 새로운 시작일 수도 있다는 생각이 드니 지금 이 지상에서의 삶을 어떻게 살아야 할지 조금 알 것 같기도 한데요. 그럼 마지막으로 저희에게 해주실 말씀이 있으십니까?"

승재가 매력적인 미소를 지으며 방청석을 바라보았다.

"이 회색지대에서 우리가 하는 선택이 유의미한 삶으로 복귀할 것인가, 아니면 죽을 것인가를 가르는 분기점이 될 수 있을 것 같습니다. 아직 가야 할 길이 멀지만 저희가 하고 있는 이 연구가 죽음에 대한 여러분들의 막연한 두려움을 조금이나마 덜어주었으면 하는 바람입니다. 더 나아가 어떻게 죽음을 준비할 것인가에 대해서 생각해볼 기회가 되었으면 좋겠습니다.

심리학자 칼 융은 '죽음은 사라지는 게 아니라 알 수 없는 세계로 가는 것'이라고 했습니다. 어쩌면 그의 말이 사실일지도 모르겠습니다. 죽음은 우리가 생각하는 것처럼 그리 무서운 것이 아닐 수도 있습니다. 그저 새로운 세계로 들어가기 위해 물을 건너는 것일 뿐."

방청객들이 열렬한 박수를 보냈다. 승재의 인생에서 가장 빛나는 순간이 아닐 수 없었다.

6.

두 시간 전, 서초동 자택

혜윤이 아이에게 무슨 일이 생겼다는 것을 알게 된 것은 피아노 연습을 마치고 나와서 아인슈페너를 한잔 마시려고 했을 때였다. 남편 승재의 TV 생방송 강연이 시작되기까지는 한 시간이 채 남아 있지 않았다. 학원 앞에서 아이를 픽업하려고 대기하고 있던 임 기사에게 전화가 왔다.

－사모님, 정운 학생이 안 나오는데요?

두 달 후에 있을 독주회 연습이 생각보다 순조롭게 진행되지 않았다. 평이한 멜로디라 생각하고 연습을 소홀히 했던 베토벤 〈발트슈타인 3악장〉의 옥타브를 오르내리는 부분에서 자꾸만 엉

뚱한 실수가 나와 혜윤은 예민해질 대로 예민해져 있는 터였다.

　－미션 수행을 마쳐야 귀가할 수 있게 하는 건 아시죠? 애한테 전화는 해보셨고요?

　간신 짜증을 삭인 혜윤은 최대한 나긋한 목소리로 물었다. 하지만 속으로는 이런 사소한 일도 해결하지 못하는 운전기사를 당장 해고시켜버릴까 고민하고 있었다.

　－저, 사모님. 사실 지금까지 말씀을 못 드렸는데요…….

　주저하던 임 기사가 말을 꺼내기 시작했다.

　－정운 학생이 미션을 일찍 끝내고, 학원 옆 건물에 있는 PC방에 갑니다. 전 거기서 매일 한 시간 넘게 기다리고 있다가 픽업하는 거였고요.

　혜윤은 손에 들고 있던 로열코펜하겐 잔을 거의 떨어트릴 뻔했다.

　－임 기사, 그걸 지금 말하면 나보고 어쩌라는 거죠?

　－죄송합니다. 정운 학생이 비밀을 지키지 않으면 저를 해고한다고 해서요. PC방에 가봤는데 오늘 안 왔다고 하고. 정말 죄송하게 되었습니다. 제가 학원에 올라가 볼까요?

　임 기사의 말에 혜윤은 어이가 없었다. 이러니 그 나이가 되도록 남의 집 기사나 하고 있는 거겠지.

　－아, 아니요. 제가 직접 원장 선생님께 전화해볼게요. 거기서 대기나 하고 계세요.

　결국 신경질적으로 전화를 끊은 혜윤은 학원 원장에게 연락했다.

-어머님, 오늘 정운이가 학원에 안 온 것 같은데요.

순간 혜윤의 심장이 덜컥 내려앉았다. 그제야 뭔가 이상하다는 생각이 들었다. 정운은 학원을 빠질 아이가 아니었다. 중2가 되면서 지랄 맞을 정도로 예민해지긴 했지만, 남편만큼이나 성실한 아이였다. 혜윤은 바로 현수 엄마에게 전화했다. 학원 시험이 끝나면 둘이서 PC방에 가는 것을 허락해준 적이 몇 번 있었다.

-어? 우리 현수는 진즉에 왔지. 그 학원 안 되겠어. 오늘 미션도 너무 쉬워서 5분 만에 마치고 왔다니까. 근데 자기야, 우리 애가 그러는데 정운이 오늘 학원에 안 왔다는데. 어머, 걔가 웬일이야? 집에서 무슨 문제 있었어? 정운이 혹시 가출한 거 아니니?

현수 엄마 입에서 너무나 쉽고 가볍게 튀어나온 가출이라는 단어가 혜윤은 몹시 거슬렸다. 마치 정운이 가출했기를 바라기라도 하는 것 같은 말투였다. 정운을 통해서 만나게 되는 학부모들은 늘 이랬다. 언제나 가십거리를 찾아 헤매는 하이에나 떼 같았다. 남의 불행을 자신의 유일한 행복으로 여기는 저속한 인생들. 하지만 혜윤에게는 화를 내고 있을 시간이 없었다. 일단은 정운을 찾는 것이 급선무였다.

혜윤은 남편에게 전화하려다가 멈칫했다. 방송이 이미 시작되었을 것이다. 그 인간에게 '아들이 사라졌다'는 말을 하면, 그 특유의 조용하고 잔인한 목소리로 자신을 옥죄어올 것이다. 생각만

해도 숨이 막혔다.

혜윤이 뭔가 아주 대단히 잘못되고 있다고 느낀 것은 정운의 친한 친구들 한 명 한 명에게 전화를 해보고 나서부터였다. 아무도 정운이 어디에 있는지 알지 못했고, 심지어 정운의 존재 자체에 관심이 없었다. 혜윤은 '요즘 중2 애들이 다 그렇지 뭐' 하고 넘겨버릴 수가 없었다. 그때 다시 과학 학원 원장에게 전화가 왔다.

─어머님, 정운이 찾으셨어요? 걔가 그럴 애가 아닌데 걱정이 되어서요.

애가 학원에 오지 않았으면 바로바로 학부모에게 연락해야 하는 게 아니냐고 따지려다가 입을 다물었다. 아직은 때가 아니다. 한동안 무조건 닥치고 쥐 죽은 듯이 몸을 낮추고 있으라는 시부모의 엄명이 내려진 상황이었다.

─정운이 담당 선생님한테 바로 연락을 했는데, 전화를 안 받네요. 이수진 선생님하고 연락 닿는 대로 바로 전화 드릴게요. 너무 걱정하지는 마시고요.

'이수진'이라는 이름을 들으니 갑자기, 혜윤은 스산한 겨울 아침에 얼음물을 뒤집어쓰기라도 한 듯 정신이 번쩍 들었다. 순식간에 불길한 느낌이 그녀를 압도했다. 피가 거꾸로 솟구치기 시작했다. 이수진이 내 인생을 망치려 한다. 혜윤은 몸이 부들부들 떨렸다.

─그 여자 지금 어디 있어요?

─네?

원장이 당황한 목소리로 물었다.

-이수진 그 여자, 지금 어디 있냐고?

-계속 연락하고 있는데 전화를 안 받아요.

-그 여자가 정운이를 데리고 있는 것 같아요.

-어, 어머님, 그게 무슨…….

-말귀를 못 알아 처먹어? 그 여자가 정운이랑 같이 있다고!

11월 3일, 09:10 PM, 강남 경찰서 형사 4과

"선배님, 미성년자 실종 사건이라는데요."

신 형사가 이 말을 하기 직전까지는 조용한 저녁이었다. 왠지 불길함이 꿈틀거리고 있는 느낌이긴 했지만.

"과학 학원에 있어야 할 아이가 없어졌답니다."

"어디 PC방에서 시간 가는 줄 모르고 게임하고 있을 거라고, 조금만 더 기다려보시라고 말씀드려."

신 형사가 강 형사에게 다가와서 목소리를 낮추며 말했다.

"선배님, 직접 받아보셔야겠습니다. 꽤 심각한 케이스가 될 것 같습니다. 신고자가 무려……."

신고자의 정체를 듣자마자, 책상 위에 두 다리를 올려놓고 앉아 있던 강 형사가 자세를 바로 하고 급히 수화기를 받아 들었다.

"서울 강남 경찰서, 강동호 경위입니다. 자제분이 무사히 집에 돌아올 수 있게 최선을 다하겠습니다. 네, 두 팀으로 나눠서 한 팀은 이수진 씨, 다른 한 팀은 정운 군의 행방을 찾는 쪽으로 수사하겠습니다. 핸드폰 위치 추적부터 바로 시작하겠습니다. 네, 물론입니다. 최대한 극비로 진행시키겠습니다."

조용했던 형사 4과가 갑자기 소란해졌다.

"신 형사, 실종자 어머니가 용의자를 이수진 씨로 특정했으니 이수진 씨 주변 인물한테 연락해봐. 학원 근처에서 무슨 신고 들어온 거 없어?"

다른 회선으로 통화 중이던 이 형사가 전화를 끊고 다급한 목소리로 말했다.

"선배님! 학원 근처에서 한 시간 전쯤 트럭 교통사고가 있었답니다. 피해자 여성은 근처 효성 대학병원으로 긴급 후송됐고요. 병원에서 경찰서로 지문 조회를 요청한 모양인데, 그 사람이 이수진이라는 것 같습니다."

강 형사가 곤욕스럽다는 표정을 지었다.

"이게 대체 뭐가 어떻게 돌아가는 거야? 그럼 이정운 학생은?"

"이정운 군 행방은 아직 알 수 없지만, 일단 지금 이수진 씨는 응급 수술 중이랍니다. 상태가 꽤 심각한 편이라는데, 아무래도 심상치 않은 점이 하나 있습니다."

"뭔데?"

"이수진 씨 겉옷 주머니에서 혈흔이 묻은 나이프가 발견됐답니다. 효성 대학병원 응급실에서 보관 중이라는데요?"

강 형사의 얼굴이 하얗게 변하고 있었다.

"신 형사, 사건 현장으로 바로 출동해. 더 오염되기 전에 다른 증거 있는지 찾아보고. 나는 지금 바로 효성 대학병원으로 가서 나이프 픽업할게. 이 형사, 트럭 운전사는?"

"트럭 운전사는 그쪽 관할 경찰서에서 경위서를 작성하고 있답니다."

"일단 윤 형사는 직접 사고 현장 CCTV, 블랙박스 영상 다 찾아서 돌려 봐. 최대한 조용히."

"네, 알겠습니다."

불길한 예감은 또다시 현실이 되었다, 젠장.

11월 3일, 09:45 PM, KBC 신관 지하 주차장

생방송을 끝내고 나오는 길에 핸드폰을 확인하니, 아내 혜윤에게 서 문자 메시지가 스물네 개나 와 있었다. 대체 무슨 일인가 싶어 문자를 열어보려던 순간 귀에 익은 목소리가 승재를 불러 세웠다.

"승재 선배!"

피하고 싶었지만 승재는 애써 반가운 표정을 지으며 목소리의 주인에게 악수를 청했다.

"이게 누구야, 도훈이구나. 정말 오랜만이다."

도훈은 승재가 일레나 교수님의 연구실에 있을 때 그곳에서 잠시 로테이션을 돌고 있던 후배였다.

"선배 강연회가 있다고 해서 일부러 찾아왔어요. 늦었지만 수상하신 것 정말 축하드립니다."

"고맙다. 언제 같이 한잔해야지?"

"저야 좋죠."

도훈이 성격 좋은 척을 하며 너스레를 떨었다. 하지만 이 지하 주차장까지 승재를 따라온 데는 분명히 이유가 있을 것이다. 도훈은 분명히 그 이름을, 그 여자의 이름을…….

"그런데 선배, 아까 말했던 그 부분 말이에요. 인간의 뇌는 죽어가면서 물을 본다고 유추해내는 과정이요. 그거 일레나 교수님 연구실에 있던 한국 여자분, 이름이 뭐였더라…… 슬기? 윤슬? 뭐 그런 이름이었던 것 같은데. 하여튼 그 선배가 연구실 미팅에서 제일 처음 발표했던 거 아닌가요?"

생각이 끝을 맺기도 전에 결국 후배의 입에서 그 이름이 튀어나왔다. 승재는 명치를 얻어맞은 것같이 숨이 막혔다.

"그 선배가 몇 날 며칠 브레인 이미지들을 정리하다가 우연히 발견한 거잖아요. 에프엠알아이(fMRI) 찍다가 심장 발작으로 사망한 환자와 자궁 안 태아의 브레인 이미지가 유사하다는 걸. 패턴 소프트웨어 돌려봤는데 99퍼센트 넘게 일치해서 우리가 소리 지르고 그러지 않았나요? 저 그때 처음으로 일레나 교수님이 웃는 거 봐서 놀랐던 것 같은데."

"아, 그랬었나? 너무 오래되어서 기억이 가물거리는데."

아니다. 승재는 모든 것을 기억했다. 도훈이 말한 미팅 순간뿐 아니라 윤슬과 함께했던 모든 순간이 아직도 생생히 기억난다. 뉴런들이 일제히 비명을 지르며 신호를 내보내고 있었다. 승재가 지금 누리고 있는 이 모든 것은 윤슬의 아이디어로 시작된 것이라고. 그가 할 수 있는 건 아무것도 없었다고. 이런 비겁한 자식.

때마침 전화벨이 울렸다. 혜윤이었다. 아내의 전화가 이토록이나 반갑기는 생전 처음이었다. 승재는 도훈에게 양해를 구하고 전화를 받았다.

-어, 무슨 일인데 이렇게…….

-왜 이렇게 전화를 안 받는 거예요! 우리 정, 정운이가…….

혜윤의 앙칼진 목소리가 전화기 밖으로 새어 나왔다. 평소에도 별일 아닌 것으로 지구가 망하기라도 한 것 같은 반응을 보이는 여자였다.

-무슨 일이야? 정운이한테 무슨 일이 생긴 거야?

-정운이가 없어졌어요.

아내는 역겨울 정도로 위선적이고 가식적인 사람이었지만, 아들에게만큼은 모든 것이 진심이었다. 아들은 아내의 인생이었고, 세상이었고, 그녀 자신이었다. 아니, 어쩌면 자신보다 더 소중한 존재였다.

-학원에 가지도 않고. 여보, 애 어떻게 된 거 아니겠죠?

혜윤이 흐느끼기 시작했다. 몇 시간째 정운의 행방이 묘연하다고 했다. 일단은 조금 더 기다려보자며 달래려고 했지만, 혜윤의 입에서 차마 믿기 어려운 말이 튀어나왔다.

　-이 모든 게 이윤슬 때문이야! 그 여자를 죽여버릴 거예요!

　승재는 심장이 서늘해졌다. 지금 혜윤의 입에서 나온 이름이 정말 그 이름이 맞는 건가?

　-당신이 그 이름을 어떻게 알아?

　순간 혜윤과 승재 사이에 숨 막히는 정적이 흘렀다.

　-당신 완전히 돌았구나. 지금 이 상황에서 내가 이윤슬을 어떻게 아는지가 궁금한 거야?

　혜윤이 발작하듯 악을 써대던 소리가 뚝 끊겼다. "사모님, 정신 차리세요!" 전화기 밖으로 도우미 아주머니의 다급한 목소리가 흘러나왔다.

　-교수님, 사모님이 쓰러지셨어요!

　초신성이 폭발하면서 가장 밝은 빛을 내는 바로 그 순간 별은 소멸하기 시작한다. 주변을 감돌고 있는 공기에서 순간적으로 서늘한 한기가 느껴졌다. 승재는 직감할 수 있었다. 빛이 소멸되기 시작했구나.

11월 3일, 10:42 PM, 강남 메디마르 병원 VIP 병실

승재가 병원에 도착한 것은 이 미쳐버린 듯한 하루를 한 시간 반쯤 남겨둔 시점이었다. 혜윤은 탈진으로 쓰러져 VIP 병실에서 수

액을 맞고 있었다. 깊게 잠든 것 같아, 승재는 아내를 깨우려다가 말고 침대 옆 의자에 털썩 앉았다.

강남 경찰서 강동호 경위가 지금 이쪽으로 오고 있다고 연락을 해왔다. 그저 몇 시간 연락이 안 되었을 뿐인데, 왜 혜윤이 일을 이렇게 시끄럽게 만드는지 승재는 도무지 이해할 수 없었다. 정운은 사춘기가 시작된 여느 남자아이들처럼 아마 PC방에 틀어박혀서 게임이나 하고 있을 것이다.

강 경위가 오면 사건을 축소 처리하자고 부탁할 생각이었다. 이게 다 아버지의 유명세 때문이라는 것을 승재도 모르는 건 아니었다. 혜윤은 그 유명세 때문에 숨이 막힌다고 성질을 부리면서도, 또 다른 한편으로는 은근히 즐기고 있는 듯했다. 복잡한 여자였다. 혜윤의 속내를 헤아리려 하기보다는, 차라리 무시하는 것이 편하다는 걸 승재도 이제는 알고 있었다.

혜윤의 상태가 비교적 안정적이라는 것을 확인하자마자, 생각은 곧장 윤슬에게로 내달렸다. 승재는 아내에게 물어보고 싶은 게 한둘이 아니었다. 혜윤은 분명히 '이 모든 게 이윤슬 때문'이라고 했다. 그게 대체 무슨 말이지? 그걸 묻기 전에, 어떻게 아내가 윤슬을 알고 있는 거지?

승재는 아내 앞에서 윤슬이라는 이름을 단 한 번도 언급한 적이 없었다. 윤슬이 그렇게 허무하게 사라지고 난 후 지난 16년 동안 차마 소리 내어 불러보지도 못했다. 그 이름을 함부로 입 밖으로 내었다간 자신의 삶이 또 무너질까봐, 무너져 내리면 그때는 정말이지 다시 살고 싶지 않을 것 같았다.

병원 특유의 침울한 어둠 속에서 혜윤의 손에 끼워져 있는 2캐럿짜리 다이아몬드가 기분 나쁘게 번득이고 있었다.

승재는 윤슬과 헤어지고 1년 만에 혜윤과 결혼을 했다. 결혼을 했다기보다는 그녀의 집안과 승재의 집안이 결탁을 맺었다는 것이 더 어울리는 표현이다. 혜윤은 국내 재계 서열 2위, 한율 그룹의 막내딸이었다. 국무총리와 국가정부원장, 교육부 장관, 대법원장 등 국가 요직에 오른 인물을 여럿 배출한 명망 있는 집안이라고 했다. 아버지는 그 집안의 쟁쟁한 인맥과 자금력이 절실했을 것이다. 상견례 자리에서 혜윤이 승재에게 직접 건네준 쪽지에는 이렇게 쓰여 있었다. '최소 2캐럿. E등급. VVS1. 브릴리언트 컷.'

혜윤은 피아노를 전공하는 여자였다. 어이가 없긴 했지만 승재는 최대한 정중하게 물었다.

"다이아몬드가 너무 크면 악기를 연주할 때 조금 불편하지 않겠습니까?"

"그 정도 스펙의 반지도 못 받는다면 오히려 피아노를 더 못 칠 것 같은데? 너무 쪽팔려서."

혜윤은 자신이 방금 던진 농담이 재미있다는 듯 깔깔거리며 웃었다. 그 순간 승재에게 프러포즈를 받고 다이아몬드보다 더 반짝이는 눈으로 그를 바라보던 윤슬이 떠올랐다. 윤슬의 수줍은 미소, 떨리던 숨소리, 머릿결에 배어 있던 비누 향. 바로 옆에 있는 것처럼 윤슬의 모든 것이 여전히 생생했다. 승재는 예감할 수 있었다. 신혜윤 이 여자와 살아가는 매 순간 나는 윤슬을 그리워하겠구나.

윤슬은 그 이름과 같이 잔잔한 빛을 내며 사는 여자였다. 치열한 하루를 보내고 윤슬의 품으로 들어가면, 그녀의 고요함 속으로 몸과 마음이 기분 좋게 녹아들었다. 그녀 앞에서는 모든 것이 고요해지는 듯했다. 그래서 균열이 생기는 것을 모르고 있었던 걸까. 승재가 프러포즈를 하고 딱 열흘이 지나 윤슬이 일방적으로 이별을 통보했다. 헤어지는 이유만이라도 알려달라고 사정하는 그에게 윤슬은 이렇게 말했다. "지겨워져서."

이것이 윤슬이 그와 이별을 원하는 유일한 이유였다. 잔인할 정도로 고요한 이별이었다. 너무나 고요해서 이 세상을 시끄럽게 만드는 사람은 승재 자신뿐인 듯싶었다. 16년이 지난 지금까지도 그의 뇌리에서는 윤슬과의 마지막 열흘이 재생되고 또 재생되었다. 어디서부터, 무엇이 잘못되었던 걸까. 매 시간, 매 순간을 곱씹고 있는 것이었다.

2009년 겨울, 그녀와 헤어지기 10일 전

승재가 손가락에 끼워준 반지를 보며 윤슬은 다이아몬드가 무색해질 정도로 반짝이는 눈빛으로 말했다.

"맨 처음 현미경으로 지에프피(GFP, 녹색 형광 단백질)를 봤을 때 너무 반짝여서 설렜거든. 이 반지를 보니 왜 그게 생각나지?"

전형적인 생물학 전공생다운 표현이라고 승재는 생각했다. 윤슬의 들뜬 모습에 승재의 입꼬리가 올라갔다.

"미국 나오면서 내가 그동안 모아둔 돈을 다 써버려서 좋은 걸 못 샀어."

0.5캐럿이 채 안 되는 반지였다. 그런데도 윤슬은 세상에서 가장 큰 다이아몬드를 받은 사람처럼 기뻐하고 있었다.

"더 큰 건 곤란할 것 같아. 이것도 너무 커서 실험할 때 나이트릴 장갑을 어떻게 껴야 되나 고민하고 있거든. 반지를 이렇게 돌려서 껴야 하나? 장갑에 구멍이 나면 어떡해?"

윤슬의 어이없는 고민에 승재가 웃음을 터트렸다.

"근데 너 아직 답을 안 해줬어. 내가 반지 주기 전에 뭐 물어본 거 있잖아."

"뭐였지? 기억이 안 나."

장난기 가득한 미소가 윤슬의 입에 걸쳐졌다.

"내가 기억나게 해줄게."

승재가 윤슬을 간질이기 시작했다. 윤슬이 까르르르 소리를 내며 웃었다. 승재는 윤슬이 그렇게 웃는 건 2년 만에 처음 보았다. 지금 윤슬은 정말 행복하구나 싶어 울컥했다. 그 순간이 쉬이 지나가버리는 것이 서글퍼질 정도였다.

"알았어, 알았어. 대답할게."

윤슬이 돌아서서 승재를 마주보았다. 단아한 그녀의 고백이 서서히 승재의 귓가를 물들였다.

"사랑해."

윤슬의 고요한 시선이 그를 온전히 감쌌다. 그가 살아왔던 인생 전체를 보듬고도 남을 만큼 애정을 담고 있는 시선이었다.

"얼마나 사랑하는지 승재 씨는 가늠할 수조차 없을 거야."

승재는 심장이 저릿했다. 천천히 시간을 들여 그의 입술을 윤슬에게로 가져갔다. 거실 창문으로 늦은 오후의 역광이 쏟아져 내리고 있었다. 윤슬의 연한 물결이 그에게 흘러와 심장을 녹였다. 승재는 심장이 녹아 없어져버려 더 이상 제 기능을 하지 못하게 된다 하더라도, 윤슬의 물결에 젖어들고 싶었다. 그들의 아름다움이 노을처럼 찬연히 물들고 있었다.

승재는 아름다움이 짙어질수록 노을이 사라진다는 것을 그때는 알지 못했다. 윤슬이 홀연히 떠나고, 그는 수도 없이 그 순간을 되뇌어야 했다. 형벌이었다.

2009년 겨울, 그녀와 헤어지기 8일 전

윤슬과 저녁 식사를 하고 있는데, 아버지의 후원회 참석차 뉴욕에 와 있던 어머니에게 갑자기 연락이 왔다. 이틀 후 승재를 보러 보스턴으로 넘어오겠다는 메시지였다. 한 번은 겪고 지나가야 할 일이었다. 부모님에게 말도 안 하고 몰래 나쁜 짓이라도 하듯 결혼을 하고 싶지는 않았다. 승재가 어렵게 말을 꺼냈다.

"저기…… 부모님이 보스턴에 오신다고 하는데."

놀란 티를 내지 않으려 애썼지만, 윤슬의 속눈썹이 파르르 떨렸다.

"네가 원하지 않으면 안 봐도 되는데, 난 그래도 꼭 너를……."

"인사드려야지, 당연히."

윤슬의 강단 있는 목소리에 이번에는 승재가 놀란 표정이 되었다. 오히려 너무 당연하다는 듯 윤슬이 말했다.

"승재 씨 부모님께 인사도 없이 어떻게 결혼을 해?"

이윤슬이 이렇게 대담한 여자였나?

"몹시 반대하실 거야. 어쩌면 너에게 심한 모욕감을 느끼게 할 수도 있고."

"알아. 그 정도는 각오하고 있어. 다만……."

잠시 고민하다가 윤슬이 말을 이었다.

"승재 씨가 중간에서 힘들까봐, 그게 걱정될 뿐이야."

자리에서 일어난 승재가 곁으로 다가가 말없이 윤슬을 끌어안

앉다. 정작 위로를 받아야 하는 것은 윤슬의 삶이었다. 그런데 매번 더 불행했던 윤슬이 그의 삶을 위로해준다. 이런 여자를 어떻게 사랑하지 않을 수 있을까.

하지만 정확히 8일 후 윤슬은 이별을 통보했다. "지겨워져서." 냉정한 목소리로 말한 것이 아니었다. 분노하고 있는 목소리도 아니었다. 지금 당장 과로사해도 놀랍지 않을 것같이 지쳐 있는 목소리였다. 그날 승재의 심장이 더 서늘해졌던 이유다.

2009년 겨울, 그녀와 헤어지기 7일 전

아버지는 갑자기 저녁 약속이 생겨 오지 못한다고 했다. 오히려 다행이었다. 승재는 굳이 그 인간에게 윤슬을 소개하고 싶지는 않았다. 오랜만에 아들과 데이트를 한다는 생각에 마음이 들떠 있던 어머니는 레스토랑에 먼저 와서 기다리고 있던 윤슬을 보자 차갑게 굳어버렸다. 하지만 승재가 윤슬을 소개하겠다고 미리 말했다면 어머니 성정에 아마 끝까지 안 가겠다고 고집을 부렸을 것이다. 짙은 네이비색 바지 정장을 입은 윤슬이 깍듯하게 인사를 했다.

"처음 뵙겠습니다."

절대로 '어머님'이라고 부르지 말라고 했던 승재의 당부를 잘 따라주고 있었다. 어머님이라고 불렀다간 '내가 왜 그쪽 어머니냐, 배우지 못한 티를 낸다, 김칫국 마시지 마라' 조곤조곤 우아한 톤의 목소리로 윤슬을 난도질했을 것이다. 어머니는 그러고도 남을 분이었다.

식사는 생각보다 순조로웠다. 워낙에 말이 없는 윤슬이었다. 어머니는 의외로 그 점을 마음에 들어 하는 것 같기도 했다. 승재는 윤슬이 아가포브 연구실에서 얼마나 중요한 일을 하고 있고, 앞으로 그들이 함께 하게 될 프로젝트가 얼마나 중요한시, 윤슬이 그에게 얼마나 큰 힘이 되어주는지 장황하게 설명했다.

"그래서 윤슬 양 아버님은 뭘 하시나?"

이 질문이 나왔다는 것은 일단 윤슬이 꽤 마음에 들었다는 뜻이었다. 그다음부터가 문제였다.

"어머니, 윤슬이는 부모님이 안 계세요."

승재의 말이 끝나자마자 어머니가 왼손에 들고 있던 포크가 그릇 위로 떨어지며 요란한 소리를 냈다. 어머니는 가증스러울 정도로 자애로운 표정으로 물었다. 일부러 더 가식적으로 보이려는 것이었다. 그래서 윤슬의 감정을 더 상하게 하려고.

"너 지금 고아랑 결혼하겠다는 거야?"

"어머니!"

승재가 날카로운 목소리로 제지했지만, 어머니는 아랑곳하지 않고 계속 말을 이어나갔다.

"일개 고아 나부랭이가 하버드에서 박사 과정까지 하고 있다는 사실만 봐도 이윤슬 씨가 얼마나 엑설런트한지 잘 알겠어요. 아니꼽게 듣지 말아요. 이건 칭찬이니까."

어머니의 표정은 곧 싸늘해졌다.

"하지만 우리 승재 짝으로는 어림없다는 거 알고 있지 않나요? 남자 하나 잘 잡아서 인생 역전시켜보겠다는 의도 같은데, 우리 승재는 그쪽이 감당할 수 있는 레벨이⋯⋯."

"어머니, 저희 다음 주에 보스턴 시청에서 혼인 신고합니다."

승재가 어머니의 말을 가로막으며 폭탄선언을 했다. 그 자리에 있던 두 여자가 동시에 그를 바라보았다. 윤슬도 모르는 일이었다. 하지만 아무 말도 하지 않았다. 그런 신중함이 승재가 윤슬을 사랑하는 이유이기도 했다. 불편한 침묵을 먼저 깬 것은 역시나 인내심이 부족한 어머니였다.

"너, 미쳤니? 정 그렇게 하겠다면 유언장에서 네 이름을 빼버릴 수밖에 없어."

승재가 흔들림 없는 목소리로 말했다.

"이렇게 나오실 것 같아서 송 변호사님께 이미 제 유산 포기 각서를 보내드렸어요. 부모님 반대를 무릅쓰고 미국에 나온 이후로, 저 부모님 도움을 일절 받지 않고 있습니다. 버린 자식이라고 생각하세요."

"승재야!"

"지난 30년 동안 쇼윈도 부부로 지내시는 거 보면서 자랐어요. 저는 그렇게 못 살 것 같습니다. 그렇게는 살고 싶지 않아요.

결혼은 무조건 제가 사랑하는 여자와 합니다."

윤슬이 테이블 밑으로 팔을 뻗어 그를 말렸다. 승재는 그제야 자신이 얼굴이 붉어질 정도로 흥분하고 있다는 걸 깨달았다. 뜨거워진 공기를 한 번에 제압하는 나직한 목소리가 들려왔다. 윤슬의 것이었다.

"제가 마음에 안 드신다는 것 충분히 이해합니다."

차분하지만 아무도 함부로 말을 끊을 수 없는 힘이 느껴지는 목소리였다. 윤슬의 침착한 내응에 오히려 낭황스러워진 것은 어머니였다.

"다만, 대학원에서 연구에만 매진하느라 다른 일에 관심을 둘 여유가 없었습니다. 승재 씨가 집안 이야기를 한 번도 한 적이 없기도 하고요. 만약 승재 씨가 저와 있는 것을 행복해하지 않는 순간이 오면 아무런 미련 없이 제가 먼저 떠나겠습니다."

승재가 놀란 얼굴로 윤슬을 바라보았다. 윤슬의 입술과 속눈썹이 미세하게 떨리고 있었다. 지독하게 긴장하고 있다는 뜻이었다. 더 이상 말을 하는 사람이 없었다. 정적이 산소를 다 빨아들여 질식사할 것 같은 지경에 이르렀을 때, 그들을 구원하기라도 하듯 어머니의 스마트폰이 울렸다.

"어, 홍 비서. 그래? 참석하겠다고 말씀드려."

전화를 끊기도 전에 어머니가 자리에서 일어났다.

"디너파티에 총장님 사모님도 함께 나오셔서 나도 참석해야겠다고 아버지가 말씀하시네. 밖에 홍 비서가 대기하고 있단다."

어머니는 정중하게 인사하는 윤슬에게 눈길도 주지 않고 자리를 떠났다. 끝까지 고고하고 우아해 보이려고 애썼지만, 사실 어머니는 당황하고 있었다. 어머니의 완패였다.

어머니가 시야 밖으로 사라지자 다리에 힘이 풀렸는지 윤슬이 휘청거렸다. 승재는 두 팔로 붙잡아 안아주고는 윤슬의 이마에 키스를 퍼부었다.

"이윤슬, 정말 멋졌어! 믿을 수 없겠지만 어머니가 누군가에게 이 정도만 무례하신 건 정말 이례적인 일이야."

윤슬이 물끄러미 승재를 바라보았다. 승재가 의아하다는 표정을 짓자 윤슬이 말했다.

"그냥 승재 씨한테 좀 미안했어."

"뭐가?"

"나 때문에 그 많은 걸 포기해서. 나 같은 게 뭐라고."

"그러니까 나한테 평생 잘하라고. 알았냐?"

괜히 울컥해질 것 같아 승재는 윤슬의 머리를 흐트러트리며 장난스럽게 말했다.

"알았어. 내가 정말 잘해줄게."

짐짓 결연한 윤슬의 표정을 본 승재가 기분 좋게 소리 내어 웃었다.

차라리 윤슬이 네 어머니가 너무 무례해서 기분이 나빴다는 이유로 이별을 고했다면 승재는 이해했을 것이다. 평생 미안한 마음을 놓지 못했겠지만 어떻게든 살아졌을 것이다. 자신에게 스며들었던 윤슬의 빛을 서서히 지워버렸을지도 모른다. 그런데 "지겨워져서"라니. 분명히 말도 안 되는 이유였다. 하지만 왜 그리 소름 끼치도록 진심 같았을까.

2009년 겨울, 그녀와 헤어지기 6일 전

일레나 교수님의 상태가 갑자기 악화되었다고 병원에서 연락이 왔다. 며칠 내로 산소호흡기를 달지 않으면 자가 호흡이 곤란한 상태가 될 거라고 했다. 교수님이 미리 써둔 유언장의 효력이 발생되는 시점이 온 것이다.

'의료진에 의해 임종 과정이 시작되었다는 판단이 내려진 직후, 모든 연명 의료를 중단하고 임종 시점까지 프로젝트 도어를 진행시킨다. 다만, 의료 장치를 제거하고 3일이 지난 후에도 생명이 연명되고 있다면, 펜토바르비탈을 이용해 존엄사를 행한다.'

과연 저명한 뇌과학자다운 유언이었다. 죽음의 그 순간 뇌에서 무엇을 보고 느끼는지, 자신의 뇌를 직접 이용해 연구하라는 뜻이었다. 일레나 교수님의 주치의로부터 연구 프로토콜을 시작해야 할 것 같다는 연락을 받은 윤슬은 한동안 정신이 없어 보였다. 그녀는 교수님의 법적 대리인이기도 했다. 안락사에 대한 마지막 서류 작업 때문에 변호사 사무실과 교수님의 병실을 수시로 방문해야 했다. 하루 종일 자리를 비웠다가 자정 가까이 되어서야 실험실에 모습을 드러냈다. 창백하고 초췌한 모습이었다.

"나는 죽는 순간까지 모든 연명 치료를 다 받아야겠다고 생각했어."

"교수님이 현명한 판단을 하신 걸 수도 있어. 요즘은 연명 치료를 거부하는 환자도 꽤 많아."

"난 그냥 1초라도 더, 여기서 승재 씨와 같이 있으려고."

1초라도 더 승재와 함께하고 싶다던 윤슬이 6일 후 "지겨워져서" 그를 떠났다. 이렇게 하루아침에 사람이 바뀔 수는 없었다. 아무래도 윤슬이 미쳐버린 듯했다. 빛이 부서지고 있었다. 그 빛이 닿았던 승재의 심장도 함께 퇴색되고 있었다. 내 인생은 이제 바스락거리며 늙어가는 일만 남은 건가?

2009년 겨울, 그녀와 헤어지기 3일 전

승재는 모든 것이 뒤틀어진 건 아마도 이날이었을 거라는 생각이 들었다. 윤슬이 평소와는 다르다는 것을 알아차려야 했다. 연구실에서 늦은 밤까지 실험을 하다가 돌아왔는데, 윤슬이 그의 아파트 앞에서 12월 보스턴의 얼음비를 맞으며 서 있었다. 온몸이 젖은 걸 보니 꽤 오랫동안 비를 맞은 모양이었다.

"왜 이렇게 하루 종일 연락이 안 됐어? 걱정했잖아."

승재를 보자마자 윤슬이 품을 파고들었다. 승재는 기분이 조금 이상했다. 말로 표현할 수는 없지만, 평소의 그녀와 조금 다른 분위기였다. 메마르고 굳어버린 느낌이었다. 승재는 7년 동안 함께 생활했던 일레나 교수님의 임종이 가까워져 윤슬이 심리적으로 동요하고 있다고 생각했다.

"일단 집으로 들어가자. 비 맞지 말고."

"그냥 잠깐 이렇게 있을게."

승재의 품에서 윤슬의 여린 어깨가 자꾸만 들썩거렸다.

그것이 그가 기억하는 윤슬의 마지막 모습이었다. 3일 후, 그녀는 전화로 이별을 고했다. "지겨워져서." 승재는 전화를 끊지도 않고 미친 듯이 윤슬의 아파트로 향했다. 그러나 거기 그녀가 살았다는 흔적조차 없이 완전히 텅 비어 있었다. 윤슬이 그렇게 죽음처럼 사라져버렸다.

2009년 겨울, 그녀가 사라진 다음 날

승재는 우연히 알게 되었다. 윤슬이 비를 맞으며 자신을 기다리고 있던 날 아버지가 윤슬을 만났다는 걸. 승재는 무작정 부모님이 묵고 있는 호텔을 찾았다.

"대체 윤슬이한테 뭐라고 하셨어요? 대답해보세요!"

아버지는 갑자기 들이닥쳐 사납게 소리를 질러대는 승재에게 전혀 동요되는 눈치가 아니었다. 오히려 헤네시 XO가 들어 있는 잔을 돌려가며 느긋하게 향을 음미하고 있었다.

"그렇게 감정을 있는 대로 드러냈다간 온 세상의 먹잇감이 될 거다."

변온동물이 살갗을 스치고 지나가는 듯 소름 끼치는 목소리가 공간을 압도했다.

"미친 소리 집어치우세요! 대체 뭐라고 하셨냐고요?"

"못난 놈. 네 여자 마음 하나도 제대로 파악하지 못한 주제에 왜 여기 와서 분풀이를 하는 게냐? 그 아이한테 직접 물어보는 게 어떻겠니?"

"뭐라고 하셨길래 갑자기 사라졌냐고요?"

그제야 아버지의 눈빛이 미세하게 떨렸다.

"그게 무슨 소리야? 그 아이가 사라지다니?"

아버지는 정말로 모르고 있는 것 같았다.

"암매장하겠다고 협박이라도 하셨습니까?"

"네 엄마라면 충분히 그런 협박을 하고도 남겠지만, 내가 그렇게 하는 걸 본 적 있니?"

틀린 말은 아니었다. 아버지는 그보다 더 치밀하고 잔인했다. 미지근한 물에 개구리를 넣고 서서히 가열해가면서 물이 다 증발하고 뼈까지 모조리 타버려 어떤 흔적도 남지 않을 때까지 확실하게 죽이는 스타일이었다.

"네 외가에서 밀고 있는 한율 그룹 막내딸보다 나는 그 윤슬이라는 아이가 마음에 들더구나. 네가 살면서 했던 모든 선택 중에 가장 탁월한 선택이라고 생각했다. 조용하고 총명해서 구설에 오를 인물도 아니고. 게다가 욕심도 없어 보이고."

"그런데 왜?"

아버지의 시선이 승재를 오롯이 휘감았다.

"나는 그 아이에게 결혼을 허락한다고 했다."

승재는 믿을 수 없었다.

"이제 하다 하다 아들에게 거짓말까지 하는 겁니까?"

하지만 직감이 말해주고 있었다. 아버지가 하는 말은 모두 사실이다. 금방 드러나게 될 일차원적인 거짓말을 하는 사람이 아니었다. 승재가 그걸 알면서도 인정할 수 없었던 건 아버지의 말이 사실이라면 윤슬이 떠난 이유는 하나뿐이기 때문이다. 정말로 그가 지겨워져서. 승재를 한심하게 쳐다보던 아버지가 그에게 드리웠던 눈길을 거두며 말했다.

"덜떨어진 놈. 홍 비서한테 녹취 파일이 있을 거다. 직접 듣고서 이유를 찾아봐. 왜 그 아이가 너를 떠난 건지."

정계에 본격적으로 발을 들인 아버지는 누군가와 나눈 대화가 자신을 공격하는 빌미가 될 수 있다는 걸 알게 된 후로 모든 대화를 녹취해두었다. 치가 떨리도록 치밀한 인간이었다.

아파트로 돌아온 승재는 홍 비서에게 받은 USB를 노트북에 연결했다. 녹취 파일의 재생 버튼을 누르려는 손이 자꾸 멈칫거렸다. 아무래도 불길한 예감이 들었다. 몇 번이나 망설이다가 가까스로 재생 버튼을 클릭했다.

(문 열리는 소리)

아버지: 어서 와요. 나 승재 애비 되는 사람입니다.

오랫동안 정적이 흘렀다. 처음에는 녹취 파일에 문제가 생긴 줄 알았다. 하지만 곧 윤슬의 목소리가 들려왔다.

윤슬: 처음 뵙겠습니다.

그녀의 목소리를 듣자 승재는 명치끝이 서늘해졌다. 사무치게 그리워 숨이 막힐 지경이었다.

아버지: 앉아요. 바쁜 사람 오라 가라 해서 미안합니다.

(의자를 끌어당기는 소리)

아버지: 뭘 좋아하는지 몰라서 간단한 코스 요리로 시켜두었는데 괜찮겠어요?

윤슬: 네.

(종업원이 들어와서 와인 따르는 소리)

그러고는 한동안 아가포브 연구실에서의 연구 이야기를 나누었다. 주로 아버지가 질문하고 윤슬은 답을 해나가는 분위기였다. 대충 저녁 식사가 마무리되는 것 같은 시점에 아버지의 목소리가 들렸다.

아버지: 이제 인사치레는 이 정도로 하고 본론으로 들어가볼까요? 일단 집사람이 무례하게 대했던 것 같은데, 마음 상했다면 내가 대신 용서를 구하겠습니다. 승제에 대해서는 유별나게 구는 사람이니 너른 마음으로 이해해줬으면 해요.

윤슬: 이해합니다.

아버지: 단도직입적으로 말하겠습니다. 피차 바쁜 사람들이니. 나는 집사람과 의견이 많이 다릅니다. 승재 녀석이 진심으로 사랑하는 여자와 결혼해서 행복하게 살기를 바라고 있다는 말입니다. 그게 내가 살면서 가장 후회했던⋯⋯.

아버지는 차마 문장을 끝맺지 못했다. 평생 어머니를 사랑하지 않은 인간이었다. 승재는 그런 아버지를 혐오하면서 살아왔다. 하지만 아이러니하게도 지금 이 순간 처음으로 아버지의 인생도 가엾다는 생각이 들었다.

아버지: 하여튼 오늘 이렇게 직접 윤슬 양을 만나니, 승재 이 녀석이 제법 사람 보는 눈이 있다는 생각이 드네요. 허허허.

어쩌면 아들과의 틀어진 관계를 윤슬 양이 회복시켜줄 수도 있겠다는 생각이 들기까지 합니다.

정말로 기분이 좋을 때만 들을 수 있는 아버지의 너털웃음 소리였다. 믿을 수 없었지만 아버지는 진심이었다.

아버지: 나는 이윤슬 양이 아주 마음에 드는군요.

윤슬: 네?

아버지: 내가 집사람은 어떻게든 설득하겠습니다. 우리 승재와 결혼하는 거 나는 허락하…….

윤슬: 헤어지겠습니다.

뭐라고? 승재는 몇 번이나 그 부분을 돌려 들었다. 청각 피질에 문제라도 생긴 듯 귀로 듣고 있는 정보가 도무지 뇌에서 인지되지 않았다. 이게 대체 무슨 상황인지 이해할 수 없었다. 이윤슬, 지금 뭐라는 거야?

아버지: 내 말을 오해하고 있는 모양인데, 나는 지금 비아냥거리거나 비꼬고 있는 게 아니라 진심으로 윤슬 양이 우리 집 사람이 되는 걸…….

윤슬: 죄송합니다. 사실 헤어지겠다는 말씀을 드리러 이 자리에 나왔습니다.

아버지는 한동안 아무 말도 하지 않았다. 승재 역시 만약 자신이 아버지였다면 그 상황에서 대체 무슨 말을 어떻게 해야 할지 감이 잡히지 않았다.

> **아버지:** 우리 승재와 헤어지려는 이유를 물어봐도 되겠습니까? 내가 혹시 이 자리에서 윤슬 양에게 무슨 실수라도 했습니까?
> **윤슬:** 다, 너무 지겨워져서요.

윤슬의 목소리에 물기가 묻어 있었다. 윤슬은 목이 메는 것을 애써 감추려 일부러 거칠게 자리에서 일어나는 것 같았다.

> (드르륵, 의자가 바닥에 마찰하는 소리)
> **윤슬:** 실례지만, 먼저 가보겠습니다.
> (문 닫히는 소리)

녹취 파일은 거기서 끝이 났다. 승재의 인생노 거기서 끝나버린 것만 같았다.

2009년 겨울, 그녀가 떠나고 3일 후

승재는 며칠 내내 술을 마셨다. 더는 속에서 게워낼 건더기가 없어 식도를 태울 것 같은 노란 액즙이 나올 때까지 마시고 또 마셨다. 술에 취하지 않았다. 오히려 마시면 마실수록 윤슬에 대한 기억이 더 선명해지고 있었다. 뇌를 산산이 조각내버리고 싶었다.

새벽녘 가느다란 빛의 기운이 무거운 어둠을 녹이기 시작했을 때 윤슬에게서 이메일이 왔다. 제목도 없었다. 승재는 정신이 번쩍 들었다. 손이 덜덜 떨려서 제대로 클릭을 할 수가 없었다. 일단 찬물로 세수를 하고 숨을 몇 번 깊게 들이쉬고 나서야 간신히 메일을 열 수 있었다. 그 흔한 안부 인사조차 없는 불친절한 이메일에는 "부탁해"라는 한마디가 다였다. 대신 스무 개가 넘는 파일이 첨부되어 있었다.

가장 첫 번째 첨부 파일의 제목은 '프로젝트 도어 프로토콜'이었다. 일레나 교수님의 존엄사 프로토콜이 시작됨과 동시에 해야 할 일이 분 단위로 자세히 기록되어 있었다. 두 번째 첨부 파일은 교수님의 법정 대리인 권한을 승재에게 넘기겠다는 법률 문서였고, 나머지는 모두 지난 7년 동안 윤슬이 준비해온 박사 논문 자료를 꼼꼼하게 정리해놓은 파일이었다.

승재는 무엇인가에 홀리기라도 한 듯 윤슬이 보내준 파일들을 하나하나 읽어나갔다. 그것들을 읽으면 읽을수록 마치 그녀가 지금 바로 옆에 있는 것만 같았다. 그에게 개인 과외를 해주는 것처럼 연구 방법과 데이터 분석법을 세세하게 설명하고 있었다. 기가 막힐 정도로 모든 것이 완벽하고 치밀했다. 윤슬은 그야말로 천재였다.

이메일에 남긴 윤슬의 마지막 한마디는 '일레나 교수님의 숭고한 희생을 헛되게 만들지 말아줘, 부탁해.' '이렇게 열심히 준비해놓은 내 논문을 부탁해.'라는 뜻이었을 것이다. 승재는 거기에 의미 하나를 더했다. '너 스스로를 부탁해.'

일레나 교수님의 존엄사는 예정대로 행해졌다. 혹여 윤슬이 얼굴을 비치지 않을까 희망을 놓지 않았지만 끝내 나타나지 않았다. 그녀가 보내준 이메일 덕분에 모든 것이 순조롭게 진행될 수 있었다. 석 달 후, 승재는 첫 번째 논문 〈뇌가 바라보는 죽음 - 우리의 뇌는 죽음의 순간 무엇을 인지하는가〉를 마쳤다. 윤슬의 것이어야 했을 그 논문은 《네이처》지에 게재되자마자 학계에 센세이션을 불러일으켰다. 그를 오늘의 40대 브레이크스루상 수상자 이승재 박사로 만든 건 윤슬이었다.

7.

11월 3일, 11:01 PM, 효성 대학병원 7번 수술방

"혈압 모니터하다가 55 아래로 떨어지면 바로 페닐네프린 0.3밀리그램 투여할게요. 이 간호사, 환자 눈물 좀 닦아주세요. 너무 많이 흘리네."

죽음은 사람을 슬프게 한다.

삶의 3분의 1을 잠으로 보내면서도.

- 조지 고든 바이런

영생 빌딩 안

꿈이란 것을 알고 있다. 몸서리가 쳐질 만큼 춥다. 몸 안의 모든 혈액
이 얼어버려 살갗을 뚫고 나올 것만 같다. 눈을 뜨고 싶은데 가위에
눌렸는지 움직일 수가 없다. 움직이려 노력할수록 온몸의 신경이 더
짓눌려온다.

누군가 주문이라도 외우는 듯한 불길한 소리가 들려온다. 사람
들이 수군거리는 소리도 들린다. 여러 소음이 뒤섞여 전달되는 터라
말에 문맥이 없다. 점점 더 추워지고 있다. 온몸이 떨린다. 심박수가
증가하고 말초혈관이 수축하고 있다. 아무리 뇌의 역량이 무궁무진
하다고 해도 이렇게까지 생생할 수는 없다. 그때였다. 심장으로 빛

이 스며들기 시작했다.

"하아……."

자신도 모르게 안도의 한숨이 새어 나왔다. 윤슬은 드디어 살 것 같았다. 살면서 윤슬의 심장이 이렇게 따뜻했던 적은 승재의 품 안에 있을 때뿐이었다. 그대로 그의 몸속으로 흡수되어 살았으면 좋겠다고 생각했었다. 자신의 모든 것이 사라지고, 그저 그의 인생의 일부가 되어도 좋겠다고.

심장에서 시작된 온기는 어깨로 목으로 뺨으로 입술로 옮겨졌다. 승재도 늘 그렇게 키스했었다. 그의 입술이 닿은 모든 부분에서 빛이 난다고 생각하던 때가 있었다. 윤슬이 인생을 살면서 처음이자 마지막으로 빛을 내던 순간들이었다. 지금 눈을 뜨면 승재가 옆에 있을까?

"정신이 들어?"

귀에 익은 음파. 무례한 그 남자의 목소리였다. 윤슬은 가까스로 눈을 떴다. 그저 눈을 떴을 뿐인데 윤슬을 감싸고 있던 온기가 서서히 사라졌다. 다시 어둠과 축축한 기운이 곁을 감돌았다.

"여기는?"

"2층도 물이 차올라서 3층으로 대피했어. 여기도 오래 못 버틸 것 같지만."

주변을 살펴보니 의외로 아늑한 공간이었다. 책상 위에는 '소아 정신과 전문의 한유은'이라고 적힌 명패가 놓여 있었다. 같은 건물 3층에 있던 소아 정신과 병원으로 들어온 모양이었다. 윤슬은 이제야 모든 기억이 돌아왔다. 순식간에 건물 1층이 침수되고, 아기 고양이를 구하러 검은 물로 뛰어들었을 때 물 밑에서 누군가 윤슬을 기다리고 있었다. 어두웠지만 그가 씩 입꼬리를 올리며 웃고 있다는 걸 알 수 있었다. 집요하고 잔인하고 소름 끼치는 미소였다. 악의에 차서 창고에 그녀를 가두어놓고 가버린 바로 그 검은 후드티의 사람이었다.

그 사람이 윤슬을 향해 검을 팔을 뻗었다. 분명히 팔이었는데 어느새 뱀이 되어 스르륵 윤슬의 발목을 감았다. 그는 윤슬을 자꾸만 밑으로, 더 깊은 곳으로 끌고 들어가고 있었다. 이토록 깊은 곳이었나? 저항을 하고 싶은데 왜 이렇게 무기력하지? 차라리 모든 걸 포기하고 끌려가는 편이 나을 것 같다. 내가 미친 건가?

발목을 휘감았던 뱀이 다시 손이 되어 자꾸만 위로 올라왔다. 허벅지를 훑고 가슴을 지나 목을 죄었다. 윤슬을 바라보는 그 눈. 웃는 건지 우는 건지 도무지 알 수 없는 괴기한 눈이 그녀를 응시하고 있었다.

"아아아이이!"

윤슬은 자기도 모르게 비명을 질렀다.

"왜 그래? 무슨 일이야?"

"그 사람. 물속에서 그 사람을 또 봤어요."

"그 자식을 본 거야? 검은 후드티를 입고 있던?"

이것이 꿈인지 생시인지 싶게 이상한 사건이 너무나 많이 일어나는 밤이었다.

"그러니까 이제부터는 내 옆에만 딱 붙어 있으라고. 알겠어?"

남자는 노기 어린 목소리로 엄포를 놓았지만, 왠지 윤슬에게 제발 옆에 있어달라고 애원하고 있는 듯했다. 그런데 내가 이 남자에게 검은 후드티를 입은 사람 이야기를 한 적이 있었나? 윤슬이 물어보려던 찰나 어디선가 눈치 없는 아기 고양이 소리가 다시 들려왔다. 곧이어 몽실몽실한 아이보리색 털 뭉치가 나타났다.

"솔아!"

이 모든 사단의 원인이었던 문제적 고양이는 아무런 경계심 없이 윤슬의 품 안으로 뛰어들었다. 이렇게 보들보들하고 따스한 생명체라니.

"혹시 애도 당신이 구해준 건가요?"

"그러지 않으면 거의 나를 고양이 죽이고 다니는 사이코패스 취급할 것 같은 분위기였거든."

"그 정도는 아니었거든요."

윤슬은 목소리가 점점 쥐꼬리만 해졌다.

"아, 그리고 이거."

짐짓 무심한 척하며 남자가 쑥스러운 몸짓으로 무엇인가를 건네주었다.

"오다가 주웠어."

윤슬의 입가에 물결이 번져나갔다. 고양이 사료 캔이었다.

"저기, 오늘 왜 자꾸 이런 일이 생기는지 모르겠는데. 그러니까 제가 하고 싶은 말은……."

남자가 윤슬을 빤히 쳐다보았다.

"고마워요. 벌써 몇 번이나 저를 구해줘서."

민망한 상황을 피해보려고 윤슬은 사료를 먹고 있는 고양이 머리를 손으로 살짝 눌러 인사를 시켰다.

"솔아, 너도 아저씨한테 고맙다고 인사해."

그가 이 상황을 믿을 수 없다는 듯 버럭 소리를 질렀다.

"잠깐."

"……?"

"설마 지금 나를 아저씨라고 부른 거야?"

잔뜩 긴장하고 있던 윤슬이 어이없다는 표정을 지었다.

"아니 오빠는 너무, 음……."

"너무?"

"양심이 없는 거 같아서."

"전혀 그렇게 생각하지 않는데."

"이렇게 양심이 없는 분이셨군요."

자꾸 말대꾸하는 윤슬에게 남자가 마지막 한 방을 날렸다.

"어디 보자. 컵라면이 하나밖에 안 남았던데."

그는 가방에서 컵라면을 꺼내 들었다. 장난스레 그를 약 올리던 윤슬이 진심으로 발끈했다.

"내가 분명히 가방에 컵라면이 두 개 있는 거 봤거든요! 아까 몰래 하나 먹은 거 아니에요?"

"난 양심 없는 은인이니까."

"딱 이리와요!"

남자가 큰 덩치에 어울리지도 않게 라면을 들고 도망갔다. 어처구니없는 도발에 윤슬의 입술 사이로 풋 웃음이 비집고 나왔다. 장난처럼 시작했지만 진심으로 남자에게서 라면을 빼앗으려고 끝까지 쫓아가다가, 결국 그를 소파 위로 넘어뜨렸다. 남자는 윤슬을 껴안은 채로 소파 위로 쓰러졌다.

"제법인데?"

남자가 여전히 여유만만하게 웃으며 라면을 들고 있는 팔을 더 멀리로 뻗었다. 윤슬은 몸을 그에게 가까이 밀착시켰다. 오로지 라면을 빼앗겠다는 일념뿐이었다. 몇 시간 만에 죽을 고비를 또 넘기니 사람이 아주 단순해졌다. 그러다가 두 사람의 입술이 아슬아슬한 거리에서 마주하게 되었다. 순간 모든 움직임이 멈추고 정적이 찾아왔다. 오로지 두 개의 심장만이 서로 뒤섞여 뛰고 있었다. 그때 누군가 말했다.

"키스해도 되나요?"

스스로도 믿기 어려웠지만 그 말을 꺼낸 건 윤슬이었다. 남자가 커다란 두 손으로 윤슬의 턱을 감쌌다. 그러고는 상체를 한껏 들이밀며 그녀의 입에 훅 하고 숨을 크게 불어넣었다. 그의 숨이 더 깊숙한 곳까지 들어와 촘촘히 그녀를 찾고 있었다. 아니, 윤슬에게 그녀 자신을 찾아주고 있있다.

승재와의 키스는 서로를 원하는 갈망이었지만, 이 남자는 윤슬을 탐하고 있지 않았다. 그저 빛을 전하려고 할 뿐이었다. 소행성 충돌 같이 폭발하며 순식간에 소멸해버리는 빛이 아니었다. 그가 전해주는 빛은 깊은 땅속에 숨겨져 있던 씨앗을 발견해주는 빛이었다. 생명이 깃들게 하는 빛. 사랑해서 영원히 소멸하지 않는 빛.

윤슬은 자신의 품에서 어린아이같이 잠들어버린 남자를 찬찬히 살펴보았다. 수많은 상처들이 서로 얽히고설켜 있는 강인한 몸이었다. 남자가 눈을 감은 채 윤슬에게 말했다.

"이로써 확실해진 거야."

"……?"

"이승재와 첫 키스를 할 때도 키스하자는 말을 한 건 당신이었을 거야."

윤슬은 피식 웃음이 나왔다.

"혹시 질투하는 건가요?"

"뭐? 질투? 이승재 같은 랩랫(lab rat) 따위를?"

랩랫은 실험실에 처박혀 실험만 하는 사람을 뜻했다.

"아님 말고요."

"잠깐. 왜 내가 의문의 1패를 당한 것 같지?"

한번 터져버린 웃음은 청명하게 공간을 울리다가 메아리가 되어 윤슬의 귀로 되돌아왔다. 승재를 떠나고 나서는 처음이었다. 웃음소리가 너무나 맑고 청아해서 저절로 행복하다는 생각이 들

정도였다. 어쩌면 우리는 행복해서 웃는 게 아니라, 웃음소리를 듣고 나서야 비로소 '나는 행복하구나' 하고 생각하는 게 아닐까. 억지로라도 웃으며 살아볼걸 그랬나?

"이거나 한잔해. 몸이 물에 젖어서 따뜻하게 해줘야 해. 체온을 유지하는 게 중요하니까."

그가 가방에서 팩 소주 두 개를 꺼내어 윤슬에게 건넸다.

"이건 또 어디서 났어요?"

"아까 매점 냉장고 뒤에 있던데."

그래서 가끔 저녁 수업을 하면 아이들에게서 알코올 냄새가 났던 것이다. 얼굴이 벌게져서 수업에 들어오는 아이들도 있었고.

"매점 아줌마 그렇게 안 봤는데 미성년자한테 술을 파는 나쁜 주인이었네요. 원장 선생님께 말씀드려야겠네."

"그러다가 애들한테 해코지라도 당하면 어쩌려고 그래?"

풋, 또 웃음이 나왔다. 이 탄탄한 근육질 전사 같은 남자가 중학생 애들 해코지를 걱정하는 것이 영 어울리지 않았다.

"이봐, 중2는 좀 그래. 애들이 무서울 게 없는 나이라 죽자고 덤빈다고."

그가 점점 목소리를 흐렸다. 무례하기만 한 줄 알았는데, 나름 귀여운 구석이 있는 남자였다. 윤슬은 소주를 한 모금 들이켰다. 오래간만에 소주를 마시니 목이 타들어갔다. 이번에는 그가 가방에서 새우깡을 꺼내서 슬그머니 안겨주었다.

냐아아아, 냐아아아. 솔이 어느새 윤슬의 옆으로 와서 뒹굴었다. 아직은 기어다닌다는 것보다 굴러다닌다는 표현이 더 어울리는, 게다가 냐아옹의 옹 발음도 차지게 내지 못하는 아기였다.

"이 고양이 이름이 솔이라고 했었나?"

"네."

"고양이보다는 강아지 이름으로 더 어울리겠어."

"이렇게 자그마한 인생 하나가 나만 믿고, 내 옆에만 붙어 있으니까 부담스럽기도 한데, 한편으로는 벅차고 설레요."

"애 엄마가 할 법한 말을 하는군."

남자는 아무 생각 없이 내뱉은 말이었을 텐데, 갑자기 잊고 있던 기억 하나가 윤슬의 뇌를 스치고 지나갔다.

"내가 왜 이 고양이를 솔이라고 불렀는지 알 것 같아요."

윤슬의 목소리에 물기가 스미기 시작했다.

"딸을 낳으면 솔이라고 이름 지으려고 했거든요."

남자가 의미심장한 표정으로 윤슬에게 물었다.

"그래서 이 고양이에게 그렇게 집착했던 거였나?"

"모르겠어요. 지하실에서 우연히 발견했는데, 고개를 들고 잘 떠지지도 않는 눈으로 나를 바라봤어요. 그런데 그 모습이……."

윤슬은 그 아이가 생각났다. 한 번도 빛을 보지 못하고 빛이 되어버린 아이.

"승재 씨와 헤어지고 무작정 보스턴을 떠났어요."

"왜?"

"보스턴이 숨 막히게 추워서."

상황에 어울리지도 않게 윤슬이 배시시 웃었다.

"밤새도록 차를 타고 쉬지 않고 남쪽으로 달리니까, 에메랄드 섬이라는 곳에 와 있더라고요."

1천 킬로미터가 넘는 거리를 단 한 번에 간 셈이었다.

"거기서 며칠 머무르기로 하고 바닷가에서 가까운 모텔에 체크인했죠."

"왜 하필이면 거기에?"

"따뜻해서요. 운전하다가 문을 열었는데, 12월 공기에서 아직 온기가 느껴지는 게 너무 신기한 거예요."

윤슬은 남자의 눈치를 슬쩍 살피고는 계속 말을 이었다.

"승재 씨에게 건네줄 자료를 서둘러 정리해야 하기도 했고."

"눈물겹군."

"그리고 그쯤에서 알게 됐어요."

"……?"

"임신했다는 걸."

2009년 겨울

가만히 앉아서 따져보니 6주 정도 된 것 같았다. 임신테스트기에 그어진 빨간 두 줄이 너무나 선명해서 '설마 아니겠지'라고 부인할 수도 없었다. 태어나서는 안 되는 아이라는 것을 윤슬은 잘 알고 있었다. 그때 왜 그리도 가슴이 벅차올랐을까. 태동을 느꼈다면 비약이 심하다 못해 비과학적이었다. 아직은 그저 콩알만 한 크기의 생명체일 뿐일 테니. 그것도 생명이라 부를 수 있다면 말이다. 하지만 아이는 자꾸만 자신의 존재감을 드러내고 싶은 모양이었다.

보통 10수가 되기 전에만 임신 중절 약을 복용하면 수술 없이 아이를 지울 수 있었다. 아직 4주 정도의 시간이 남았다. 윤슬은 그 시간 동안 배 속의 아이에게 바다의 소리를 들려주고 싶었다. 모든 것을 잡아먹을 듯 이글거리던 태양이 기운을 다하고 이 땅 위에 살아 있는 것들에게 마지막 인사를 고하는 겸허한 순간을 보여주고 싶었다. 밤이 되면 바다 위로 별들이 늦봄의 아카시아처럼 흐드러지게 피어나는 순간을 보여주고 싶었다. 달이 쏟아내는 은빛이 얼마나 청아하고 고귀한지 보여주고 싶었다. 자신의 목소리를 최대한 많이 들려주고 싶었다.

"네가 남자아이면 율, 여자아이면 솔이라고 부르고 싶었어. 아무래도 네가 여자아이일 것 같아서, 그냥 솔이라고 부르려고."

에메랄드 섬의 12월은 고요하다 못해 정적으로 뒤덮여 있었다. 비수기인 탓인지 사람들의 자취를 거의 찾아볼 수 없었다. 그래서 평소에는 듣지 못했던 소리들이 적나라하게 들려왔다. 바닷바람이 나뭇잎 하나하나를 스치고 지나가면 나무도 바다의 소리를 냈고, 45억 년을 쉬지 않고 출렁거려 지칠 대로 지친 파도에서는 노병의 무거운 발걸음 소리가 났다.

"너를 미워해서가 아니야. 내가 그 사람을 너무 사랑해서 그러는 거야. 그리고 네가 외로워질까봐. 너를 태어나게 해놓고, 너를 미워하게 될까봐."

윤슬은 그동안 이해되지 않던 엄마가 어렴풋이 이해되고 있었다. 엄마는 그럼에도 불구하고 나를 사랑해서 이 세상에 태어나게 한 걸까. 나를 자궁 안에 품고 있던 열 달 동안 세상의 모든 좋은 것들, 기쁜 것들, 따스한 것들이 내게 깃들기를 염원했을까. 설령 그랬다 하더라도 엄마의 간절한 바람은 이미 오래전에 무색해졌다. 지금 이 순간 남아 있는 건 허무함 뿐이었다.

"너를 이 세상에 태어나지 못하게 해서 미안해. 우리 나중에 꼭 만나자. 그때는 너를 위해 내 목숨이라도 내어줄게."

윤슬이 임신 중절 약을 받아온 그날, 약을 손에 들고 몇 시간째 만지작거리기만 했는데 갑자기 밑이 축축해져왔다. 약을 먹기도 전에 하혈이 시작된 것이다. 온몸에 열이 끓고 오한이 들고 식은땀이 났다. 피가 흐르고 또 흘렀다. 1센티미터가 채 안 되는 아이가 모든 것을 핏빛으로 적시고 있었다. 넌 이미 알고 있구나. 그래서 네가 먼저 나를 떠나버리려 하는구나.

윤슬의 눈가에 투명한 물이 차올랐다. 몸이 고통스러워 눈을 감으면 자꾸만 깜찍한 하얀 원피스를 입은 어린아이 하나가 떠올랐다. 고개를 한껏 올려야 겨우 윤슬을 바라볼 수 그 작은 아이는 영롱하게 빛나는 까만 눈동자를 가졌다. 눈이 마주칠 때마다 티 없이 맑게 번지는 웃음에는 엄마가 아직 거기 있다는 안도감이 서려 있었다.

하루를 꼬박 앓고 다음 날 새벽, 콩알 같은 작은 분비물이 윤슬의 몸 밖으로 빠져나왔다. 작은 솔이었다. 생명이 사라진 자리에는 거대한 공허함만 남았다. 공허함의 깊이가 너무나 깊어 아무것도 그 자리를 채울 수 없었다. 윤슬은 그 공허함에 파묻혀 자신이 소멸된 것만 같았다. 그냥, 그래 버릴까?

영생 빌딩 안

건물은 여전히 깊은 어둠 안에 갇혀 있었다. 테이블에 놓여 있는 촛불이 유일한 빛이 되어주었다. 윤슬의 품에서 잠들어 있던 솔이 게슴츠레 눈을 뜨고 그녀를 바라보았다. '엄마, 아직도 거기 있지?' 하고 확인하는 것만 같았다.

"공허함에 파묻혀 소멸될 것 같았다. 그래서?"

모든 것을 꿰뚫어 보는 것 같은 시선으로 남자가 물었다. 그의 의중을 알 수는 없었지만, 불길함이 피를 맛본 피라니아 떼처럼 윤슬에게 몰려들고 있었다.

"그래서 그랬던 건가? 나를 죽……"

머리카락이 곤두서고 온몸의 피가 당장이라도 혈관을 뚫고 솟구칠 기세였다. 윤슬이 가까스로 비명을 참고 있던 그때 탕! 탕! 건물의 골격이 강하게 타격을 받은 것 같은 울림과 함께 굉음이 들려왔다. 윤슬은 어쩌면 다행이라고 은연중에 생각했다. 저 굉음이 아니었다면 자신의 입에서 먼저 비명이 터져 나왔을 것이다.

탕! 다시 한번 고막이 터져버릴 것 같은 소리가 났다. 천둥이라고 하기에는 너무나 인위적이었고, 악의를 가지고 무엇인가를 파괴하려는 소리였다.

"쉿!"

남자가 윤슬의 입을 막고, 신속하게 촛불을 껐다. 순식간에 어둠이 내려앉았다.

"지금 바로 소파를 문 앞으로 옮겨놓을 거야. 최대한 조용히. 할 수 있겠어?"

바리케이드를 만들자는 말이었다. 그들은 요란한 천둥소리에 맞춰 병원 안에 있던 소파를 문 앞으로 옮겼다. 파괴의 소리가 점점 더 크게 들려왔다. 윤슬의 심장이 거세게 요동쳤다.

"이게 무슨 소리죠?"

윤슬이 소리를 낮춰 물었다.

"총소리 같아. 군용 산탄총."

다이내믹하다 못해 미쳐 돌아가는 밤이었다.

"그놈이 아직도 당신을 찾고 있는 것 같아."

윤슬은 정체를 알 수 없는 그 사람이 자신을 보며 히죽거리던 모습이 떠올랐다. 먹이를 바로 앞에 두고 죽음을 빌미로 희롱하고 있는 파충류의 눈빛 같아 온몸에 소름이 돋았다.

"이제 어떻게 해야 할까요?"

"여기 가만히 있다가 당할 수는 없어. 아, 혹시 모르니까 이거."

그가 가방에서 무엇인가를 꺼내 건네주었다. 테이저건이었다. 윤슬이 국경없는의사회에서 일할 당시 내전 지역인 마툴라로 파견 나갔을 때 늘 소지하고 다녀야 했던 바로 그 기종이었다. 실제로 써본 적은 한 번도 없었다. 총을 손에 잡으니 몸이 더욱 긴장했다. 묵직한 금속도 윤슬의 손 안에서 덩달아 덜덜 떨고 있었다.

남자는 병원 창문을 열었다. 그 창문에서 2미터쯤 떨어진 곳에 복도로 넘어갈 수 있는 또 다른 창문이 있었다. 창틀의 홈을 이용해 그곳으로 가려는 의도 같았다. 윤슬이 창문으로 나가려는 그를 붙잡았다.

"어떻게 하려고요?"

"상황을 좀 살피고 와야겠어."

"나도 같이 가요."

"그건 너무 위험해. 금방 돌아올게. 일단 여기 있어."

남자가 단호하게 말했다. 윤슬은 자신도 모르게 그의 소매를 꽉 붙잡았다. 어둠 속에서도 윤슬을 바라보는 그의 눈길이 느껴졌다. 공간으로 퍼지는 언어가 되지는 못했지만, 그는 이렇게 말하고 있는 것 같았다. '마지막이 될지도 모르니까.' 남자가 팔로 윤슬의 목을 감싸고 천천히 제게로 끌어당겼다. 그의 시리고도 고단한 숨이 윤슬의 입안을 뜨겁게 맴돌았다. 키스를 할수록 더 먹먹해지고 있었다. 모든 순간이 먹먹했던 자신의 인생과 닮았다고 윤슬은 생각했다.

"한순간도 사랑하지 않은 적 없었어. 당신이 태어난 순간부터 지금 이 순간까지."

남자가 창문 밖으로 나가기 직전 윤슬에게 한 말이었다.

8.

승재는 손으로 얼굴을 몇 번이나 쓸어내렸다. 유난히 고단한 하루였다. 아내 혜윤의 의식이 아직 돌아오지 않고 있었다. 어쩌면 그냥 눈을 감고 있는 것일 수도 있었다. 괜히 깨우고 싶지 않았다. 정운의 행방에 대한 실마리가 나오고 나서 윤슬에 관해 물어도 늦지 않을 것이다.

윤슬과 이별한 후 승재는 살아 있지만 살아 있다고 할 수 없는 시간 속에서 꾸역꾸역 살아가고 있었다. 아침에 눈이 떠지는 것을 혐오했다. 아내와 아들, 부와 명예가 있었지만 윤슬이 없었다. 모두가 부러워하는 삶이 그에게는 저주였다. 사랑은 집착이 되고, 집착은 증오가 되었다. 그리고 증오는 그리움이 되었다. 윤슬을 향한 증오가 휘몰아칠 때마다 사실은 그리웠다. 그리움이 이토록 격렬한 감정인 걸 사람들은 알고 있을까? 증오와 그리움은 결국 같은 결의 감정이었다.

그녀가 떠나버린 후, 승재는 윤슬이라는 이름을 차마 단 한 번도 입 밖으로 내뱉은 적이 없었다. 그러면 그녀가 홀연히 날아가 기억에서조차 영영 사라질까봐. 그런데 오늘 왜 사람들이 그 이름을 이리도 쉽게 내뱉는 것인가.

"이승재 박사님이십니까?"

처음 보는 남자가 혜윤이 누워 있는 병실로 들어오며 물었다. 라운드티에 검은색 점퍼를 입고 있는 남자였다. 그의 매서운 눈빛과 단단한 체형을 보니 경찰 같았다.

"저는 강남서 형사 4과 강동호 경위입니다. 사모님은 상태가 좀 어떠십니까?"

"아직 의식이 돌아오지 않아 기다리고 있습니다. 아내가 조금 오버를 한 모양인데, 정운이는 별일 없을 겁니다. 경찰까지 동원하고 싶은 생각은 없습니다."

강 형사가 난처하다는 표정을 지었다.

"아직 말씀 못 들으셨나봅니다. 사모님이 이정운 학생 유괴 사건으로 저희에게 신고를 해놓으신 상태입니다."

승재는 몸 안을 돌고 있던 피가 갑자기 순환을 멈춘 듯한 기분이었다.

"유괴라니, 그게 대체 무슨 말입니까?"

"혹시 이수진 씨를 아십니까? 엘리트 과학 학원 보조 교사라고 하던데."

엘리트 과학 학원은 시험을 봐서 상위 1퍼센트의 점수를 받은 학생들만 받아주는 학원이라고 했다. 몇 개월 전 정운이 그 학원에 합격했을 때 혜윤이 유난을 떨면서 뛸 듯이 기뻐했던 것이 기억났다. 하지만 이수진은 처음 들어보는 이름이었다.

"아들이 그 학원에 다니는 것은 알고 있었지만, 이수진은 처음 듣는 이름입니다."

"신고가 들어왔으니 이수진 씨에게 원한을 살 만한 이유가 있었는지 조사를 해야 할 것 같아서 말입니다."

"그래서 그 여자가 아이를 유괴했다는 겁니까?"

승재가 흥분하며 물었다. 강 형사가 의외라는 표정을 지으며 말했다.

"상황을 전혀 모르시는 모양이군요. 오늘 20시 45분경, 신혜윤 님이 강남서로 연락을 취했습니다. 이정운 군이 서너 시간 정도 행방이 묘연하다고요. 저희 공식 수사 매뉴얼에는 24시간 동안 연락이 끊겨야 수색을 시작하라고 명시되어 있고, 또 처음에는 중2 남학생이 단순히 학원을 땡땡이친 건 줄 알았는데……."

강 형사가 말끝을 잠시 흐렸다가 다시 본래의 쨍쨍한 말투로 돌아왔다.

"아시다시피 워낙 VIP 케이스라 21시부터 수사에 바로 착수

했습니다. 신혜윤 님이 이수진을 용의자로 특정하기도 했고 말이죠. 그래서 바로 이수진의 행방을 추적하기 시작했습니다."

강 형사가 낭패라는 표정으로 말을 이었다.

"공교롭게도 이수진은 오늘 저녁 19시경 교통사고를 당해 지금 수술을 받고 있습니다. 상태가 위독하다는 것 같아요."

"그러면 이수진 씨가 더 이상 용의자가 아닐 수도 있다는 말씀입니까?"

"두 가지 가능성이 있을 수 있죠. 첫 번째, 박사님 말씀대로 이수진이 정운 군을 유괴하지 않았다. 아니면……."

순간 강 형사의 눈빛이 번득였다. 그가 왜 형사인지 저절로 납득이 갈 만한 눈빛이었다.

"이수진이 정운 군을 유괴, 감금 후 사고를 당했다. 그래서 이 질문이 중요한 겁니다. 이수진에게 원한을 살 만한 이유가 있었는지. 최악의 경우, 아버님의 원한 관계로까지 수사를 확장시켜야 할 수도 있겠습니다. 물론 극비리에 말이죠."

상황이 생각보다 심각한 것 같았다. 승재는 일을 크게 벌여도 될지 아직 판단이 서지 않았지만 일단 정운을 찾아야 했다.

"그런데 이수진이 지금 사경을 헤매고 있다고 하니 저희로서도 난감하게 됐습니다."

강 형사가 주머니에서 스마트폰을 꺼내 승재에게 사진을 보여주었다. 누군가의 주민등록증을 찍어둔 것이었나.

"이 사람이 이수진입니다. 정말 모르십니까?"

사진 속의 여자를 보자마자 승재의 몸이 뻣뻣하게 얼어붙었다. 그의 세상이 굉음을 내며 무너지고 있었다.

같은 시각, 강남 메디마르 병원 VIP 병실

혜윤의 의식이 서서히 돌아오고 있었다. 남편의 체취가 가까이서 느껴졌다.

"혜윤아, 괜찮아?"

승재는 괜스레 아내를 깨울까봐 작은 목소리로 물었다. 그런 세심함을 사랑이라 착각하고 살던 시간이 있었다. 신혜윤, 이 천하의 바보 멍청이. 저 인간은 그냥 나를 깨우기 싫었던 거야. 내가 일어나면 상대해주기 귀찮고 번거로우니까. 남편이 침대 옆 의자에 털썩 앉는 소리가 났다. 그의 무거운 한숨 소리가 들렸다.

"이 모든 게 이윤슬 때문이야! 그 여자를 죽여버릴 거예요!"

혜윤이 남편에게 정운의 사고 소식을 알리며, 자신도 모르게 입에 담기도 싫은 그 여자의 이름을 입 밖으로 낸 것은 일생일대의 실수였다. 끝까지 모른 척해야 했다.

"이승재 박사님이십니까?"

강 형사의 목소리가 들렸다. 그는 아직 이수진이 이윤슬과 동일 인물이라는 사실을 알지 못한다. 불행 중 다행이었다. 혜윤은 눈을 감고 둘의 대화를 엿듣고 있었다.

"그런데 이수진이 지금 사경을 헤매고 있다고 하니 저희로서도 난감하게 됐습니다."

강 형사가 주머니에서 무엇인가를 꺼내는 것 같았다. 뭘 꺼내는지 혜윤은 미칠 듯이 궁금했지만 눈을 떠버릴 수는 없었다.

"이 사람이 이수진입니다. 정말 모르십니까?"

혜윤은 가슴이 철렁 내려앉았다. 남편이 어떤 표정으로 사진을 바라보고 있을지 그려졌다.

"이 여자……."

남편이 깊은 숨을 내쉬었다. 시작한 문장을 차마 끝낼 수 없을 만큼 동요하고 있었다.

"지금 어디 있습니까?"

혜윤은 감고 있던 눈을 더 질끈 감았다. 두 번 다시 이 눈이 떠지지 않으면 좋겠다는 생각을 하면서.

혜윤의 친정엄마는 늘 이렇게 말씀하셨다. 이 바닥에 사랑해서 결혼하는 사람이 어디 한 명이라도 있는 줄 아느냐고. 다들 필요에 의해 계약을 맺고 쓸모없어지면 내다버린다고. 우리는 우월하기 때문에 그들이 우리를 버릴까 걱정 따위는 하지 않아도 된다고. 오히려 늘 그들이 버림받을까 긴장하게 만들어야 한다고.

결국 그 누구보다도 우월했던 엄마는 아빠가 젊은 여자들을 줄줄이 애첩으로 들이는 것을 아무 말 없이 지켜봐야 했다. 그리고 '나는 우월하니까 저런 것들은 상대도 되지 않는다'는 개똥철

학으로 꼿꼿이 목을 세우고 다녔다. 혜윤은 그런 엄마를 동정하지 않았다. 엄마는 그저 패배자였다. 열등하고 늙어빠진 패배자.

엄마의 가르침은 승재를 보자마자 무용지물이 되어버렸다. 무척 자존심 상하는 일이었지만, 혜윤은 그에게 한순간에 완전히 매혹당했다. 승재는 말이 별로 없고 잘 웃지 않지만 귀티 나게 잘생기고 똑똑했다. 집안도 혜윤의 집안만큼은 아니지만 그 정도면 비루하지 않았다. 하버드를 나와줘서 커티스 음악원 출신인 혜윤과 그나마 구색은 맞출 수 있었고, 두중에 익시를 때려치운 것은 살짝 아쉬웠지만 그래도 소신 있게 자신의 길을 걸어 나가고 있다는 게 좋아 보였다. 물론 왜 그런 개고생을 하는지 도무지 이해할 수는 없었지만.

그리고 무엇보다도 혜윤을 꼿꼿하게 대한다는 점이 마음에 쏙들었다. 지금까지는 혜윤에게 절절매며 구질구질하게 구는 남자들만 만났었다. '내 집안 덕을 보려고 저러지' 하는 생각밖에 안드는 지리멸렬한 부류의 남자들이었다.

혜윤은 승재에게 흐르고 있는 서늘한 기운이 좋았다. 자신을 별로 사랑하는 것 같진 않았지만 대수롭지 않게 생각했다. 언젠가는 그에게 사랑받는 아내가 될 것이라고 확신했다. 나를 사랑하지 않는 사람은 단 한 명도 없었으니까.

결혼하고 나서 혜윤은 남편에게 이상한 버릇이 있다는 것을 알게 되었다. 처음에는 그저 강이나 바다의 경치를 좋아하는 사람이라고 생각했다. 남편은 몇 시간이나 하염없이 물가에 서 있었고, 그런 모습이 숨 막히게 멋져 보였다. 승재는 물가에 서 있었고, 혜윤은 물을 바라보는 그를 바라보았다.

혜윤은 나중에서야 깨달았다. 남편은 물이 아니라 햇살에 비쳐 물이 반짝이는 정경을 바라보고 있는 것이었다. 물결에 빛이 흐르기 시작하면 그는 모든 것을 잊었다. 어떨 때는 혜윤이 옆에 있다는 것조차 잊어버리는 것 같았다.

윤슬이라는 단어가 있다는 것을 혜윤은 우연히 남편의 랩톱을 보고 알게 되었다. 남편은 하루에도 몇 번씩 윤슬을 검색했다. 혜윤이 살고 있는 세상은 명품, 마약, 여자, 술에 환장하는 남자들로 가득 차 있는 곳이었다. 그런데 윤슬 같은 자연 현상을 좋아하는 남자라니 귀여워서 풋 웃음이 나올 지경이었다.

남편이 뭔가에 집착한다 싶은 싸늘한 기분이 혜윤을 덮친 것은 아들이 태어났을 무렵이다. 마음에 들지는 않았지만, 남편 집안의 전통에 따라 빛날 정(炡)을 항렬자로 넣은 이름을 지어야 했다. 그런데 남편이 자꾸만 잔물결 연(漣)을 뒤에 붙여 정연이라고 부르자고 고집을 부렸다. 빛나는 잔물결, 그야말로 윤슬을 떠올리게 하는 이름이었다. 그런 사소한 것에 고집을 부리는 남편의 모습을 혜윤은 결혼하고서 처음 보았다. 남자아이 이름을 계집애 이름 같은 정연이라고 짓는 것도 마음에 들지 않았지만, 왜 그리도 윤슬에 집착하는지 도무지 이유를 알 수 없었다. 결국 집안 어른들의 도움을 받아, 아들의 이름은 빛날 정에 큰 물결 운(濃)자를 쓰는 것으로 합의했다.

남편이 그토록 집착하던 윤슬의 실체를 구체적으로 알게 된 것은 1년 전 이맘때였다. 혜윤은 예고 선배와 오랜만에 골프를 치다가 연못 위로 햇빛이 반짝거리는 것을 구경하게 되었다.

"너무 예쁘다. 빛이 물결 위를 흐르네."

"윤슬."

"뭐라고?"

"저렇게 햇빛이나 달빛에 비쳐서 반짝이는 잔물결을 순우리말로 윤슬이라고 부른데."

선배가 깔깔거리며 웃었다.

"너같이 책이라면 질색하는 애가 그런 건 또 어디서 배웠어?"

커티스를 떨어져서 간신히 줄리아드에 간 선배 언니는 이렇게 그녀를 깎아내릴 기회만 호시탐탐 노리고 있었다. 혜윤은 '나는 우월하니까' 그 정도는 애교로 봐주기로 했다.

"우리 남편이 윤슬을 좋아해서, 오죽했으면 아들 이름도 정연이라고 지을 뻔했다고. 빛날 정에 잔물결 연을 써서."

"아들 이름이 대체 정연이가 웬 말이야."

"그기 때문에 내가 시부모님께 생전 안 하던 전화까지 해서, 승재 씨 말라달라고 울고불고 난리를 쳤다니깐. 다행히 어머님이 내편을 들어주셔서 나중에 에르메스 신상 백을 사드렸지."

예기치 못한 사태가 벌어진 것은 그날 저녁 선배 언니와 통화를 하면서였다.

–혜윤아, 이거 알고 있어야 할 것 같아서.

분명히 걱정의 목소리였지만 이상했다. 뭔가 조소를 동반한 호들갑스러움이 느껴졌다.

-너 우리 경석 씨가 하버드에서 박사 할 때, 네 남편하고 시기가 일부 겹쳤던 거 알고 있지?

정확히는 '하버드에 다니다가 음주 운전으로 잘리기 전 2년 동안'이지만, 혜윤은 굳이 언급은 하지 않기로 했다. 선배는 남편이 하버드에 2년 남짓 다닌 것을 무슨 훈장이라도 되듯 떠벌리고 다니는 버릇이 있었다. 경석은 이 바닥에서 망나니로 소문난 명인 그룹 셋째였다.

-니 남편한테 여자가 있었대. 죽고 못 살던.

-……!

혜윤은 심장이 차갑게 식었지만 애써 마음을 가다듬었다. '나는 우월하니까' 이런 음해성 루머에는 흔들릴 이유가 없었다.

-언니, 객관적으로 우리 남편 같은 남자가 여자가 없었겠어?

-너 그 여자 이름이 뭔지 알아?

선배 언니는 묘하게 흥분한 목소리로 물었다.

-이윤슬. 그 여자 이름이 윤슬이었다는 거야. 니 남편이 윤슬 보는 걸 좋아한다는 게 생각나서 어우, 소름 끼치더라. 16년이 지난 지금도 여전히 그 여자를 못 잊어서 그러는 거 아니야?

전화기를 대고 있는 귀에서부터 혜윤의 얼굴이 창백해지고 있었다.

-그게 무슨 말도 안 되는 소리야?

-둘이 워낙에 실험실에서 살다시피 하고 너무 조용히 사귀어서 사람들이 거의 몰랐긴 한데, 경석 씨 말에 의하면 보통 사이가 아니었대. 우리 경석 씨가 그 여자 욕을 좀 했더니 바로 주먹질을 해댔다고 하더라고.

혜윤이 알고 있는 한 승재는 새벽 공기 같은 남자였다. 혜윤과 함께 있는 모든 순간 그는 서늘하고 고요했다. 그런 사람이 주먹질까지 할 정도로 뜨거워질 수 있었다는 것이 놀라울 따름이다. 도저히 믿을 수 없었다.

-그런데 그거보다 더 대박 사건이 뭔 줄 알아?

혜윤은 입 닥치라고 소리 지르고 싶었다. 지금까지 들은 것만으로도 그녀의 인생이 충분히 흔들리고 있었다. '나보다 더 우월한' 누군가가 존재하고 있었던 것이다. 남편의 사랑을 한 몸에 받던 인간. 혜윤은 그런 인간이 있었다는 사실 자체를 견딜 수 없었다. 그런데 눈치 없는 선배 언니의 입에서는 계속 믿을 수 없는 말들이 기어 나오고 있었다.

-니 남편이 요즘 줄줄이 대박 터트리고 있는 논문들 있잖아. 그게 사실 이윤슬 그 여자 논문이래.

-그럼 둘이 그동안 계속 연락을 하고 있었다는 거야?

자신도 모르게 신경질적으로 질문이 튀어나와버렸다. 평소의 혜윤이었다면 본심을 고스란히 드러내는 그런 질 낮은 질문 따위는 하지 않았을 것이다. 그만큼 동요하고 있었다.

-거기까지는 몰라. 갑자기 자취를 감췄다는 소문도 있고.

혜윤은 분노와 패배감으로 머리가 마비될 지경이었다. 오로지 윤슬에 대한 생각만이 또렷했다. 그 여자를 찾아내겠다, 눈으로 직접 확인하겠다, 내가 더 우월하다는 걸 어떻게든 밝혀내겠다…….
생각에 마침표를 찍기도 전에 혜윤의 손이 이미 누군가에게 전화를 걸고 있었다.

–이게 누구야. 우리 집 최강 미모 공주님 아니신가?

언제나 혜윤을 친딸처럼 예뻐해주는 이모부였다.

–오늘 간만에 시장 나갔는데 해산물이 너무 싱싱해서 이모부가 생각났어요. 제가 내일 전복이랑 금태 솥밥 좀 보낼게요. 점심시간 맞춰서 임 기사 보낼 테니까 바로 드세요.

일단은 애교로 이모부의 마음을 녹이고 시작해야 했다.

–어이쿠, 이게 웬 호강이야?

–은퇴는 하셨지만 아직도 이모부 따르는 요원들 좀 남아 있죠? 사람 하나만 찾아주세요.

대학에 다닐 때 호감 가는 남자를 만나거나 소개팅을 하게 되면 혜윤은 이모부에게 그 남자의 뒷조사를 부탁했었다. 이 세상에 사이코패스 같은 남자가 한둘이 아닐 텐데, 그녀같이 우월한 인간이 무턱대고 아무나 만날 수는 없는 일이었다.

–오호, 오랜만에 부탁하시는데 당연히 들어줘야지요. 누군데?

–이름은 이윤슬. 2005년부터 2009년까지 하버드에 다녔고, 그 이후에 갑자기 종적을 감췄다는 것 같아요.

이모부가 날카로운 목소리로 물었다.

-혹시 여자니? 이 서방 이놈 헛짓거리하고 다니는 게냐?

혜윤은 순간 분노가 치밀어 올라 이모부에게 이윤슬 그년과 남편을 죽여달라고 할까 하는 생각도 들었다. 이모부는 충분히 그럴 수 있는 분이었다.

-그런 거 아니에요. 이 서방이 그럴 사람은 아니잖아요.

-남자 새끼들은 하나같이 다 똑같아. 절대로 틈을 보이면 안 된다. 알았니?

-네, 잘 알겠어요. 이모부, 야주 너무 자주 하지 마시고요.

-그래그래. 알았다.

-아, 이모부. 아시죠? 이건 이모부와 저만 아는 비밀입니다.

-어떤 분의 분부인데 제가 감히 입을 함부로 놀리겠나이까.

혜윤이 전화를 건 사람은 민간인 사찰 사건이 불거져 어쩔 수 없이 사임하기는 했지만, 대한민국 국민 대부분의 약점을 틀어잡고 있다는 바로 그 유명한 은성렬 전 국정원장이었다. 사임 후에도 이모부는 여전히 음지의 실세로 통하고 있었다. 국정원에서 민간인을 사찰한다는 건 그저 뜬소문이 아니었다.

일주일 후, 이모부가 보낸 이메일에는 이윤슬이 한국 국적이 아니어서 CIA 인맥까지 동원해야 했다는 설명과 함께 몇 개의 파일이 첨부되어 있었다. 첫 번째 파일은 미국 연방주에서 발행한 출생증명서였다.

Office of Vital Statistics-Certification of Birth-Missouri

Name: Lee, Yun Seul

State File Number: xxxxxx

Date of birth: MM-DD-YYYY

Sex: Female

Mother's maiden name: Lee, Hee Sang

Father's name: Unknown

마지막 줄이 혜윤의 눈길을 끌었다. 이윤슬이 사생아였던 거야? 역시 인간쓰레기는 근본부터 남다르네. 음탕한 어머니 밑에서 뭘 보고 배웠겠어.

이윤슬

2003년 도미. 미시간 대학에서 뇌과학 석사 시작.

2005년 지도 교수를 따라 하버드로 트랜스퍼.

2009년 하버드 중퇴.

2010년 이수진으로 개명. 국경없는의사회 연구원으로 활동.

2020년 귀국. 현재 엘리트 과학 학원 보조 교사로 근무 중.

모친 이희상

시인. 《빛이 흐르는 물》《물의 빛》《빛의 그림자》《빛의 눈물》 등 다수의 시집 출간. 얼굴 없는 시인으로 마니아 독자층 형성. 현재 중증 치매로 한빛 요양원에 장기 입원 중.

일산 근교 20평 아파트가 모친의 치료비로 저장 잡혀 있는 상태. 연봉은 2천만 원 선(주: 재정적인 어려움 겪고 있을 가능성 농후).
2021년, 망상 장애를 앓고 있는 모친이 칼로 상해를 입혀 과다 출혈로 응급실행.

두 번째 파일은 국정원에서 자체적으로 만든 문서였다. 역시 국정원 자료답게 한 인간의 가장 약한 부분까지 저나라하게 까발려놓고 있었다. 다행히도 승재와 따로 연락하는 것 같지는 않았다. 그랬다면 이모부가 바로 혜윤에게 알려왔을 것이다.

이메일에는 사진 파일도 첨부되어 있었다. 혜윤은 떨리는 손으로 파일을 클릭했다. 날짜를 보니 불과 며칠 전에 찍은 사진이었다. 컴퓨터 모니터 위로 윤슬이 서서히 모습을 드러내고 있었다. 학원에서 강의를 하는 모습이었다. 수수하다 못해 초라해 보이는 여자였다. 싸구려 면바지에 촌스러운 하늘색 니트를 입고 있었다. 저 나이에 아직도 저렇게 값싼 단화를 신고 있는 여자가 다 있구나 싶었다. 사진으로만 봐도 끝이 손상되어 있는 머릿결 상태며, 화장기 없는 창백한 얼굴이 정말 가관이었다. 진짜 용감한 여자였다. 대체 뭘 믿고 저러고 사는지 혜윤은 알 수가 없었다. 예쁘지도 않고, 세련되지도 않고, 감각도 없고.

그런데 혜윤의 눈길이 그 보잘것없는 여자한테서 떠나지 못하고 있었다. 분명 피곤에 찌든 모습인데 빛이 나고 있었다. 싸구려 촌티 나는 옷을 입었는데도 눈이 부셨다. 저 여자에게 흐르는 빛의 근원은 대체 무엇일까.

분명 자신의 발톱 때만도 못한 허접한 인생이었다. 아버지가 누구인지도 모르는 사생아에, 모아둔 자산은커녕 매월 모친의 병원비를 내느라 허덕였고, 아직도 중학생 아이들을 가르치는 학원에서 보조 강사를 하고 있었다. 게다가 엄마가 휘두른 칼에 상해를 입기까지 했다. 아무리 망상 장애였다지만 오죽했으면 엄마라는 사람이 자신의 친딸에게 칼을 휘둘렀을까 싶었다. 이름을 이수진으로 개명한 것도 석연치 않았다. 저런 보잘것없는 여자가 왜 이토록 눈부시게 빛나는지 건지 도통 알 수가 없었다.

이게 대체 무슨 미친 생각이야. 머저리같이! 혜윤은 고개를 흔들며 생각의 흐름을 억지로 붙잡았다. 사진 한 장만 보고 지레 주눅 들 그녀가 아니었다. 고작 이런 시시한 여자에게 패배감을 느낀다는 사실에 짜증이 밀려들었다. 평생을 살아오면서 단 한 번도 누군가에게 그 어떤 것도 빼앗겨본 적 없는 인생이었다. 누구 하나 감히 혜윤의 것을 탐내지 못했다. 그런데 이 하찮은 여자가 남편을 가져가버린 것을 시작으로 그녀의 자존심을, 인생을 차근차근 소리 없이 훔쳐갈 것 같은 불길한 예감이 들었다. 생전 처음 느껴보는 불안함에 온몸이 부들부들 떨렸다.

"아아아아악!"

혜윤은 피아노 위에 있던 악보들을 내동댕이쳤다. 악보들이 거친 불협화음을 만들며 바닥으로 떨어졌다. 이렇게 가만히 당하고 있을 수는 없었다. 너 같은 게 감히!

11월 3일, 11:24 PM, 강남 메디마르 병원 VIP 병실

"이 사람이 이수진입니다. 정말 모르십니까?"

사진 속의 여자를 보자마자 승재의 몸이 뻣뻣하게 얼어붙었다. 그의 세상이 굉음을 내며 무너지고 있었다.

"이 여자 지금 어디 있습니까?"

승재의 목소리가 떨리고 있었다.

"아까 말씀드린 대로 학원 근처 병원에서 다섯 시간째 수술을 받고 있는 중입니다. 수술이 끝나는 대로 병원 측에서 연락을 주기로 했어요."

강 형사는 목소리를 낮추며 말을 이었다.

"사모님께 폐를 끼치면 안 될 것 같은데, 잠깐 나가서 말씀드려도 되겠습니까?"

"그러시죠."

복도로 나온 강 형사가 승재에게 수사 상황을 간략하게 설명해주었다.

"지금 수사팀에서 그 지역 CCTV들을 확보하고 있습니다. 일단 비디오 판독이 나와야지만 사건의 정황을 정확하게 알 수 있을 것 같습니다."

강 형사가 또 다른 사진을 보여주었다. 피가 흥건히 묻어 있는 폴딩 나이프를 찍은 것이었다.

"혹시 이 칼을 보신 적 있으십니까?"

이미 누군가를 찔러 피를 쏟아내게 한 물건이었다. 사진으로만 봐도 칼을 휘감고 있는 불길한 빛 때문에 승재는 괜히 모골이 송연해졌다.

"아뇨, 처음 보는 물건입니다."

"이수진이 사고 당시 입고 있던 겉옷 주머니에 있던 폴딩 나이프입니다. 아드님의 사고와 연관이 없을 수도 있지만, 일단 국과수에 보내뒀습니다. 이 칼에 묻은 혈흔이 누구 것인지 알아야 하니까요."

"그 칼이 정운이 사건과 관련이 있다고 생각하십니까?"

"아직은 아무것도 장담할 수 있는 것이 없습니다. 저희가 사모님께 연락을 받은 시각, 이미 이수진은 응급 수술에 들어가 있는 상태여서 몸에 나 있는 상처를 검사할 겨를조차 없었어요. 수술이 끝나는 대로 집도의를 찾아갈 계획입니다."

세상이 온통 왱왱 울리고 있었다. 엎친 데 덮친 격으로 혜윤의 히스테리컬한 목소리도 소음에 합류했다.

"그게 대체 무슨 말이에요?"

"여보!"

승재가 혜윤을 만류해보려 했지만 소용없었다.

"그 미친년이 내 아들을 칼로 찔렀다는 건가요, 지금?"

강 형사가 곤란한 표정을 지으며 답했다.

"일단 칼 손잡이에서 이수진의 것으로 추정되는 지문이 발견 되기는 했습니다."

"아아아! 그 미친년, 내가 죽여버릴 거야! 감히 내 아들을!"

승재가 혜윤의 손목을 잡으며 제지시켰다. 강 형사가 예리한 눈빛으로 그들의 모습을 주시하고 있었다.

"누군가를 찌를 때도 지문이 남지만, 자기 몸에 박힌 칼을 빼 낼 때도 지문은 남습니다."

길길이 뛰던 혜윤이 순간 멈춰 서고는 강 형사를 싸늘하게 노 려보았다.

"설마 우리 아들이 그 여자를 찔렀다는 거야? 당신 미쳤어? 우 리가 누군지 몰라?"

"혜윤아, 좀!"

강 형사는 신경질적으로 혜윤을 말리는 승재를 쳐다보다가 또 박또박 말을 이어나갔다.

"여기서 가장 중요한 건 칼에 묻어 있는 혈흔이 누구의 것인가 하는 겁니다. 초동 수사가 엉망이었던 점 진심으로 사과드립니다. 피의자인 트럭 운전사가 순순히 조사에 응해주어서 조금 안이하 게 대응했습니다. 어쩌면 살인 미수일 가능성도 있다고 생각하니, 조금 더 철저하게 수사를 해야 할 것 같아서 말이죠."

"수사를 더 철저하게 하고 말고가 어딨어요? 정운이 이제 열다섯 살이에요. 아직 어린애라고요. 그 여자가 칼로 찌른 게 당연한 거 아닌가요?"

"허허. 요즘은 중2 애들이 제일 무서운 거 모르십니까?"

강 형사가 노련하게 받아치는 것 같더니, 대번에 번득이는 눈빛으로 혜윤에게 물었다.

"송구스럽지만, 아드님이 학원에 가지 않았다는 사실만으로 이수진을 피의자로 특정하셨는데요. 아무래도 그 부분이 좀 의아해서 말이죠. 어떻게 애가 사라진 것을 이수진과 연관시킬 수 있는지 궁금했습니다. 평소 원한 관계셨는지요?"

순간 혜윤이 승재의 눈치를 살폈다.

"그, 그건…… 정운이가 했던 말이 기억나서. 과학 학원 선생이 자기를 해코지할 것 같다고요."

승재나 강 형사가 아니더라도 혜윤이 거짓말을 하고 있다는 것을 바로 알아차릴 수 있을 것 같았다. 강 형사가 능구렁이같이 상황에 대처하며 말했다.

"아, 그렇습니까? 참고하겠습니다. 혹시 박사님의 DNA 샘플을 채취해도 되겠습니까? 국과수에 보내서 칼에 묻은 혈흔이 정운 군의 것인지 확인해봐야 할 것 같은데."

"물론입니다."

강 형사는 면봉으로 승재의 입 안쪽을 긁어 DNA 샘플을 채

취했다.

"CCTV에서 뭔가를 발견하거나 국과수에서 결과가 나오면 바로 알려드리겠습니다. 이수진 씨 상황이 어떤지도 수술이 끝나는 대로 연락드리고요. 바로 의식을 찾는지가 관건이겠네요."

강 형사가 자리를 뜨자마자, 불길하고 육중한 정적이 혜윤과 승재 사이를 짓이기고 들어왔다. 참다못해 정적을 깨버린 것은 승재였다.

"당신이 그 여자를 어떻게 알아?"

혜윤이 역겹다는 듯 내뱉었다.

"어이없네. 그 질문이 지금 이 상황에서 나와요? 그 여자가 우리 아들을 죽이려고 했어요. 아직 상황 파악이 안 되나 본데."

"절대로 그럴 사람이 아니야. 그럴 수 없는 사람이야."

혜윤이 믿을 수 없다는 표정으로 물었다.

"그럼 우리 아들은 누군가를 찌를 수도 있는 아이인가 보죠?"

"그런 뜻이 아니잖아."

"당신은 아버지 자격도 없어. 상황이 이런데도 그 여자가 그렇게 애틋해?"

승재는 할 말이 없었다. 정운에게는 미안했지만 머릿속이 온통 윤슬에 대한 생각뿐이었다.

"그 여자에 대해 어떻게 알았어?"

"대단하다. 지금 그게 궁금한 거야?"

"어떻게 알았냐니까? 그 여자를 찾아가서 해코지라도 했니?"

혜윤의 살벌한 시선이 승재에게 닿았다.

"그래. 내가 찾아가서 자근자근 밟아줬어. 얼굴에 침도 뱉고 머리채도 잡아줬어. 미친년이라고 욕도 하고 뺨도 때려줬어. 어디서 주제도 모르고."

아내가 아무리 안하무인이긴 해도 그런 짓을 할 여자는 아니라는 걸 승재는 알고 있었다. 하지만 윤슬이 그런 취급을 받았다는 상상만으로도 심장이 뜯겨 나가는 듯했다.

"왜, 그 여자가 불쌍해 죽겠니?"

대꾸할 가치조차 없는 질문이었다. 승재는 소름 끼칠 만큼 차가운 눈빛으로 혜윤을 바라보다가 반대편으로 몸을 돌렸다.

"비겁한 새끼!"

병실을 나가는 승재의 뒷모습에 대고 혜윤이 외쳤다. 오늘 내뱉은 말 중에, 아니 결혼 생활을 이어오는 동안 내뱉은 말 중에 어쩌면 가장 정확하게 그의 실체를 파악한 말이었다. 승재는 비겁하다는 말을 들어도 어쩔 수 없다고 생각했다. 그 말에 동요하고 있을 시간이 없었다. 윤슬이 생과 사를 넘나드는 심각한 상황이라고 강 형사가 말했다. 어쩌면 윤슬이 지금 이 순간 회색지대를 지나가고 있을 수도 있다는 뜻이었다.

승재의 심장이 다시 뛰기 시작했다. 지난 16년 동안 자율신경의 지배로 그저 생존만을 위해 뛰던 심장이 윤슬을 다시 볼 수 있다는 기대감으로 뛰고 있었다. 병원 로비에 있는 커다란 LCD

화면으로 승재의 모습이 나오고 있었다. 몇 시간 전 그가 했던 강연의 하이라이트를 편집한 영상이었다.

저희는 분명히 죽음으로부터 되돌아오는 길이 있다고 믿습니다. 이븐 알렉산더 교수는 혼수상태나 코마, 뇌사에 빠진 환자들과 대화를 하는 것은, 깊은 우물 속으로 밧줄을 던지는 일과 매우 흡사하다고 말합니다. 환자가 얼마나 깊은 회색지대로 들어갔는지에 따라, 얼마나 깊이 밧줄이 들어가야 하는지 알 수 있다는 거죠.

윤슬은 대체 얼마나 깊은 곳에 있는 걸까. 너무 깊은 곳이 아니기를. 내가 너에게 닿을 수만 있기를.

11월 3일, 11:28 PM, 효성 대학병원 7번 수술방

"출혈이 잡힌 것 같습니다."

"휴우, 이제 한숨 돌릴 수 있겠네. 건드리는 데마다 피가 터져서 아주 그냥. 트럭에 치였다고?"

"네, 그렇다네요."

"혈소판 수치가 상대적으로 낮은 편이라 출혈을 못 막았다면 큰일 날 뻔했어. 최 선생, 수고 많았네. 아, 그런데 목 뒤에 있는 자상은 교통사고 때문이 아닌 것 같던데?"

"이 간호사한테 잠깐 들었는데, 이수진 씨 재킷 주머니에서 폴딩 나이프가 나왔다고 하더라고요."

"그럼 나이프로 인해 생긴 상처일 수도 있겠군. 봉합하면서 석연치 않은 부분이 있다고 생각하긴 했어. 1센티미터만 더 깊게 들어갔어도 정말 돌이킬 수 없었을 거야. 수술 부위 닫고 기도나 하자고. 이제부터는 우리의 영역이 아니고, 신의 영역이니까."

죽는다는 걸 기억하라. 이것은 아주 중요한 말이다.   *9.*
우리가 곧 죽는다는 사실을 마음에 담으면
삶이 완전히 달라질 것이다.
– 레프 톨스토이

영생 빌딩 안

남자가 떠나고 윤슬 혼자 덩그러니 남아 있었다. 30분쯤 지났을
까? 아니면 한 시간쯤? 하루? 오늘 밤은 시간에 대한 감각이 평소
와는 달랐다. 촘촘한 시간의 밀도 때문에 한순간이 영원같이 무
겁게 느껴지다가도, 또 어느 한순간은 깃털같이 가벼워졌다.

어둠과 긴장 속에 너무 오래 머물렀던 탓인지, 어느 순간부터
윤슬은 현실과 꿈의 경계가 흐려지고 있었다. 어둠 속에서 누군
가의 눈빛을 마주했다. 그것은 뱀의 것이었다. 살아 있는 모든 것
을 산 채로 잡아먹으려는 악의가 고스란히 드러나는 눈빛이었다.
소리를 지르고 싶은데 성대가 울리지 않았다. 이 추악한 눈빛이

왜 이렇게 익숙하지?

처음에는 당연히 검은 후드티를 입은 사람의 것인 줄 알았다. 그런데 아니었다. 그것은 오늘 내내 이 건물 안에서 마주했던 눈빛이었다. 그녀를 몇 번이나 살려주고, 온기를 머금은 맨살로 차갑게 식은 몸을 안아주고, 키스하던 바로 그 남자의 눈빛.

"그 자식을 본 거야? 검은 후드티를 입고 있던?"

윤슬은 온몸에 소름이 끼쳤다. 아무리 생각해봐도 그에게 한 번도 검은 후드티의 사람에 대해 말했던 적이 없다.

"그래서 그랬던 건가? 나를 죽⋯⋯."

게다가 그는 윤슬이 끝까지 숨기고 싶었던 '그것'까지 알고 있는 듯했다. 그러고 보면 무심코 눈이 마주칠 때면 윤슬을 향하고 있던 그의 눈빛은 언제나 뱀의 것과 같았다. 날카로운 독니를 박아 넣을 지점을 살피고 있는 눈빛이었다. 어디를 찔러야 가장 부드럽게, 가장 깊숙이 박힐지.

철컥. 문손잡이를 돌리는 소리였다. 윤슬은 침을 꿀꺽 삼켰다. 누구지? 소파와 책상으로 바리케이드를 만들어두어 쉽게 문을 열 수는 없을 것이다. 철컥철컥. 손잡이가 자꾸만 거칠게 회전하고 있었다. 윤슬은 남자가 주고 간 테이저건을 손에 쥐었다. 쿵 쿵 쿵. 이번에는 조심스럽게 문을 두드렸다.

"이윤슬 샘, 거기 계시죠? 문 좀 열어보세요."

하마터면 소리를 지를 뻔했다. 윤슬은 왼손으로 입을 틀어막았다. 문 밖에서 누군가가 속삭이듯 그녀를 불렀다. 두려움이 극한에 이르고 있었다.

"너무 무서워요. 어떤 남자가 자꾸 쫓아와서 죽이려고 해요."

분명히 어디선가 들어본 적 있는 목소리였다. 이제 막 변성기가 시작되려는 남자아이의 목소리. 우리 학원 학생인가?

"그 남자가 분명히 선생님도 죽이려고 할 거예요. 문 좀 열어보세요."

그녀의 예감이 맞았다. 아무래도 그 남자가 불길했다. 솔을 버리고 가자고 했을 때부터 이상한 사람이라고 의심해야 했다. 게다가 이번에는 아이까지 죽이려 했다니.

윤슬은 문을 막고 있는 바리케이드를 서둘러 치우고 문을 열었다. 음랭한 공기가 밀려들며 아이의 모습이 서서히 드러나기 시작했다. 어둠이 짙어 정확하게 누구인지는 알 수 없었지만, 일단 하얀색 옷을 입고 있는 것은 확실했다. 적어도 오늘 내내 그녀를 쫓아다니며 죽이려 했던 그 사람은 아니라는 뜻이었다.

"너 괜찮니? 왜 아직도 집에 안 가고 여기 있어?"

그 아이에게서 축축한 물비린내가 흘러나왔다. 몸에서 뚝 뚝 물방울들이 줄지어 떨어지고 있었다.

"선생님, 저랑 나가야 해요. 그 남자가 오기 전에 여기서 피해야 해요."

아이가 가까이 다가오고 있었다. 그 아이가 입은 하얀색 옷은 편의점에서 손쉽게 구할 수 있는 일회용 비닐 우비였다. 그리고 그 안으로 얼핏 짙은 색 상의가 비쳤다. 검은 후드티?

윤슬의 심장이 미친 듯이 뛰었다.

"잠깐. 그런데 너, 내 이름을 어떻게 알아?"

"아, 그게 대체 무슨 말씀이세요, 이수진 샘? 우리 학원에 샘 이름 모르는 사람도 있나요?"

아이는 거짓말을 하고 있었다. 문 밖에서는 분명히 이윤슬이라는 이름으로 그녀를 불렀다. 어둠 속이었지만 그 아이가 입꼬리를 씩 올리며 웃고 있는 것이 느껴졌다. 소름이 윤슬의 온몸을 훑고 지나갔다.

번쩍. 하늘이 흰빛으로 갈라지며 아이의 얼굴이 처음으로 드러났다. 분명히 낯선 얼굴이지만 동시에 다시는 기억하고 싶지 않은 얼굴이었다. 찰나의 빛 사이로 생소한 기억의 잔상이 겹쳐졌다. 그 아이가 울부짖으며 서늘한 눈빛으로 윤슬을 노려보는 모습.

"너 누구야?"

윤슬은 자신도 모르게 한 발짝 뒤로 물러섰다. 아이가 뿜어내고 있는 생경한 적개심에 본능적으로 위협을 느꼈다.

"내가 누군지 모른다니 개섭섭하네."

아이가 불길한 말을 내뱉으며 뒷걸음질 치는 윤슬의 팔을 거칠게 잡아끌었다. 그 아이의 손이 몸에 닿자, 윤슬은 왼쪽 목 부분에서 찢어지는 듯한 고통이 느껴졌다.

"아아아아아!"

또 다른 기억이 윤슬의 의지와는 상관없이 제멋대로 떠올랐다. 그녀의 연약한 살을 무자비하게 베고 드는 칼. 칼이 그은 자리마다 번지는 피. 방금까지 몸 안을 흐르던 피는 여전히 소름 돋을 만큼 뜨거웠다. 흐른다. 떨어진다. 땅이 게걸스럽게 그녀의 피를 받아먹는다. 그 모든 끔찍한 기억에 그 아이가 자리 잡고 있었다.

대세 이 기억들은 뭐지? 순간 아이의 눈매와 입가에 아주 의외의 인물이 중첩되었다. 갑자기 속이 뒤집히면서 구역질이 났다. 이 세상에서 가장 역겨운 것을 보고 있는 듯했다. 윤슬은 숨이 막히고 정신이 가물가물해졌다. 이것이 현실인지, 초현실인지, 아니면 환상인지. 그것들을 가르는 경계가 희미해질 때가 되어서야 비로소 그 아이가 누구인지 알 것 같았다.

"너였구나."

다섯 시간 전

윤슬이 그 아이를 처음 본 것은 3개월쯤 전이었다. 국경없는의사 회 연구원 자격으로 파견 나갔다가 귀국하고서, 5년간 서울 근교의 몇몇 학원을 거쳐 엘리트 과학 학원에서 일하기 시작한 지 6개월 정도 된 시점이었다.

아이는 세련된 귀티가 줄줄 흐르는 여자와 함께 상담을 왔다. 요즘 세상에서 귀티라는 말은 으레 안하무인이라는 의미를 동반하기 마련이었다. 아이러니했지만 귀하게 자란 사람들은 남들도 자신만큼 귀하다는 사실을 대부분 인지하지 못했다. 학원 원장은 연신 그 여자에게 머리를 조아렸다.

"왜 굳이 보조 교사인 이수진 선생님을 원하시는지 모르겠어요. 더 실력 좋은 선생님들도 많거든요. 대부분 미국에서 박사 학위 하신 분들이고, 대학에서 교수 하다가 오신 분들도 있고요."

원장은 윤슬이 하버드에서 박사 과정을 밟았다는 사실을 모르고 있었다. 학위를 못 받았으니 굳이 알릴 필요가 없었다.

"아들이 중2라 예민한데, 스펙이 너무 좋은 선생님은 애 비위도 못 맞춰주고 괜히 기만 죽일 거 같아서요. 여기 이수진 선생님 정도가 우리 애 기 살리기에 딱이에요."

여자의 말에 뼈가 있었지만 윤슬은 개의치 않았다. 상대가 뼈를 드러낸다면 찔려주면 그만이었나. 씨르고 싶어 드러내는 것이다. 어느 순간부터인가 윤슬은 원하는 것이 없었다. 아마 승재를 떠나고, 배 속의 아이를 떠나보내고 난 후부터였을 것이다. 먹고 싶은 것도, 가지고 싶은 것도, 느끼고 싶은 것도 없었다. 숨을 쉬지 않아도 된다면 쉬고 싶지 않았다. 기뻐하는 것도, 슬퍼하는 것도, 화를 내는 것도 원하지 않게 되었다. 누군가가 날카로운 말로 그녀를 찔러도 아프지 않았다. 날카로운 말은 자아가 살아 있는 사람들에게나 상처가 되는 것이다. 칼로 찔러도 시체는 아픔을 호소하지 않는다. 아무것도 원하지 않아야 이 의미 없는 생을 비로소 살아갈 수 있었다.

아이의 이름은 이정운이라고 했다. 정운은 좋은 집안에서 혼자만 귀하게 자란 아이답게 강의 시간에도 몇 번씩 윤슬을 도발했다.

"이수진 샘, 여기서 학원 선생이나 하고 있으니까 기분이 어떠세요? 나같이 싸가지 없는 중딩들을 종일 상대해주고 대체 얼마나 버세요?"

하지만 뭔가 이질적이긴 했다. 그 아이는 거칠게 보이려 일부러 애쓰는 느낌이었다. 파괴적인 방법으로 스스로를 보호하는 것 같았다. 안 그랬다간 자기 존재 자체가 사라져버릴 거라는 듯이.

어느 날 저녁, 수업을 끝내고 퇴근을 하려는데 정운이 건물 정문 앞에 서 있었다. 지고 있는 해가 마지막 남은 빛을 장두강 위로 쏟아내려는 순간이었다.

"왜 아직 안 갔어?"

"기사 새끼가 늦게 온다고 해서요."

윤슬이 못 들은 척 지나가려다가 툭 한마디 던졌다.

"마음은 그렇게 거칠지 않다는 거 알고 있어."

"헐, 씨발. 뭐라는 거야?"

아니꼽다는 듯 말을 내뱉었지만 정운은 꽤 놀란 표정이었다.

"넌 모르고 있겠지만 그렇게 못된 말을 할 때마다 너 긴장하고 있어. 바로 지금처럼. 정말로 네가 악한 마음의 아이였다면 아무런 감흥 없이 그런 말을 내뱉을 수 있어야 할 텐데."

"닥치실래요? 샘이 나에 대해 뭘 안다고."

험한 말이 또 튀어나왔지만 이번에도 목소리가 미세하게 떨렸다. 분노가 아니라 긴장과 경직의 떨림이라는 것을 윤슬은 확실하게 구별할 수 있었다.

"약한 사람이어도 괜찮은데."

더 길길이 날뛸 줄 알았는데 정운은 의외로 아무 말도 하지 않았다. 시선은 강을 향하고 있었다. 윤슬은 아이의 눈에서도 노을이 지고 있다는 생각이 들었다.

그 일이 있고 난 후, 정운은 한 달이 넘게 존재감을 드러내지 않았다. 평소답지 않게 조용히 수업만 듣고 곧바로 사라졌다. 윤슬이 정운과 단둘이 다시 맞닥뜨린 것은, 생각해보니 바로 오늘이었다. 불과 몇 시간 전의 기억이 십만 년이 지난 듯 희미해져 있었다. 퇴근하기 전에 솔에게 밥을 주러 반지하 창고에 잠깐 들렀을 때였다.

"솔아! 어딨어? 배고팠지?"

하지만 솔이 보이지 않았다. 대신 창고 안을 채우고 있는 것은 누군가의 거친 숨소리와 역겨운 알코올 냄새였다. 윤슬은 어둠 속에서도 단번에 그 아이라는 것을 알 수 있었다.

"정운이니?"

"하아……."

불길한 기운이 담긴 긴 한숨 소리가 났다. 냐아아아, 냐아아아. 이어서 솔의 울음소리도 들려왔다. 어둠에 눈이 익숙해지자 상황이 파악되기 시작했다.

정운의 한쪽 손에 생명이 쥐어져 있었다. 태어난 지 얼마 되지 않은 새끼 고양이었다. 우악스레 목덜미가 잡힌 솔은 이미 죽음을 직감한 듯 무기력한 신음을 세상에 내보냈다. 정운의 다른 손은 죽음과 파멸, 악의, 추악함 이 모든 것을 다 아우르는 그것을 들고 있었다. 그것이 기분 나쁘게 번득이며 소름 끼치도록 푸르스름한 빛을 발했다.

윤슬은 천천히, 아주 천천히 정운에게 한 발짝씩 다가갔다. 정운은 검은색 가죽 장갑을 낀 손으로 폴딩 나이프를 들고 있었다. 15센티미터가 채 안 되는 작은 나이프였지만 칼날 특유의 날카로운 위압감이 공간을 압도하고 있었다.

"정운아, 오늘 수업에 들어오지도 않고 여기서 뭐 하고 있어?"

"하아…… 얘가 샘이 돌봐주고 있는 그 아이죠? 길고양이가 얼마나 더러운데, 하버드에서 공부한 샘이 그걸 몰랐을까?"

하버드라는 말에 순간 움찔했지만, 윤슬은 최대한 침착하게 행동했다. 솔이 괴롭다는 듯 숨을 헐떡였다. 솔의 주변이 검붉은 피로 적셔지고 있었다. 이미 칼로 상처를 낸 모양이었다.

"정운아, 일단 솔이를 놔주고 나랑 이야기 좀 하자."

"이 더러운 자식 이름이 솔이었구나. 이름도 구리네."

정운이 솔의 목에 칼을 대었다. 윤슬은 가까스로 비명을 참아 냈다. 아이를 도발하면 바로 솔을 죽일 수도 있었다.

"정운아, 집에 가야지. 어머니가 걱정하시겠다."

아이에게로 가까이 다가가니 알코올 냄새가 강하게 풍겨왔다. 역시 술을 마신 모양이었다.

"우리 엄마? 와, 샘이 울 엄마 걱정을 다 해주고."

정운이 허탈하고도 야비한 미소를 지었다.

"우리 엄마는 수면제를 너무 많이 먹어서 1년에 두세 번은 응급실에 실려 가요. 아빠는 이제 놀라지도 않아요. 임 기사 불러서 병원에 데려가라고 하곤 끝이에요. 하아…… 이제 보면, 엄마는 아빠가 놀라서 달려오는 모습을 보고 싶었던 거 같아요. 그렇게라도 사랑받고 있다는 걸 확인하고 싶어서."

윤슬은 언젠가 비슷한 말을 들은 적이 있었다. 집에 왔는데 어머니가 쓰러져 있었다고. 그 옆에는 텅 빈 수면제 통이 뒹굴고 있었다고. 아버지에게 전화를 했더니 빨리 언론부터 막으라고, 어머니가 또 쇼를 하는 거라고. 처음부터 수면제는 몇 알 없었다고. 분명히 누군가 윤슬에게 이렇게 말했었다. 불길한 데자뷔였다.

"우리 아빠는 단 한 번도 우리 사진을 찍어준 적이 없어요."

정운이 의도를 알 수 없는 말을 늘어놓기 시작했다.

"언제나 물만 찍었죠. 처음엔 아빠가 미친 줄 알았어요. 아빠 폰에는 빛이 반짝이는 물을 찍은 사진만 수만 장이 들어 있을 거예요. 하아⋯⋯."

대체 무슨 말을 하려는 거지? 윤슬은 정운에게 더 가까이 다가갔다. 솔의 몸에 죽음의 색깔이 드리우고 있었다. 일단은 이 모든 것이 별일 아니라는 듯 아이를 진정시켜야 했다.

"정운아, 괜찮아?"

아이의 눈 주위가 빨갛게 물들어 있었다. 얼굴이 퉁퉁 부어 있는 것 같기도 했다. 오랫동안 울고 있었던 걸까?

"아빠가 왜 그토록 집착했는지 알 거 같아요. 하아⋯⋯ 그냥 물이 아니었어. 반짝이는 잔물결."

순간 정운의 시선이 윤슬에게 고정되었다. 아이의 눈빛이 살의로 번득였다.

"윤슬."

"뭐?"

얼굴이 하얗게 질린 윤슬이 한 발짝 뒤로 물러났다.

"너 누구야?"

윤슬의 목소리가 떨리고 있었다. 떨리고 있는 것은 목소리뿐만이 아니었다. 윤슬의 인생 자체가 떨리고 있었다. 이 아이가 설마⋯⋯.

윤슬의 생각이 논리적인 흐름을 만드는 것을 정운은 허락하지 않았다. 당장이라도 베어버릴 기세로 솔의 목에 칼을 들이댔다가 부드럽게 쓸어내리는 행동을 반복했다. 정운이 목의 가장 연약한 부분을 찾고 있는 것 같아 윤슬은 심장이 쪼그라들었다.

"이, 일단 칼은 내려놓고⋯⋯."

"미친놈이죠, 우리 아빠? 당신을 찾아 헤맸던 거야. 하아⋯⋯ 당신만이 아빠의 삶에서 유일한 의미였던 거야! 상을 받고 돌아온 그날도 술이 있는 대로 취해서 뭐라고 한 줄 알아요? 매일 아침 일어나는 것 자체가 저주라고."

이제 윤슬은 이 아이가 누구인지 조금의 오차도 없이 확신할 수 있었다. 심장이 산산이 부서지며 피눈물을 만들어냈다.

"당신이 아빠의 삶에 없다는 이유 하나로 아빠의 업적도, 우리 엄마도, 나도 아빠에겐 모두 저주였을 뿐이야!"

미안하다는 말이 차마 입 밖을 나서지 못했다. 미안하다는 말은 해줄 수 있는 게 아무것도 없다는 표현일 뿐이다. 윤슬은 정운에게 위로가 될지, 도발이 될지 도무지 감을 잡을 수 없었지만 그저 진심을 전해야겠다는 생각이 들었다.

"너희 아빠가 행복해지라고 떠난 거야. 진심으로."

그 말에 오히려 정운의 눈이 확 뒤집혔다.

"씨발, 눈물겹네요. 내가 니 아빠를 그렇게 존나 사랑했다, 지금 그 말이 하고 싶은 거야?"

윤슬은 그런 뜻으로 말한 것이 아니었다. 진심이 휘발되어 순식간에 잿빛 오해가 되었다.

"정운아, 일이 이렇게 될지는……. 너를 이렇게 힘들게 할지는 정말 몰랐어."

"어떻게 당신 따위가 우리 가족을 망가트릴 수 있지? 그래서 내가 먼저 죽여주려고. 당신이 우리 가족을 파멸시키기 전에."

그때였다. 정운의 손아귀에서 죽음을 기다리던 고양이가 정운이 주춤거리는 순간을 놓치지 않고 손을 물었다. 정운이 극도로 흥분해서 소리를 질러댔다.

"아아, 이런 미친! 아아아아아!"

정운은 칼을 들고 있는 손을 높게 치켜들었다. 하악질을 해대던 고양이가 이제는 정말 체념했다는 듯이 몸을 축 늘어트렸다. 작은 우주 하나가 소멸하기 직전이었다. 그 순간 윤슬의 가슴속에서 뜨거운 것이 스멀스멀 올라왔다. 그동안 숨죽이고 납작 엎드려 있어 거기에 있는 줄도 몰랐던 그것이 서서히 존재감을 드러내기 시작한 것이다.

그것은 간절한 원함이었다. 솔의 작은 우주가 소멸되지 않기를 원했다. 배 속의 솔은 비록 죽어 없어졌지만, 지금 저 솔은 살아주기를 원했다. 그리고 정운이 더 망가지지 않기를, 제 손으로 죽음을 불러들이지 않기를 원했다.

"안 돼!"

윤슬은 칼이 낙하하려는 바로 그 지점으로 몸을 던져 고양이를 끌어안았다. 고양이를 찌르려던 칼이 그녀 목덜미의 가장 여린 부분을 베고 들어왔다. 칼이 지나간 자리에 붉은 선이 그어졌다. 곧이어 용암처럼 뜨겁고 진득한 피가 흘러나왔다.

윤슬은 칼이 살을 베고 들어왔다는 사실도 인지하지 못했다. 그녀가 감각할 수 있는 것은 오로지 품 안에서 솔이 만들어내는 작은 심장의 파동뿐이었다. 솔은 아직 살아 있었다. 윤슬은 반쯤 열려 있는 창고 문 쪽으로 달려가 서둘러 솔을 내보냈다.

"하아…… 하아……."

피를 보자 정운이 걷잡을 수 없이 흥분했다. 얼굴이 붉어지고 숨이 더 가빠졌다. 정운은 느슨하게 쥐고 있던 칼자루를 고쳐 잡았다. 이번에는 제대로 휘둘러보겠다는 의지였다. 윤슬은 피하지 않고 칼날을 응시했다. 아이가 그녀에게 달려오기 시작했다.

이렇게 죽는 건가. 저 아이는 끝내 자신의 손에 피를 묻힐 건가. 고독하고 비루한 인생이었다. 여기서 이렇게 끝나버려도 아쉬울 게 없다. 윤슬은 눈을 감았다. 정운의 잔악한 얼굴을 마주하는 것으로 인생을 마감하고 싶지 않았다.

탁! 단숨에 그녀를 벨 것 같던 칼이 맥없이 바닥으로 떨어지는 소리가 났다. 눈을 떠보니 정운이 숨을 헐떡이며 자리에 주저앉아 있었다. 윤슬은 뭔가 이상하다고 생각했지만, 일단 칼을 재빨리 주워 재킷 주머니에 넣었다. 정운의 손이 다시 칼을 쥐게 해서는 안 되었다. 그때는 칼이 아이를 진짜 살인자로 만들 것이다.

쿨럭쿨럭, 쿨럭쿨럭……. 정운이 발작에 가까운 기침을 해댔다. 숨을 가쁘게 쉬고 피부가, 특히 눈 주위가 타오르는 것같이 붉어졌다. 술을 마셔서 그런 게 아니었다. 급성 알레르기 증상이 분명했다. 119를 불러야 했다. 하지만 윤슬은 전화기를 찾을 수 없었다. 차라리 건물 바로 맞은편에 있는 파출소로 빨리 뛰어가서 신고를 하는 편이 나을 것 같았다.

"여기서 기다리고 있어. 금방 올게."

정운이 알아들었는지 알 수 없었다. 숨을 거칠게 헐떡이며 붉어진 두 눈으로 윤슬을 원망스럽게 바라볼 뿐이었다. 건물 밖으로 뛰어나온 윤슬은 방금 정운이 자신을 죽이려고 했다는 사실을 잊었다. 목덜미에서 피가 쏟아지고 있는 것도, 피가 잘 응고되지 않는 체질이라는 것도 잊었다. 지금 신호등이 빨간 불로 바뀐 것도 몰랐다. 그저 원하고 있었다. 그 아이를 살릴 수 있기를. 그래서 승재의 품으로 다시 돌려보낼 수 있기만을.

윤슬이 고개를 돌려 빛을 응시했다. 저 빛 안으로 들어가면 고요해질까? 급박하게 눌러대는 자동차 경음기 소리와 고막을 찢을 듯한 타이어 마찰음이 들려왔다. 음산한 겨울 공기를 가르며 몸이 허공으로 떠올랐다. 다시 땅으로 추락하고 있다는 걸 알게 되었을 때는 이미 빛이 사라지고 난 후였다. 내가 빛 안으로 들어온 걸까? 빛 안으로 들어오니 오히려 미치도록 밝은 어둠이 펼쳐져 있었다. 밝음 때문에 아무것도 보이지 않았다. 모든 감각을 압도하는 것은 소리뿐이었다.

비명을 질러대는 소리. 놀라서 웅성거리는 소리. 피가 쏟아져 나오는 소리. 이 세상이 그 피를 게걸스럽게 마셔대는 소리. 하아……
하아……. 어디선가 그 아이의 거친 숨소리도 들려오는 듯했다. 아
니, 그것은 나의 숨소리였다. 그 숨소리가 조금씩 잦아들었다. 이 세
상을 시끄럽게 하던 소음 하나가 점점 사라지고 있다는 뜻이었다.
다행이었다.

죽음은 돌아오지 않는 파도이다.
- 푸블리우스 베르길리우스 마로

영생 빌딩 안

꿈인지 현실인지, 삶인지 죽음인지, 빛인지 어둠인지, 숨인지 그
저 스치는 바람인지……. 끝나지 않는 혼돈 속에서 윤슬에게 이
하나의 사실이 명확하게 다가왔다. 나는 죽었구나.

그 말은 과학적으로 정확한 표현이 아니었다. 윤슬은 지금 죽
음과 삶의 경계에 있었다. 승재는 논문에서 이곳을 회색지대라고
불렀다. 자신이 죽음과 삶의 경계에 있다는 것을 자각하자, 윤슬
은 그간 의아하게 생각했던 것들이 하나둘 저절로 이해되기 시작
했다. 이렇게 비가 많이 오는 이유, 물에 들어가면 마음이 편안했
던 이유는 지금 있는 이곳이 회색지대이기 때문이었다.

"샘, 이제 정신이 좀 들어요?"

어두운 공간의 어두움보다 더 어두운 목소리였다.

"너였구나."

왜 이제야 기억해냈을까. 이 아이가 그 사람의 아들이라는 걸. 나를 칼로 베었다는 걸. 그리고 건물 밖으로 뛰쳐나온 나는……

"내 인생 망쳐놓고 이제야 내가 누군지 알았다는 건가? 이거 섭섭하다 못해 화가 나네요."

윤슬은 몸을 제대로 움직일 수가 없었다. 손목과 발목이 결박되어 있었다. 정운이 서서히 윤슬 곁으로 다가왔다. 윤슬은 정운이 지금 이곳에 있는 이유도 알 것 같았다.*

"너, 창고에 갇혔구나. 대체 왜?"

정신없는 와중에도 혹시나 아이가 그곳에 고립될까봐 윤슬은 문 고정 받침대를 분명히 세워두고 나왔다. 정운이 강압적으로 윤슬을 일으켜 무릎을 꿇게 했다. 그녀는 무기력하게 아이의 힘에 몸을 맡겼다. 물의 수위가 점점 올라왔다. 무릎을 꿇고 앉아 있는 그녀의 가슴께까지 젖어들고 있었다.

"고양이 알레르기가 있다는 걸 잊고 있었어. 씨발, 어쩐지 자꾸 눈물이 나온다 했더니만. 고양이 새끼 때문에 죽게 되다니 쪽팔리잖아. 나름 열심히 살아온 인생인데."

---

* 회색지대에서 만나게 되는 건 (1) 이미 죽은 사람 (2) 죽음과 삶의 경계에 있는 사람 뿐이다. 살아 있는 사람을 만난 임사체험자는 단 한 명도 없다.
  출처: 이승재 외, 《미공개 연구 노트》, 2020.

정운이 윤슬의 머리채를 거칠게 잡더니 얼굴을 물속으로 처박았다. 물에 얼굴이 닿은 순간, 그날 정운을 두고 파출소로 뛰어간 이후에 창고에서 벌어진 상황이 파노라마처럼 펼쳐졌다.

혼자 남은 아이가 숨을 헐떡이며 간신히 문 근처까지 기어간다. 그때 피를 흘리고 있는 솔이 홀연히 창고에 나타난다. 솔이 노려보듯 아이를 가만히 쳐다보다가 몸으로 문 고정 받침대를 밀어버린다. 문이 둔탁한 소리와 함께 닫힌다. 아이가 문을 열려고 안간힘을 써본다. 아이가 맥없이 바닥에 쓰러진다.

절명으로 가는 순간 정운이 겪었던 모든 일과 그 고통이 윤슬 안에서 생생하게 재현되고 있었다.* 아이가 물속에 있던 그녀의 얼굴을 다시 들어 올리며 말했다.

"내가 죽어가고 있는데 고양이가 토를 하고 오줌을 갈기더라고. 그것도 내 얼굴에."

사람들은 대부분 고양이 털 때문이라고 알고 있지만, 사실은 고양이의 오줌이나 침 등에 함유된 특별한 단백질 성분이 알레르기를 유발한다.

---

* 임사체험자 중에는 생전 자신이 영향을 끼친 다른 사람의 관점으로 사건을 다시 바라보는 체험을 하는 경우도 있다. 과거에 타인에게 상처를 입혔다면, 상처 입은 타인의 관점으로 그 일을 생생하게 경험하는 것이다.
출처: 이승재 외, 《미공개 연구 노트》, 2020.

"그래서 내가 고양이 새끼 목을 졸라버렸죠."

"너, 왜 이렇게까지 악하게 살아? 왜, 대체 왜. 죽이지 않아도 됐잖아!"

온몸의 장기를 쥐어짜는 것 같은 절규가 윤슬의 입 밖으로 터져 나왔다. 마치 그녀의 자궁 안에서 잠시 살다 간 그 아이가 정운의 손에 무참히 살해되어버린 것 같은 끔찍한 기분이었다.

"이렇게까지 망가지지 않아도 됐잖아!"

정운이 천천히 윤슬을 응시했다. 지금껏 눈빛에 가득했던 오만과 악의가 사그라들기 시작했다.

"내가 아빠를 이해했다고."

전혀 상상도 하지 못했던 말이 아이의 입에서 툭 튀어나왔다.

"뭐?"

"내가 아빠를 이해하면 안 되는 거잖아."

정운이 싸늘하게 웃었다.

"나와 엄마는 안중에도 없는, 우리를 그저 투명 인간 취급하는 그런 이기적인 새끼를 내가 이해하면 안 되는 거잖아."

정운의 목소리가 점차 고조되었다.

"그런데 내가 그런 미친놈을 이해했다니까요. 아빠가 왜 선생님을 사랑했는지, 왜 선생님을 아직도 못 잊는지 너무나 이해되니까."

울음 섞인 정운의 말들이 공산을 서늘하게 민들어갔다.

"내가 이해를 하면 우리 엄마가 너무 불쌍해지잖아. 엄마는 나밖에 없는데. 엄마 인생이 너무 비참해지잖아. 그렇지 않아도 하루하루 위태롭게 살고 있는데. 엄마가 자꾸 죽어버린다는 말을 해. 당신이 엄마의 모든 것을 빼앗아갔다고! 그런데 내가 아빠를 이해하면 안 되는 거잖아!"

정운의 목소리에서 철이 염산에 타들어가면서 내는 소리가 났다. 인생이 부식되고 산화되다가 점멸하고 있는 소리였다. 윤슬은 아이의 고통과 악의가 이해되었다. 아빠를 혐오하는 이유도, 엄마를 가여워하는 이유도, 솔을 죽인 이유도 일 것 같았다. 자신이 얼마나 분노하고 있는지 이 세상에게 보여주고 싶었던 것이다. 알아주는 이가 아무도 없으면 스스로 분노의 화염에 휩싸여 자멸할 것만 같아서.

"정운아, 미안해. 내가 다 미안해……."

이 아이에게 무슨 말을 할 수 있을까. 이 아이를 어떻게 위로할 수 있을까. 역시 그녀의 인생은 그 자체로 저주였다. 그녀가 지나간 모든 자리는 황폐해진다. 온몸의 혈관이 끊어질 것만 같은 사랑을 했어도, 결국 남은 것은 이 아이의 살의뿐이었다.

"수작 부리지 마! 당신 착한 척하는 거 토 쏠리니까. 우리 가족을 이렇게 망가트려놓고, 이제 와서 당신이 무슨 자격이 있다고 이러는 거야?"

윤슬은 눈을 감았다. 눈꺼풀 사이로 눈물이 쏟아져 내렸다. 눈을 아무리 꽉 감아도 눈물은 물의 길을 알고 있었다. 이제 물이 목까지 차올랐다. 어차피 아무것도 원하지 않는 삶이었다. 자신의 목숨이라고 다를 건 없었다. 정운의 포악한 손이 다시 한번 그녀의 머리채를 잡았을 때였다.

"그 손 놔."

귀에 익은 목소리가 나지막하게 허공을 울렸다. 그 남자였다.

인생은 그 입구에서 볼 때만 한없이 멀고 아늑하다.   *10.*
인생은 그 출구에서 볼 때는 오히려 너무 짧다.
- 아르투어 쇼펜하우어

영생 빌딩 안

어둠 속에서 남자가 모습을 드러냈다. 그의 시선이 윤슬에게 와
닿았다. 걱정의 시선인지, 증오의 시선인지 구분이 가지 않았지만
한 가지는 확실했다. 죽음같이 고독한 시선이었다. 시선에 묻어나
오는 감정을 애써 숨기기라도 하듯 그가 질끈 눈을 감았다. 공간
을 경직시키는 무거운 긴장이 감돌았다.

  "여기로 오지 말아요!"

  윤슬이 정적을 깨고 크게 외쳤다. 정운이 혹시라도 남자에게
해를 가할까 걱정이 되었다. 남자가 윤슬을 바라보며 또다시 도
무지 의미를 알 수 없는 복잡한 표정을 지었다. 남자의 시선이 정

운에게로 옮겨갔다.

"그 손 놓으라고."

"싫은데요."

"부탁할게."

"당신이 무릎이라도 꿇으면 또 모를까."

남자의 얼굴이 분노로 일그러졌다. 하지만 그는 천천히 걸어와 정운 앞에 무릎을 꿇었다. 경멸에 찬 눈빛으로 남자를 바라보던 정운이 그의 뺨을 후려쳤다. 목이 완전히 젖혀질 만큼의 완력이었다. 남자는 다시 고개를 돌려 정운을 똑바로 쳐다보았다.

"정운아, 그만해! 제발 부탁이야. 그 사람한테 그러지 마."

윤슬의 울부짖음은 아무에게도 들리지 않는 듯했다.

"아저씨, 그러니까 왜 이렇게 시간을 끄냐고요."

정운이 마치 예전부터 남자를 알고 있었던 것같이 히죽거리며 말했다. 순간 그곳을 순환하던 공기의 흐름이 역류하기 시작했다. 모든 것이 혼돈 속으로 빨려 들어가고 있었다. 윤슬과 남자의 시선이 서로를 끌어안았지만 그는 결국 고개를 돌렸다.

"아까 지하실에 갇혀 있을 때 죽여버렸으면 모든 게 편하잖아요. 왜 굳이 살려내서."

정운과 남자의 눈빛 사이로 추악한 마음이 오고 갔다.

"그게 대체 무슨……."

윤슬이 질문을 하려는 도중에 본능적인 깨달음이 밀려왔다. 이 둘은 같은 목적을 가지고 있다. 나를 소멸시키려는 것. 정운이 다시 윤슬의 머리채를 움켜쥐고 3층 난간의 끝으로 끌고 갔다. 아래에는 어둠의 물결이 출렁거리고 있었다.

"아까는 같이 죽이자고 해놓고 지금 뭐 하는 거냐고요. 아무래도 마음이 약해지신 것 같은데, 내가 바로 끝내줄게요."

"내가 직접 끝낸다고 했잖아!"

방금 남자의 입에서 나온 말을 윤슬은 도무지 믿을 수 없었다. 자신을 안아주고 보듬어주고 상처를 치료해주고 키스해주던 사람이었다. 그런데 왜? 하지만 더 이상 의문을 파생시킬 수 없었다. 정운이 그녀를 어둠의 물결 속으로 밀치며 태연하게 말했다.

"샘, 여기서 우리의 악연을 끝내죠."

"안 돼!"

윤슬은 떨어지면서 보았다. 남자가 치명상을 입은 야생동물의 포효 같은 소리를 쏟아내며 그녀에게 달려오고 있는 모습을. 오늘 밤 내내 그가 보여준 것이 모두 거짓이었다고 해도, 지금 짓고 있는 저 표정은 진심일 수밖에 없었다.

곧 검은 물속으로 윤슬이 자취를 감추었다.

코드 블루, 코드 블루.

병원에 안내 방송이 울려 퍼진다. 의료진들이 다급하게 달려오는 소리도 들린다. 누군가의 심장이 또 작동을 멈춘 모양이다. 목숨이 위태롭구나. 삶과 죽음의 경계에서 흔들리고 있구나. 삶이라고 다 좋은 건 아닐 텐데. 죽음이 더 나은 삶도 있지 않을까?

코드 블루, 외상 내과 센터 2층. 코드 블루, 외상 내과 센터 2층. 코드 블루.

곧 알게 되었다. 그것은 나를 위한 코드였다는 걸.

나 하늘로 돌아가리라.
아름다운 이 세상 소풍 끝내는 날,
가서, 아름다웠더라고 말하리라…….
- 천상병

영생 빌딩 안

다시 한번 어둠의 물속에서 윤슬을 건져낸 것은 그 남자였다. 쿨 럭쿨럭. 그녀의 폐 안에 차 있던 마지막 물이 빠져나왔다. 인공호 흡을 하던 남자가 숨을 몰아쉬며 옆으로 털썩 나가떨어졌다. 그 는 마치 그것이 자신의 임무인 것처럼 오늘 밤 내내 윤슬을 살려 내고 있었다. 희미하게나마 정신이 돌아왔지만, 윤슬은 계속 눈 을 감고 있었다. 눈꺼풀을 들어 올릴 기력조차 남아 있지 않았다. 남자의 거친 숨소리가 서서히 가까워졌다.

"가까이 오지 마!"

가까스로 눈을 뜬 윤슬이 있는 힘을 다해 그를 피하려고 했지만 손과 발이 묶여 있어 역부족이었다. 남자는 온 힘을 다해 저항하고 있는 그녀를 두 팔로 제압하며 일으켜 앉혔다. 그러고는 묵묵히 밧줄을 풀어주었다.

"그 더러운 손으로 만지지 마!"

손이 자유로워진 윤슬이 가장 먼저 한 일은 남자의 뺨을 때리는 것이었다. 그가 다시 고개를 돌려 그녀를 바라보았다. 그는 윤슬의 분노 어린 눈빛을 우직하게 받아내다가 더 때려도 좋다는 듯 두 눈을 감았다. 윤슬은 한 번 더 그의 뺨을 올려붙였다. 그리고 또다시 손을 높이 들어 올렸지만 이번에는 허공에서 머뭇거렸다. 참고 있던 눈물이 쏟아져 내릴 것만 같았다. 남자가 윤슬의 눈을 피하며 참연한 목소리로 말했다.

"살면서 한 번도 못 해본 일을 두 번이나 하게 했군."

정말 그랬다. 윤슬은 누군가에게 폭력을 써본 적은 단 한 번도 없었다. 길가의 들꽃 하나 꺾지 못하는 인생이었다.

남자는 윤슬의 손을 천천히 아래로 내려주었다. 그의 손이 닿자 눈물이 흐르기 시작했다. 뚝뚝 떨어지고 있는 눈물을 그가 손으로 받아냈다.

"이제 알 때도 되지 않았나? 여기서는 당신의 눈물이 바닥에 닿으면 삼투압 현상이 시작돼."

눈으로 확인시켜주겠다는 듯 그가 손을 치우고 윤슬의 눈물이 바닥으로 떨어지게 두었다. 떨어진 눈물방울 주위로 물들이 모여들어 순식간에 손바닥만 한 물웅덩이를 만들어냈다.

"당신의 상한 마음이 이생에 대한 미련을 버리게 하려고. 그래서 눈물을 흘리면 자꾸 물들이 생겨. 당신을 죽음으로 이끌고 가려고."

윤슬은 남자가 오늘 밤 내내 자신의 눈물이 바닥으로 떨어지지 않게 신경 쓰던 모습이 떠올랐다. 어깨를 내어준다든가, 눈물을 손으로 닦아준다든가 하면서.

"나를 대체 언제 끝내려는 계획이죠?"

고적한 목소리로 그가 답했다.

"내가 죽이면 죽였지, 그 또라이 새끼가 당신을 죽이는 건 차마 못 보겠어."

마음에도 없는 말이라는 걸 윤슬은 알고 있었다. 그가 스스로 내뱉은 말로 그 자신에게 상처를 내고 있다는 것도.

-선배님, 국과수에서 혈액 대조 검사 결과가 나왔습니다.

국과수에 나가 있던 박 형사에게 전화가 걸려 왔다.

-일단 폴딩 나이프와 겉옷에 묻어 있던 혈액은 이수진 씨의 것과 일치합니다.

-이정운 학생 혈흔은?

-칼에서는 발견되지 않았습니다. 그런데 이수진 씨 겉옷에서 정운 군의 DNA가 소량 나왔어요. 아마도 눈물과 침이 옷에 묻어 있던 것 같답니다.

강 형사의 눈썹이 순간 움찔거렸다. 혹시 교통사고를 당하기 직전까지 이수진이 이정운과 같이 있었던 건가? 조금 전 과민 반응이라고 생각했던 혜윤의 진술에 상당한 무게가 실리기 시작했다. 아직도 영 께름칙하긴 했지만.

-그리고 고양이 혈흔도 같이 나왔다는데요? 겉옷에 묻어 있던 피가 이수진 씨하고 고양이의 것이었답니다.

-뭐? 이 여자 혹시 동물 학대하고 다니는 거야? 지문은?

-칼에서는 이수진 씨 지문밖에 안 나왔습니다만, 장갑흔이 발견됐어요. 가죽 장갑이요.

-그렇다면 이수진이 상또라이여서 자해했을 가능성, 혹은 누군가가 가죽 장갑을 끼고 이수진을 찔렀을 가능성이 있겠군.

-그런데 선배님, 그게 말입니다…….

박 형사가 뭔가 곤란한 말을 해야 하는 사람처럼 주춤거렸다.

-일단 사진을 몇 장 보내드릴게요. 바로 확인 가능하십니까?

강 형사는 책상 위에 있던 랩톱의 커서를 움직였다. 박 형사가 전송해주는 사진 파일 몇 개가 주르륵 떴다. 대부분 칼과 총 같은 무기류에 대한 SNS 포스트 같이 보였다.

-정운 군의 비공개 SNS 계정에 있는 포스트들입니다.

뭔가 싸늘한 느낌이 들었지만, 강 형사는 평정심을 유지했다.

-빌덕, 그런 건가? 요즘 이런 애들이 좀 있던데.

그리고 마지막으로 업로드된 파일은 독일 보커사의 다마스커스 나이프 사진이었다. 이수진의 겉옷 주머니에서 나온 바로 그 칼이었다.

-앞에 보내드린 사진은 정운 군이 인터넷에서 다운받은 거였는데, 이 다마스커스 나이프 사진은 직접 스마트폰으로 찍어 업로드했습니다. 소장품이 아닌가 의심되는데요?

폴딩 나이프가 이정운 학생의 것이었어? 강형사는 목덜미의 솜털들이 일제히 일어서는 기분이었다. 이수진이 가해자가 아니라면 이정운이 가해자일 수도 있었다.

-잠깐만, 생각을 정리 좀 해보자. 만에 하나 이정운이 가해자라면 이게 이야기가 어떻게 되는 거야, 대체?

게다가 이정운의 친조부는 그러니까 이승재 박사의 부친은 대한민국 모든 국민들의 관심을 한 몸에 받고 있는……. 아, 젠장.

바른 법을 모르는 어리석은 자에게는
삶과 죽음의 길 또한 길고 멀다.
-《법구경》

영생 빌딩 안

"어디 숨었어? 빨리 나와! 다 끝내줄 테니까."

너무나 추악해진 스스로의 목소리에 정운은 흠칫 놀랐다. 이제는 그만해도 되지 않을까, 라고 마음이 약해졌다가도 어느새 성대가 터져버릴 듯 다시 악을 쓰며 윤슬을 찾고 있었다. 언젠가부터 정운을 움직이는 것은 그 자신이 아니었다. 윤슬을 죽이겠다는 집념이었다. 왜 죽여야 하는지 그 이유조차 이제는 가물거렸지만, 그 여자가 아직 살아 있으니까 그냥 죽여야 했다.

정운은 이곳에 처음 왔을 때가 기억났다. 눈을 떠보니 자기가 쓰러져 있던 영생 빌딩 반지하 창고였다. 좃밥 같은 고양이 새끼 때문에 결국 이 지경에 이르렀다. 아마 지상의 자신은 그 창고에서 죽어가고 있을 것이다.

어둠과 빛이 서로 주기적으로 교차하며 공간을 뒤흔들고 있었다. 정적이 요란스럽게 비명을 질렀다. 이토록 빛나는 어둠을 본 적이 있었나. 이곳은 회색지대일 것이다. 아빠의 논문에서 지겹도록 본 곳. 생과 죽음이 정체성을 잃은 곳.

정운은 머리가 깨지는 것 같았다. 하지만 통증 덕분에 오히려 모든 것이 명확하게 파악되는 것 같기도 했다. 이곳에 오니 역시 아빠의 논문에서 읽은 대로 세상의 흐름이 느껴졌다. 모든 영혼이 다 연결되어 있는 기분이었다. 그리고 직감할 수 있었다. 이윤슬, 그 여자도 여기에 있다는 걸.

그 여자를 죽여야겠다. 불쌍한 우리 엄마를 위해 내 손으로 죽일 거야. 기필코 죽이고야 말겠어. 윤슬에 대한 집념이 정운을 마비시키기 시작했을 때 낯선 목소리가 들려왔다.

"깨어났군."

처음 보는 얼굴이지만 어디선가 한 번쯤은 만난 듯한 기묘한 느낌의 사람이었다. 이것이 정운과 그 남자의 첫 만남이었다.

"그 여자를 죽이고 싶어?"

순간 정운의 눈이 반짝였다. 대답을 듣지도 않고 그 남자가 또 물었다. 마치 정운 안에서 끓어오르고 있는 살의가 그에게 전해지기라도 한 것만 같았다.

"왜지?"

"내 인생을 망쳐놨으니까."

정운의 대답을 듣고 남자가 가소롭다는 듯 코웃음을 쳤다.

"무식한 새끼. 네 인생을 망친 건 너 자신이야. 그 여자가 망쳐놓은 건 내 인생이고."

정운은 귀를 의심했다. 하지만 남자의 눈이 증오로 번득이는 것을 보니 거짓은 아닌 모양이었다. 남자가 정운에게 군용 산탄총 한 자루를 내주며 말했다.

"내가 혹시나 마음이 약해졌을 때를 대비해서 주는 거니까 신중하게 사용해. 여자를 총으로 쏴서 제압한 후 바로 물에 처넣어버리라고."

모스버그 M590이었다. 몇 년 전, 여당 대표였던 할아버지와 함께 미국 상원 의원의 텍사스 저택에 초대받았을 때 처음으로 잡아본 바로 그 모델. 총을 손에 쥐자 정운은 마치 총과 예전부터 한 몸이었다는 느낌이 들었다. 묵직하고 서늘한 철의 감촉을 타고 정운에게 광기가 어리기 시작했다. 광기의 근원은 집념이었다. 윤슬을 죽여야겠다는.

"그런데…… 누구세요?"

"너만큼이나 그 여자를 죽이고 싶은 사람."

6개월 전

'태어나보니 아빠가 한국 대학 교수 이승재고, 엄마가 한율 그룹의 신혜윤이었다.' 이 문장이 이미 정운의 삶을 충분히 설명하고 있었다. 정운은 태어나면서부터 모든 분야에 두각을 나타내야 하는 아이였다.

엄마는 아들이 두각을 나타낼 때까지 뒤에서 극성을 부리고 닦달을 해댔다. 정운은 그런 엄마를 사랑했다. 그들이 살아가는 이곳은 남들을 밟고 올라서야 살아남을 수 있는, 우월해지지 못하면 바로 열등한 존재로 도태되고 마는 비정한 세상이었다. 엄마는 그 생존 원리를 완벽하게 이해하고 있었던 것뿐이다.

초등학교 6학년 때 정운이 처음으로 자신이 열등한 존재일지도 모르겠다고 느끼게 한 사건은 어이없게도 식판 때문에 일어났다. 꽤 친했던 태웅이라는 친구 집에서 밥을 얻어먹은 날이었다.

태웅은 학교 대표로 과학 경시 대회에 나갈 만큼 똑똑했지만 1등은 늘 정운의 몫이었기에 2등에 만족해야 하는 아이였다. 다행히 정운과 함께 학교 대표가 되었다는 사실만으로도 영광이라 생각하는, 분수를 잘 아는 녀석이었다.

40평 남짓 되는 아파트에 들어서자, 반찬을 만들다가 나와 손가락 마디마디에 역겨운 마늘 냄새가 배어 있는 친구 엄마가 반겨주었다. 머리부터 발끝까지 세련된 피아니스트 엄마와 비교할 수 없을 만큼 촌스러운 차림새였다. 하긴 아무리 눈을 씻고 찾아봐도 우리 엄마만큼 우아하고 기품 있는 여자는 없지. 정운은 우월한 느낌이 들었다. 기분이 썩 좋았다.

친구 엄마는 정운이 왔으니 솜씨를 발휘해보겠다고 말하고는 부엌으로 가서 분주하게 움직였다. 고소한 기름 냄새가 금세 집 구석구석을 파고들었다. 환기가 제대로 안 되고 있다는 증거였다. 30분 만에 잡채며 불고기, 계란말이같이 서민들이 주인공인 드라마에서나 먹는 음식들이 뚝딱 차려졌다.

이상한 일이 벌어진 것은 바로 그다음부터였다. 친구 엄마는 음식이 차려진 식탁 위에 식판이 아닌 밥공기와 수저를 놓았다. 그리고 친구 가족들은 아무렇지도 않게 식탁에 옹기종기 모여 앉아 음식을 나누어 먹었다. 정운의 집에서는 가족끼리 모여 앉아 식사를 하지 않았다. 전문 조리사가 뷔페 스타일로 음식을 세팅해놓으면, 식판에 담아 각자 방에서 할 일을 하면서 먹었다. 어차피 아빠는 연구 때문에 늘 집에 없었고, 엄마는 대부분 연습실에서, 정운은 인강을 들으며 밥을 먹어야 했다. 이 치열한 세상에 가족들이 함께 밥을 먹는 것은 드라마에서나 보던 일이었다.

"원래 이렇게 가족들이랑 같이 밥을 먹어?"

"뭔 말이야? 바보냐?"

의아한 표정으로 물어보는 정운에게 태웅이 어이없다는 듯 장난스럽게 답했다.

"아들, 친구한테 바보라고 하면 되겠어?"

백화점 문화 센터 교양 강좌에서 배웠을 법한 말투로 친구 엄마가 아들을 질책했다.

"네, 엄마. 그런데 얘가 가끔 이렇게 또라이 같은 질문을 한단 말이야."

"이놈의 자식!"

웃기지도 않는 농담에 모두 까르르 웃음을 터트렸다. 친구의 가족들은 침 묻은 젓가락으로 아무렇지도 않게 반찬을 집어 먹으며 오늘 있었던 일을 떠들어댔다. 얼마나 비위생적이고, 효율성도 떨어지는 일을 하고 있는 건지. 이렇게 시간을 아무렇게나 쓰니까 열등해지는 것도 모르고. 한심하다.

그런데…… 정운은 왠지 마음에 구멍이 뚫린 듯한 기분이 들었다. 그 구멍으로 불길할 정도로 서늘한 기운이 스며들고 있었다. 그것이 바로 열등감이라는 것을 알게 되기까지는 그리 오랜 시간이 걸리지 않았다.

비정한 세상을 살아가면서 마음을 모질게 먹지 않으면, 생각은 늘 몰랑몰랑한 곳으로 고여들기 마련이었다. 그것이 열등하고 나약하기 짝이 없는 인간의 본성이었다. 이를테면 '가족들하고 같이 앉아서 밥 먹으며 살고 싶다'고 자신도 모르게 바라는 것. 환기가 제대로 되지 않는 집에 살면서, 유기농도 아닌 그날 마트에서 할인한 고기를 사 와서 먹으면서도 "이놈의 자식!" 하고 애정이 넘치는 엄마의 질책을 받아보고 싶고, 투덜거리면서도 부엌으로 가서 설거지를 해주는 아빠의 뒷모습을 보고 싶었다. 가질 수 없는 것을 동경한다는 것이 결국 열등감의 시작이었음을 정운은 인정해야 했다.

정운이 묘하게 불쾌해진 기분으로 집에 왔을때, 엄마는 술을 마시고 있었다. 지난주에 선배와 골프를 다녀온 후부터 줄곧 기분이 좋지 않다는 것은 알고 있었다. 괜한 것에 신경질을 부리고 화를 냈다. 엄마의 몸에서 역한 술 냄새가 났다. 정운은 오늘 만났던 친구 엄마한테서 정다우리만치 고소한 기름 냄새가 났던 것이 떠올랐다.

"너, 반짝이는 잔물결을 뭐라고 부르는지 아니?"

엄마는 그 질문이 세상에서 제일 웃기다는 양 미친 듯이 웃어대다가 급기야 억지로 웃음을 쥐어짜고 있었다. 성대가 터져버릴 것 같아 걱정이 될 정도였다.

"그걸 윤슬이라고 한단다. 미친 새끼."

정운이 이 세상에서 가장 고상하다고 생각했던 엄마의 입에서 욕설이 튀어나왔다. 주어는 없었지만 누구를 향해 내뱉은 건지 알 수 있었다. 아빠에게는 병적인 버릇 같은 것이 있었다. 물가에만 가면 몇 시간이고 하염없이 넋을 잃었다. 영혼을 온통 물에 빼앗겨버리고 쭈글쭈글해진 거죽만 남아 있는 좀비가 되었다. 정운은 그런 아빠를 혐오했다. 엄마와 자신을 한없이 외롭게 만드는 아빠를 절대 용서할 수 없었다.

"그런데 하아, 윤슬? 병신 같은 게 감히 나를. 죽여버릴 거야."

엄마가 대체 무슨 말을 하는 건지는 몰라도, 정운은 그리 놀랍지 않았다. 술에 취해 알 수 없는 말을 중얼거리는 일이 잦았다.

저속한 욕설까지 뱉은 것은 오늘이 처음이지만.

엄마가 휘청거리며 의자에서 일어나려다가 바닥으로 고꾸라졌다.

"엄마!"

수면제 과다 복용 때와 비슷한 증상이었다. 정운은 침착하게 도우미 아줌마를 불렀다.

"아줌마, 기사 아저씨한테 연락해요. 엄마가 또 쓰러졌어요."

엄마가 그날 왜 인사불성이 되도록 술을 마셨는지, 정운은 엄마의 이메일 계정을 해킹하다가 우연히 알게 되었다. 벌써 2년째 해오던 일이었다. 영어 학원은 성가시게도 매달 부모의 이메일로 시험 성적을 보냈다. 엄마가 성적표를 보기 전에 메일을 지워버려야 했다. 조금이라도 성적이 떨어지면 새끼 선생을 붙이자고 귀찮게 할 것이 뻔했다.

성적표 이메일만 지우고 나가려는데 이모할아버지한테 메일이 와 있었다. 예전에 국정원장까지 지내신 분이라고 했다. 생긴 게 영 음산하고 쥐새끼 같아서 별로 좋아하지 않는 할아버지였다. 정운은 무엇에 홀리기라도 한 듯 그 이메일을 클릭했다. '이윤슬'이라는 여자에 대한 정보가 들어 있었다. 윤슬? 사람 이름치고는 특이하네.

대수롭지 않게 넘기려고 했는데 며칠 전 엄마가 했던 말이 불현듯 떠올랐다. *"너, 반짝이는 잔물결을 뭐라고 부르는지 아니? 그*

걸 윤슬이라고 한단다. *미친 새끼.*" 순간 정운의 심장이 하얀 서리로 뒤덮였다. 엄마가 말한 윤슬은 바로 이 여자였다.

그동안 이해할 수 없던 것들이 한 점으로 모여들기 시작했다. 아빠한테 여자가 있었던 거야. 그래서 엄마가 기절할 지경에 이를 때까지 술을 마시고, 아빠가 물가에만 가면 넋을 잃고, 우리 집에는 친구네 집처럼 하하 호호 정다운 웃음이 없었던 거야.

그 이메일 한 통이 정운이 살면서 열등하다고 느꼈던 모든 순간들을 하나하나 낱낱이 까발리고 있었다. 열등하다는 것을 이해하면 이해할수록 더 열등한 존재가 되어갔다. 열등의 이유를 알아내면 알아낼수록 더 초라한 인물이 되어갔다. 자신의 인생이 어느새 역겨운 냄새를 풍기고 있었다. 열등해지는 것은 역겨운 일이었다. 그래서 엄마는 나를 우월하게 만들려고 그렇게 아등바등 살았던 거구나.

정운은 불쌍한 엄마 때문에 먹먹해져 숨을 제대로 들이쉴 수 없었다. 고매한 척은 혼자 다 하면서 있는 대로 위선을 떨어대는 아빠 때문에 폐에 담긴 숨이 뱉어지지 않았다. 부모를 향한 애잔함과 분노가 뒤섞여 호흡하기조차 힘들던 그때 엄마가 악을 쓰는 소리가 들려왔다.

"죽여버릴 거야. 갈기갈기 찢어버릴 거야."

바락바락 내지르는 엄마의 말에서 분노를 넘어선 악의가, 악의를 넘어선 살의가 느껴졌다. 사랑하는 엄마는 자신을 비참하게 만드는 사람이라면 눈 하나 깜짝 안 하고 밟아 버릴 수 있는 여자였다. 정운은 폐에 머물고 있던 숨이 헛구역질이 되어 나올 지경이었다.

그 일이 있고 정확히 일주일 후, 정운은 엄마 손에 이끌려 엘리트 과학 학원이라는 곳에 가게 되었다. 엄마 앞에서는 모르는 척했지만, 그 학원에 데려간 이유를 정운은 너무나 잘 알고 있었다. 엄마는 이윤슬, 아니 지금은 이수진이라고 불리는 여자 앞에서 존재감을 발휘하고 싶은 것이었다. 본인의 인생이 얼마나 구질구질한지 그 여자가 뼈저리게 느끼도록 해주고 싶은 것이었다. 그런 사소한 복수라면 언제든지 환영이다. 자기 주제를 모르고 날뛰는 인간들은 주기적으로 자근자근 밟아줘야 비로소 자신의 참모습을 받아들이는 법이니까.

이윤슬 그 여자가 나타났을 때 정운은 풋 코웃음이 나왔다. 화장기 없는 얼굴, 명품의 명 자도 찾아볼 수 없는 아주 수수하다 못해 볼품없는 차림새. 싸구려 고무줄로 질끈 묶은 머리. 이런 촌년이 우리 가족을 감히!

엄마와 학원 원장이 대놓고 자신을 깔봐도 입도 뻥끗하지 못하고 잠잠히 듣고만 있던 여자가 마침내 입을 열었다.

"최선을 다하겠습니다."

정운은 자신도 모르게 물끄러미 윤슬을 바라보았다. 나직하고도 고요한 목소리였다. 이 세상의 시끄러운 것들이 일제히 그 여자 앞에 납작 엎드려 굴복하는 듯했다. 말을 한 건 고작 2초 남짓이었는데, 그 목소리가 태어나서 처음으로 누군가에게 이해받았다는 기분을 느끼게 했다. 윤슬이 정운을 보며 여린 미소를 지었다. 소리 대신 빛을 내는 눈부신 미소였다. 그 미소를 보니 정운은 이제야 고요히 쉴 수 있을 것 같다는 생각이 들었다. 젠장, 대체 무슨 생각을 하고 있는 거야? 스스로를 질책해도 자꾸만 그 빌어먹을 선생에게로 눈길이 흘렀다.

엄마 앞에서는 절대로 약한 모습을 드러낼 수 없었다. 열등한 아들, 엄마를 우월하게 만들어주지 못하는 아들은 필요 없다고 할까봐 두려웠다. 정운은 엄마를 실망시키고 싶지 않았다. 그런데 이 선생 앞에서는 약해도, 열등해도 괜찮을 것 같았다. 아빠도 이 여자 앞에서 이런 마음이었던 걸까?

정운은 과학 학원을 다니기 시작한 이후로 엄마가 맨 정신인 것을 본 적이 없었다. 그날 저녁, 학원을 다녀오는 정운에게 엄마가 휘청거리며 다가와 호들갑스럽게 엉겨 붙었다.

"엄마는 너만 있으면 돼. 아무도 소용없고 우리 정운이만 있으면 돼."

또 역한 술 냄새. 정운은 아무렇지도 않은 듯 그런 엄마를 꼭 안아주었다. 엄마는 약한 사람이니까 그 정도는 얼마든지 받아줄 수 있었다. 잠시 말이 없던 엄마가 기어코 그 여자 이야기를 시작했다. 술 취한 엄마의 레퍼토리였다.

"이수진 그년, 아직도 자기 주제도 모르고 날뛰고 있니? 그 음탕한 년."

정운은 엄마가 윤슬을 욕하는 것이 싫은 게 아니었다. 우아하고 고상한 줄 알았던 엄마의 입에서 그런 저속한 말들이 튀어나온다는 사실이 죽도록 싫었다. 마치 몸을 아무렇게나 굴려대는 거리의 여자 같았다. 그러면 정운은 자신이 창녀의 아이가 되어버린 느낌이 들었다. 술이 깨면 자기가 한 말을 기억도 하지 못할 거면서 엄마는 상스러운 말들을 아무렇지 않게 해댔다.

　"엄마, 그 샘 그렇게 나쁜 사람 같지 않아요. 착해요. 나한테도 잘해주고."

　술을 따르던 엄마의 손이 파르르 떨렸다.

　"너 지금 뭐라고 한 거야? 네가 어떻게 나한테 이럴 수 있어? 내가 너를 어떻게 키웠는데?"

　엄마의 숨이 가빠지고 있었다.

　"그러니까 그 샘에 대해 그렇게 말하지 말라고."

　"그년이 결국 너까지 빼앗아갈 거야. 그 미친년이!"

　엄마가 들고 있던 위스키 병을 테이블 위에 내동댕이치며 외쳤다. 요란한 소리를 내며 병이 산산조각 나버렸다. 요즘 들어 늘 있는 일이라 놀랍지도 않았다. 정운은 침착하게 말했다.

　"아줌마한테 치우라고 할게요."

　그런데 이번에는 뭔가 달랐다. 엄마가 입고 있던 하얀 나이트가운이 붉은색으로 흉측하게 물들고 있었다. 걷잡을 수 없이 빠른 속도였다.

　"엄마!"

엄마가 바닥으로 서서히 무너졌다. 술 때문인지, 피 때문인지 원인을 알 수 없었지만 엄마의 정신이 혼미해지고 있었다.

"아줌마! 응급차 부르세요. 엄마, 정신 차려! 내가 잘못했어."

정운의 눈물이 엄마의 피와 섞여 피눈물이 되었다. 아침이 되면 엄마는 또 이 순간을 기억하지 못할 것이다. 이 끔찍하고 괴로운 피눈물의 기억은 오롯이 정운의 것이었다.

영생 빌딩 안

정운은 마음을 강퍅하게 만들어야 했다. 아빠처럼 등신 쪼다같이 살 수는 없었다. 불쌍한 엄마를 위해, 아빠에게 사랑받지 못하는 엄마를 위해. 나까지 엄마를 버릴 수는 없잖아? 그래서 지금도 목에 핏대가 불거지도록 소리를 친다. 엄마의 모든 것을 앗아가서 엄마를 비참하게 만든 존재에게.

"이윤슬! 어디 숨었어?"

처음 정운에게는 그 여자를 죽여야 하는 이유가 분명했다. 그래야 엄마가 살아갈 수 있을 테니. 하지만 언젠가부터 이유는 사라지고 죽여야겠다는 맹목적인 집념만 남아 정운을 움직이게 했다. 움직일 때마다 고통스러웠다. 커다란 가시가 마음을 찌르고, 상처 위에 또 비슷한 상처를 냈다. 괴롭지만 정운은 멈출 수 없었다. 멈추면 더 괴로워질 것이다. 내가 악귀가 된 건가? 이곳은 지옥인가?

죽음은 우리가 삶의 가치에 대해   11.
생각하게 하기 때문에 중요하다.
– 앙드레 말로

영생 빌딩 안

"빨리 나와! 다 끝내줄 테니까."

도무지 거리를 가늠할 수 없는 지점에서 정운의 목소리가 들
려왔다. 인간의 소리가 아니었다. 집념의 발악이었다.

"저 미친 자식!"

남자의 입에서 욕지거리가 튀어나왔다.

"내가 저 자식을 유인할 테니까 당신은 먼저 옥상으로 가."

남자가 몹시 긴장된 몸짓으로 두 사람이 머물고 있던 5층 웹
툰 작가들 작업실 밖의 상황을 살피고 있었다.

"왜 거기로 가야 하는지 먼저 설명해요."

"내 말 들어. 설명할 시간이 없어."

"왜 내가 당신 말을 들어야 하지?"

윤슬의 날카로운 말이 남자의 심장을 꿰뚫었다. 그의 목울대가 깊고도 느직한 움직임을 만들었다. 하고 싶은 말이 있지만 가까스로 참아내고 있다는 듯이. 남자는 차마 윤슬을 바라보지 못하고 나지막이 답했다.

"거기에 내가 준비해둔 보트가 있어. 곧 빌딩 전체가 물에 잠길 거야."

윤슬도 그 사실을 모르지 않았다. 5층인 이곳까지 벌써 물이 차 들어오고 있었다.

"그게 무슨 뜻인지 알지?"

죽음.

"우리는 보트를 타고 어둠의 끝, 죽음의 섬으로 갈 거야. 거기에 다시 생명으로 돌아갈 수 있는 통로가 있어."

윤슬의 눈이 반짝였다. 다시 생명으로 돌아갈 수 있는 통로. 승재의 논문에 따르면, 회색지대에서 다시 생으로 돌아올 수 있던 사람들은 공통적으로 길고 긴 어둠을 지나 핵폭발급의 거대한 빛을 본다고 했다. 당장이라도 폭발해버릴 것 같은 강렬한 감정이 윤슬을 휩쓸었다. 간절히 다시 살고 싶었다.

"왜 나를 살려주려는 건가요?"

남자는 대답 대신 그녀를 물끄러미 바라보았다. 그 자신도 여전히 그 이유를 절실하게 찾고 있는 중이었다.

탕! 탕! 다시 총소리가 건물을 뒤흔들었다.

"아아아아아! 다 죽여버릴 거야."

정운의 광적인 절규가 또다시 들려왔다. 순간 어떤 생각이 섬광처럼 윤슬의 뇌리를 스쳤다.

"잠깐만요. 저 아이가 이곳에 있다는 건 아직 지상에서 숨이 붙어 있다는 의미인 거죠?"

예상치 못한 윤슬의 말에 남자가 움찔했다.

"지금 하고 있는 그 생각, 하지 마."

그가 이번에도 생각을 읽어낸 모양이었지만, 윤슬은 그의 말을 무시한 채 다시 물었다.

"저 아이도 어둠의 끝으로 데리고 가면 살릴 수 있는 건가요?"

남자는 더 이상 듣지 않겠다는 듯 몸을 돌려버렸다. 죽음같이 고독해 보이는 뒷모습이었다.

"그런 거죠?"

한참을 말이 없던 그가 마침내 침묵을 깼다.

"저 아이는 지금 학원 빌딩 반지하 창고에 갇혀 있어. 그걸 아는 사람은 당신뿐이고. 그런데 당신이 여기서 삽질을 하고 있으니, 저 아이를 지금 세상으로 보낸다고 해도 살 가능성이 없어. 아무도 저 아이를 찾을 수 없을 테니까."

"아뇨, 어떻게든 저 아이를 살릴 거예요."

두 사람이 치열하게 신경전을 벌이고 있는데, 세상에서 가장 정다운 소리가 들려오면서 긴장을 순식간에 녹였다. 그의 것으로 보이는 가방에서 솔이 꿈틀거리며 기어 나오고 있었다.

"솔아!"

다시는 못 만날 줄 알았던 솔을 끌어안으니 윤슬은 또 눈물이 나왔다. 남자가 손수건을 툭 건네며 말했다.

"눈치 챘겠지만 솔이는 이미 죽었어. 반려동물은 이곳 회색지대에서 주인이 자신을 찾아올 때까지 하염없이 기다려. 그리고 주인이 무사히 죽음에 이를 때까지 동행하는 일을 하지. 주인을 물로 유인한다는 뜻이야."

그가 했던 말이 기억났다. "*당신, 정신이 있는 거야? 당신을 유인하려고 그⋯⋯.*" 그래서 윤슬이 1층 복도에 고립되어 있던 솔을 구하겠다고 했을 때 그가 의아할 정도로 과민 반응을 보였던 것이다.

"이 녀석들이 나쁜 의도가 있는 건 전혀 아니야. 반려동물은 주인을 사랑하니까, 주인이 오기만을 기다렸다가 같이 물로 들어가려는 것뿐이라고. 하지만 이정운 저 자식은 달라."

다시 정운의 이야기가 나오자 남자의 눈빛이 서늘해졌다.

윤슬은 알 것 같았다. 그가 무슨 말을 하려는지. 회색지대에서 만난 정운은 윤슬이 알던 그 아이가 아니었다. 더 이상 사람이 아니었다.

"저 아이는 이미 너무 망가졌어. 당신을 죽이려는 집념이 너무 깊어. 저 아이도 알아. 당신을 물로 끌고 가면 자신이 살 수 있는 가능성이 사라져버린다는 걸. 그럼에도 불구하고 당신을 죽이겠다는 거야."

정운이 왜 이렇게까지 망가져버린 건지, 윤슬은 마음이 찢어지는 것 같았다.

"게다가 저 아이가 지금 총을 가지고 있다는 사실을 모르진 않겠지?"

"……."

"여기 회색지대에서는 물에 들어가지 않는 한 영원히 죽지 않아. 만에 하나 치명상을 입고 몸을 움직일 수 없게 된다면, 영혼이 육체 속에 갇히고 마는 거야. 식물인간으로 살아가야 한다는 뜻이지."

윤슬은 식물인간으로 살아가고 있는 피실험자들의 오메가파 브레인 이미지를 본 적이 있었다. 미세한 움직임조차 없어, 그들은 진공의 어둠 속에 공고히 서 있는 나무를 연상시켰다.

"그러면 물이 차올라 육신을 적실 때까지 기다려야 해. 10년이 될 수도 있고, 더 길어질 수도 있겠지."

정운을 살리려다가 죽음도 아니고 삶도 아닌 끔찍한 상태에 빠질 수도 있다는 말이었다. 하지만 그것이 윤슬의 의지를 꺾을 수 없다는 것을 그도 알고 있는 것 같았다.

"저 아이가 저렇게 죽으면 어떻게 되나요?"

"신이 계시다면 저런 악귀를 좋은 곳에 보내시진 않겠지."

"그러니까 살려야 해요. 이렇게 보낼 수는 없어요. 적어도 한 번은 기회를 다시 줘야 해요. 나 때문에 저렇게 된 거니까."

남자가 어이없다는 듯 코웃음을 쳤다.

"저 자식이 솔이를 어떻게 죽였는지 알아? 맨손으로 숨이 끊어지는 그 순간까지 목을 비틀었어. 단 한 번의 망설임도 없이. 그런데도 저 악마 같은 새끼를 살려주고 싶어?"

남자를 바라보는 윤슬의 눈빛에는 일말의 흔들림조차 없었다.

11월 4일, 00:42 AM, 한빛 요양원

이재민 의원은 보좌관과 기사를 따돌리고 다시 한빛 요양원을 찾았다. 직접 운전대를 잡아보는 것이 너무나 오랜만이라 생경한 느낌마저 들었다. 차 안에는 이글스의 〈데스페라도〉가 낮은 볼륨으로 흐르고 있었다. 예전에 희상과 함께 자주 듣던 곡이다. 그 희미한 멜로디가 그의 성대에서도 흘러나왔다. 1980년 미국 세인트루이스의 어느 여름밤이 떠올랐다. 그는 논문을 쓰다가 밖이 어둑해지면 늘 이렇게 혼자 운전해 그녀의 아파트로 향했다. 차창을 열면 유칼립투스 향을 머금은 바람이 밀려들곤 했다.

선거 유세를 위해 한빛 요양원에 들렀던 이 의원이 희상과 재회하게 된 것은 기적이었다. 그 여자를 평생 못 만날 수도 있다고 생각하며 죽은 자처럼 살아왔다. 그런데 오늘 그녀를 다시 본 순간 이 의원은 충만한 생명이 다시 몸을 적시는 기분이었다. 한빛 요양원 원장은 고등학생 시절부터 막역하게 지낸 고향 후배였다. 이희상 환자를 은밀하게 만나고 싶다는 그의 부탁에 원장은 아무런 질문도 하지 않았다. 오히려 빈 병실을 하나 마련해주고 주변 CCTV를 다 꺼놓으라는 지시까지 내렸다. 눈치가 빠른 사람이었다.

이 의원은 다시 생각이 희상에게로 흘러가게 만들었다. 지금은 온전히 그 여자만 생각하고 싶었다.

"재민 씨."

이 의원이 병실에 들어가자, 희상이 눈을 반짝이며 신기하다는 듯 그를 바라보았다. 희상은 여전히 숨 막히게 아름다웠다.

"아까는 그냥 가버려서 미안했습니다."

"불쌍한 우리 슬이. 우산을 가져다줘야 하는데 사람들이 나를 알아볼까봐. 그러면 당신 정체가 밝혀질 테니까……. 비를 쫄딱 맞고 집에 돌아오면 내 딸이지만 너무 추해. 그래서 막 소리를 질렀어. 나를 귀찮게 하지 말라고. 걔가 사생아 뜻을 모르는 거야. 자기가 사생아면서. 너무 무식한 거 아닌가요? 아하하하하하."

슬이? 희상에게 딸이 있어나? 그녀가 이해할 수 없는 말들을 내뱉다가 갑자기 소름이 끼칠 정도로 기괴하게 웃어댔다. 알츠하이머 중증 환자라고 의료진이 이 의원에게 귀띔을 해주긴 했다. 정상적인 대화가 불가능할 때는 그저 환자가 말하는 걸 들어주는 것이 좋다고 조언했다.

"있어도 없는 아이가 된 불쌍한 우리 슬이. 걘 살아 있어도 죽어버린 애야. 그림자처럼 살아가는 애야. 숨도 쉬지 않고. 이게 다 당신 때문이야!"

감정을 수시로 바꿔가며 희상이 갈피를 잡을 수 없는 말들을 이어갔다.

"당신, 이재민 아니지! 지금 보니까 당신 가짜야. 그 사람이 여기에 올 리가 없어. 얼마나 독한 새끼인데 여기 왔겠어?"

아름답고 우아하고 여리기만 한 여자였다. 그랬던 여자가 이렇게 핏대를 세우며 악을 써대고 있다는 것을 이 의원은 믿기 어려왔다. 이제 희상은 흐느끼기 시작했다.

"슬이, 너무 불쌍한 아이예요. 평생 외롭게 살았어."

그녀의 입에서 슬이라는 이름이 계속 나오고 있었다.

"슬이가 누굽니까?"

치매 환자 특유의 텅 빈 눈빛이던 그녀가 처음으로 이 의원을 날카롭게 바라보며 말했다.

"어떻게 우리 아이를 모를 수 있지? 당신 딸이잖아요."

영문을 모르겠다는 표정으로 그녀를 바라보는 이 의원에게 희상이 다그치듯 속삭였다.

"어떻게 이렇게 모르는 척을 할 수 있죠? 당황스럽네요."

"그게 대체 무슨……?"

"그날 당신이 연구실에서 물어봤잖아. 워싱턴 대학 시글홀 314호에서. 내가 그때 캐모마일 차를 마시고 있으니 의아해하며, 왜 커피 마니아가 갑자기 차를 마시냐고."

희상의 말을 듣고 보니 이 의원은 그런 적이 있었던 것 같기도 했다. 이 여자가 정말로 알츠하이머 환자인가 싶을 정도로 대단한 기억력이었다. 그도 잊고 있던 연구실 호수까지 아직 기억하고 있다니.

1980년 여름

재민은 1년 동안 워싱턴 대학에서 안식년을 보내기로 결정했을 때, 입덧이 심했던 아내는 한국에서 몸을 추스르고 있겠다고 했다. 하지만 그저 변명일 뿐이었다. 뉴욕이나 샌프란시스코 같은 대도시가 아닌 변변한 백화점 하나 없는 세인트루이스로 가게 된 것을 못마땅해하는 눈치였다. 굳이 그곳에 있는 학교를 고른 것은 재민이었다. 응석받이로 자라 여진히 제멋대로인 부인과 그 대단한 처갓집에서 1년이라도 벗어나 살고 싶었다. 그래야 숨이 쉬어질 것 같았다.

세인트루이스에 도착한 날 공항으로 그를 마중 나온 사람이 희상이었다. 원래 나오기로 한 미국인 동료가 피치 못할 사정이 생겨 그녀에게 부탁했던 것이다. 희상은 세인트루이스 대학에서 영문학을 강의하고 있었다. 인생이 피곤해질 만큼 지나치게 아름다운 외모라고 재민은 생각했다. 그녀의 차를 타고 학교에서 예약해준 호텔로 갔다. 공교롭게도 그의 이름으로 예약된 방을 찾을 수가 없었다. 이미 자정이 넘은 시간이었다.

"내가 재워줄까요?"

희상의 말에는 아무런 사심이 담겨 있지 않았다. 그 당시 한국 여자 입에서 나왔다고 하기에는 다소 파격적이긴 했지만 말이다.

두 사람은 희상의 아파트로 갔다. 세월의 흔적이 남아 있는 세인트루이스의 전형적인 목조 건물이었다. 현관문을 열고 들어가는데 천장이 격렬하게 흔들리고 있었다. 곧이어 야릇한 신음이 들려왔다. 희상이 머쓱하게 웃으며 말했다.

"윗집이 신혼이라 이런 소리가 시도 때도 없이 나요. 청각의 일탈 정도로 생각해주세요."

그 순간 두 음절의 단어가 재민의 뇌를 장악했다. 일탈. 현관문이 닫히고 공간은 밀실이 되었다. 그리고 어둠. 밀폐된 공간에서만 느낄 수 있는 느릿한 공기의 흐름이 마치 그의 일탈을 허락해주는 것만 같았다. 그는 자신도 모르게 앞에서 걷고 있던 희상을 돌려 세워 안았다. 흠칫 놀라는 것 같았지만 개의치 않았다. 희상의 뜨거운 호흡이 재민의 목젖에 닿았다.

"같이 잘래요?"

그 질문을 던진 것은 희상이었다. 이내 두 사람의 거친 숨소리가 공간을 가득 메웠다. 그녀의 뜨거운 살갗이 그의 몸 구석구석을 훑고 지나갔다. 이 일탈은 그녀의 아름다움 때문이었다. 실로 인생을 피곤하게 만들 만큼 지나친 아름다움이었다.

11월 4일, 00:58 AM, 한빛 요양원

"기억나요? 벚꽃 잎이 진눈깨비처럼 흩날리던 날이었는데. '내가 당신의 애를 낳아도 될까?' 그랬더니 멋지게 웃으면서 그랬잖아. 당신이 대한민국 최고가 될 때까지 기다리라고. 그때 다시 찾아오겠다고. 그때는 뭐든지 다 들어주겠다고."

　희상이 그런 질문을 한 적이 있었다. 몇십 년 전의 일이지만, 불
과 몇 시간 전에 일어난 일처럼 재민은 모든 것이 생생하게 기억
났다. 결혼하고 애를 낳아 키우는 보통 여자들의 삶을 혐오하던
희상을 사랑했다. 이 여자와 있으면 도덕 따위는 무시하고 쾌락
이 이끄는 삶을 살아도 될 것 같았다.

　재민은 이미 삼광 유업의 막내딸과 결혼한 유부남이었다. 희상
은 모든 것을 알고도 그를 사랑한다고 했다. 그에게 절대 부담이
되지 않겠다고 했다. 지금 이 순간 자신에게 진심이라면 그걸로
평생 행복해하며 살겠다고 했다.

　"그때 배 속에 그 아이가 있었어. 기다렸지. 당신이 이 세상을
바꿔놓을 줄 알았거든. 내가 희생해야 한다고 생각했어. 당신의
대의를 위해서, 당연히 기꺼이 진심으로."

　희상이 또 실성한 사람처럼 낄낄거렸다. 재민의 표정이 점점
굳어갔다.

　"당신 같은 위선자가 대한민국 최고가 되는 날이 과연 올까?"

　그녀의 조소에는 오랜 원망이 고스란히 담겨 있었다.

　"어떤 여자가 출산하는 게 너무 무서워서 애를 그냥 배 속에
넣어 놓고 살았대. 어느 날 배가 아파서 병원에 갔더니 애가 돌이
되어 있네? 우리 딸이 그렇게 돌이 되어 있었어."

　나와 희상 사이에 딸이 있었다니 말도 안 된다. 그녀가 아무 말
이나 지껄이고 있는 것이 분명했다.

"지난 세월 동안 내가 우리 딸한테 얼마나 잔인하게 굴었는지 알아? 내가 걔 인생을 망쳤어! 당신 인생 살리려고. 우리 불쌍한 윤슬이."

그녀의 입에서 툭 내버려진 익숙한 이름이 재민의 신경을 온통 건드려놓았다.

"잠깐, 그 아이의 이름이 뭐라고?"

희상이 비참한 표정으로 답했다.

"우리 딸 이름도 모르는 거예요? 윤슬이잖아. 이윤슬."

이윤슬. 아주 무딘 칼날이 느리게 재민의 심장을 둘로 가르고 있었다. 그 아이였다. 승재의 연인이던 아름답고 영민하고 고요했던 아이. 갑자기 사라져버려 아들의 심장을 갈기갈기 찢어놓았던 바로 그 아이.

11월 4일, 01:07 AM, 강남 경찰서 형사 4과

"선배님, 우연치고는 좀 거슬리는 게 하나 있어서 말입니다."

윤 형사의 말에 강 형사가 충혈된 눈으로 고개를 치켜들었다. 피곤한 하루였다. 피곤이 쌓이고 쌓인 채로 내일이 이미 시작되어 있었다. 해가 뜨기 전까지 사건을 해결하지 못하면 끝장이다. 대한민국이 발칵 뒤집히겠지. 가장 유력한 대권 후보의 손자가 사라졌고, 그 아이의 행방을 알고 있는, 아니 어쩌면 납치의 주범일지도 모르는 유일한 용의자는 의식불명 상태였다.

"저보고 혹시 모르니까 이재민 의원의 동선을 파악해놓으라고 하지 않으셨습니까? 이정운 유괴 사건에 대한 단서가 나올지도 모른다고. 오늘 저녁 이 의원이 한빛 요양원을 방문했다고 해서 집사람한테 바로 전화 때렸죠. 우리 집사람이 그 요양원 간호사 아닙니까."

"근데?"

"어떤 여자 환자가 이 의원을 보고 발작을 일으켜 난리가 났었다고 합니다."

강 형사가 아련한 표정을 지으며 말했다.

"그런데 이재민 의원 너무 잘생기지 않았디? 지난번 이 근처에 유세 왔을 때 보니까 얼굴에서 빛이 나더라. 남자인 내가 봐도 그렇게 설레는데, 난 그 환자 십분 이해한다."

이것이 강 형사의 매력이었다. 아무도 예상치 못한 순간에 빵, 모두를 어이없게 만들곤 했다.

"우리 집사람 말로는 이재민 의원과 그 환자 사이에 스파크가 아주 그냥 장난 아니었답니다. 물론 이 의원은 모르는 사람이라고 딱 잡아떼고 그냥 자리를 떴다는데, 집사람이 그런 촉이 좀 좋긴 하거든요. 게다가 이 의원이 지금 극비리에 그 환자를 다시 방문하고 있대요. 병실과 복도 CCTV도 다 꺼놓은 상태고요."

강 형사의 미간이 잔뜩 찌푸려졌다.

"흠. 둘이 내연 관계 뭐 그런 거였나? 그런 정치인들이 한둘이 겠어? 그 양반도 그렇게 안 봤는데 사생활이 복잡했구만. 이건 극비야. 특히 기자들한테는 무조건 함구하라고."

"네, 당연하죠."

"아니, 근데 그 일이 대체 이정운 학생 사건과 무슨 관련이 있는데?"

한층 더 낮아진 목소리로 윤 형사가 답했다.

"지금 이 의원이 비밀리에 만나고 있는 그 여자 환자가 이수진의 모친 이희상 씨입니다."

의자에 등을 비스듬히 기대고 건성으로 듣고 있던 강 형사가 천천히 몸을 세워 정자세로 앉았다. 사건이 심각한 방향으로 흐르고 있다는 뜻이었다.

"아까 효성 대학병원에서 응급 수술 들어갈 때, 보호자 수술 동의서에 대신 서명을 해준 사람이 바로 제 집사람이었답니다. 이희상 씨가 딸도 못 알아보는 중증 치매 환자여서요."

"아이씨, 일이 왜 이렇게 요상하게 흘러간다니. 이게 대체……."

강 형사는 화이트보드 앞으로 가서 마커를 들고 이니셜을 써 내려가기 시작했다.

"정리를 해보면, 이재민 의원의 손자 이정운이 이수진한테 납치되었을지도 모르는 상황인데, 이수진의 친모 이희상과 이재민 의원이 그렇고 그런 사이라는 거야?"

이 복잡한 가계사는 여기서 끝이 아니었다. 강 형사는 용의자

이수진의 사진을 처음으로 이승재 박사에게 보여주었을 때 그의 반응을 고스란히 기억하고 있었다. 동공이 흔들리며 금방이라도 눈물을 흘릴 것만 같았다. 게다가 그의 아내인 신혜윤의 히스테리컬한 반응.

"지금 바로 병원에 나가 있는 홍 형사 연락해서 이수진 손목에 수갑 채워놓으라고 해. 이거 단순한 사건이 아니야. 치정으로 얽힌 납치 및 유괴 사건이라고."

11월 4일, 01:14 AM, 효성 대학병원 회복실

-병원에서 연락이 왔습니다. 지금 막 수술 끝내고 이수진 씨를 회복실로 옮겼다고 합니다.

강 형사의 전화를 받자마자 승재는 한걸음에 효성 대학병원으로 달려왔다. 가장 먼저 시야에 들어온 것은 침대에 누워 있는 윤슬의 가녀린 손가락이었다. 그의 몸을 매만지던 부드러운 손가락의 감촉이 고스란히 느껴지는 듯했다. 승재는 시선을 점점 위로 옮겨갔다. 반 이상이 산소호흡기에 가려졌지만 자기가 기억하고 있는 얼굴이 맞았다. 그토록 그리워하고 찾아 헤매던 윤슬이었다. 그녀가 이제야 그에게 돌아온 것이다.

승재는 윤슬의 한쪽 손목에 차가운 은빛 수갑이 채워져 있는 것을 뒤늦게 발견했다. 심장에서 뜨거운 분노가 일었다. 윤슬은 절대로 유괴 같은 끔찍한 일을 벌일 여자가 아니었다.

"저것 좀 풀어줄 수 있겠습니까?"

그는 병실 앞을 지키고 있던 경찰에게 부탁했다.

"죄송합니다. 중요한 사건 용의자라 저희도 부득이……"

승재는 날카로워진 목소리로 그의 말을 딱 잘라냈다.

"그 유괴된 아이가 내 아들입니다."

경찰은 마지못해 윤슬의 수갑을 풀어주었다. 침대 가까이로 다가간 승재는 천천히 그의 손을 윤슬의 손에 포갰다. 기억 속의 촉감과 체온 그대로였다. 그는 담담히 눈물을 삼켰다.

"교수님."

승재를 도우러 병원에 와 있던 조교가 난처한 표정을 지으며 병실로 들어왔다.

"이수진 환자 주치의가 일단 뉴로스캐너를 이용해 뇌파 모니터링하는 것을 흔쾌히 허락해주셨는데요. 내일 아침까지는 환자 보호자의 동의서를 꼭 받아 와야 한답니다. 병원 입장에서도 보호자 동의 없이 임상 시험을 진행시키기는 곤란하겠죠."

뉴로스캐너 헬멧을 장착한 환자들이 그렇지 않은 환자들보다 의식을 회복한 비율이 현저하게 높았다. 병원 측에서도 그런 점을 고려해서 윤슬에게 뉴로스캐너를 사용해도 좋다고 허락했을 것이다. 하지만 보호자의 동의를 받아야 할 의무가 있었다. 윤슬은 가족이 없을 텐데……. 아니다. 어쩌면 결혼을 했을 수도 있다.

승재는 떨리는 심장을 애써 가라앉히고 태연한 척 물었다.

"환자에게 남편이 있나?"

"아뇨. 문제는 환자 분이 미혼인 데다가 동의서에 서명할 보호자가 마땅히 없다고 합니다. 어머니가 계시긴 한데, 중증 치매 환자라는데요?"

"잠깐, 뭐라고?"

"어머니가 중증 치매 환자여서, 동의서에 서명을 해주시기 힘들 거라고요."

순간 승재는 귀를 의심했다. 그럴 리가 없었다. 윤슬은 고아였다. 세상에 남아 있는 가족이 아무도 없다고 했었다.

"확실해?"

"아까 이수진 씨 응급 수술 들어갈 때도 어머님이 계시는 한빛 요양원 의료진이 대신 서명했답니다. 어떻게 할까요?"

승재는 기분이 이상했다. 왠지 그동안 꾹꾹 눌러놓았던 불길한 것들이 뒤늦게 실체를 드러내는 것 같았다. 하지만 애써 그 불길한 것들을 떨쳐냈다.

"내가 아침에 요양원에 직접 다녀올게."

뉴로스캐너 헬멧의 장착을 마친 조교가 자리를 뜨자, 다시 승재와 윤슬 둘만 남았다.

"윤슬."

16년 만에 처음으로 승재가 그녀의 이름을 불렀다. 목소리가 허공을 울리기 전에 물기가 먼저 공간을 적시고 있었다. 얼마나 부르고 싶은 이름이었는지. 너를 그리워하다 못해 증오했던 적도 있어. 너를 생각하는 것 자체로도 숨이 끊어지는 것 같은 고통이 밀려들었어. 하지만 이제, 이렇게라도 내 옆으로 와주었으니 됐어. 나의 목소리가 너에게 닿기를.

"윤슬아, 살아줘. 살아서 나에게 꼭 돌아와줘."

30분 후에 죽는다는 걸 아는 사람이 있다고 하자.   *12.*
그는 사소한 일이나 바보 같은 일,
나쁜 일을 하지 않을 것이 분명하다.
– 레프 톨스토이

영생 빌딩 안

그때였다. 그녀를 전율하게 만드는 소리가 들려왔다.

    "윤슬."

   그것은 단순한 음성의 파동이라기보다 마음 깊은 곳에서 울려
나오는 그리움이었다. 누구의 목소리인지 단번에 알 수 있었다.

    "윤슬아, 살아줘. 살아서 나에게 꼭 돌아와줘."

단 한순간도 잊어본 적 없는 사람. 윤슬은 자기도 모르게 숨을 죽였다. 숨소리마저 죽여야 그의 목소리를 더 선명하게 들을 수 있을 것 같았다.

"정운이가 사라졌어. 경찰은 네가 그 아이를 유괴했다고 생각해. 돌아와서 그게 아니라고 어서 말해줘."

윤슬을 잠자코 지켜보고 있던 남자가 비아냥거리듯 말했다.
"이승재의 목소리를 들었나보군. 청력은 죽음에 이르는 마지막 순간까지 유지되는 감각이지."
윤슬은 남자의 반응에 전혀 동요하지 않았다. 이미 뉴로스캐너 헬멧을 장착한 걸까? 그렇다면······.
"정운이가 아직 영생 빌딩 반지하 창고에 갇혀 있다고 했죠?"
남자의 표정이 서서히 굳어지고 있었다.
"저 아이 살릴 수······."
"그러지 마!"
남자가 말을 중간에 낚아채고는 윤슬의 두 팔을 붙잡았다. 그의 손에는 끓어오르는 분노가 담겨 있었지만 시선은 죽음같이 허무했다.

"윤슬아, 살아 돌아오려면 어둠으로 가야 해."

승재의 목소리가 또 들려왔다. 윤슬은 회색지대에서 살아 돌아온 피실험자들의 뉴로스캐너가 한동안 아무것도 송출하지 않는 일명 '암흑 현상'을 지속하는 공통점이 있다는 게 기억났다. 승재의 연구팀은 그것이 기술적 결함인지 과학적 현상인지 아직 판단하기는 이르다고 논문에 각주를 남기기도 했다.

"어둠의 끝에 가면 저 아이를 살릴 수 있는 게 확실하죠?"

"사람 하나 살리는 일이 그렇게 쉬운 일인지 알아? 누군가의 몸이 산산이 부서지는 희생이 필요한 일이야."

"내가 할게요."

생각을 하고 말이 나온 건지, 말을 하고 나서 생각을 시작한 건지 그녀 자신도 알 수 없었다.

"내가 대신 희생하겠다고."

남자의 얼굴이 창백해졌다.

"그게 무슨 뜻인지 알아? 온몸이 갈기갈기 찢어지고 뼈가 가루가 되는 고통이야. 영혼이 뿔뿔이 흩어져버릴 정도로."

"당신한테 하라고 안 할 테니까 상관없지 않나요?"

그가 망연자실한 표정으로 윤슬을 바라보았다. 그녀의 두 팔을 붙잡고 있는 손이 힘을 잃어가고 있었다. 남자의 눈시울이 붉은빛으로 물들었다.

"왜 스스로를 위해 살지 않지?"

윤슬이 남자의 손을 냉정하게 뗠쳐냈다.

"나 따위가 뭐라고."

그 대답이 남자의 심장을 아무렇게나 난도질할 것을 윤슬은 알고 있었다. 하지만 남자 때문에 더 이상 흔들릴 시간이 없었다. 윤슬은 서둘러 몸을 움직이기 시작했다.

"대체 무슨 생각이야?"

"불에 탈 만한 것들이 필요해요. 아, 그리고 라이터. 웹툰 작가들은 다들 골초였어요. 분명히 어딘가에 라이터가 있을 거예요."

작업실 바닥은 금세 윤슬이 모아 온 책과 종이들로 가득했다. 윤슬은 그것들을 커다란 원 모양으로 배열했다. 남자는 그제야 윤슬의 의도가 무엇인지 간파했다. 허탈한 표정으로 바라보던 남자도 결국 그녀를 돕기 시작했다.

대충 윤슬이 원하는 형태가 만들어지고, 라이터로 불을 붙이려고 할 때에야 두 가지 사실을 알게 되었다. 종이에 습기가 배어 있어 불이 잘 붙지 않는다는 것. 그리고 남자의 모습이 보이지 않는다는 것. 윤슬의 심장이 불길한 리듬을 만들어내기 시작했다. 탕! 탕! 문 밖에서는 광기 어린 손가락이 방아쇠를 연달아 당기고 있었다.

"이윤슬! 어디 숨었어? 빨리 나오라니까."

정운은 건물에 있는 문이란 문은 모조리 총으로 박살 내고 있는 중이었다. 바스락. 어둠 속에 있던 누군가가 기척을 냈다. 방아쇠 위에 놓여 있는 정운의 손가락에 힘이 모여들었다. 누가 되었건 쏴버릴 생각이었다.

"누구야?"

느릿느릿한 목소리가 서서히 정적의 틈을 파고들었다.

"소리 좀 작작 질러. 인생의 마지막을 조용하게 맞이하고 싶은 사람도 있다고."

그 남자였다. 어디서 많이 본 것 같기도, 생판 처음 보는 것 같기도 한 묘한 얼굴의 소유자. 같이 윤슬을 죽이자고 할 때는 언제고, 그녀를 살리겠다고 물에 뛰어들었던 딜떨어진 새끼였다. 정운은 그의 심장에 총구를 겨누며 물었다.

"이게 누구야? 배신자 새끼네? 이윤슬은 어디 있어?"

"그렇지 않아도 도움이 필요했던 차에 잘됐군."

남자는 자신을 향해 있는 총구를 아랑곳하지 않고 말했다.

"그게 무슨 말이지?"

"잠깐 방심한 사이에 놓쳤어."

남자가 고갯짓으로 복도의 끝을 가리켰다.

"저기 웹툰 작가들 작업실에 숨어 있는 것 같아."

"지금 손에 들고 있는 건 뭔데?"

남자는 라이터용 휘발유 통을 정운이 잘 보이게 들어 올렸다.

"문이 잠겨 있어서 태워버릴까 했지. 난 누구처럼 산탄총이 없어서 말이야."

"혹시 나를 또 속이려는 건가?"

정운은 경계에 가득 찬 눈빛으로 그에게 더 가까이 총구를 들이밀었다.

"영 머리가 나쁜 건 아무래도 모친 쪽 유전인가? 난 너를 속인 적이 한 번도 없어."

"이윤슬을 같이 죽이자고 해놓고 왜 자꾸만 살리는 건데?"

"아직 답을 못 들었으니까."

"뭐?"

"왜 나를 죽인 건지."

총을 들고 있던 정운의 손이 순간 움찔했다. 믿을 수 없었지만, 정운은 그렇게 믿고 싶었다. 그래야 윤슬을 죽이려는 이유가 조금이나마 명분을 얻을 수 있을 테니. 명분은 악행을 가속시키는 법이다.

"그것만 알아내면, 그다음엔 네 마음대로 해도 좋아."

정운은 한동안 의심의 눈초리를 거두지 못하다가, 총구로 그의 심장 부위를 쿡쿡 찔러대며 픽 웃었다.

"그런 거였으면 애초에 그렇게 말씀을 하시던가. 앞장서시죠. 또 거짓말을 한 거면 바로 이 총으로 심장을 뚫어버릴 수 있게."

탕! 탕! 탕! 정운이 총을 쏘아대자 작업실 문이 하릴없이 무너져 내렸다. 안으로 들어왔지만 윤슬의 모습은 보이지 않았다.

"이윤슬 샘! 어디 계세요? 빨리 나오라니까!"

"흥분하지 마, 정신없으니까. 분명히 여기에 있어."

바닥에 원 모양으로 배열되어 있는 책과 종이 더미를 본 정운이 킥킥거리며 중얼거렸다.

"뭐야 이건? 햄스터야? 샘이 미쳐가는 건가요?"

다시 주변을 살피던 정운의 눈이 무언가를 포착했다. 어둠 속에서 흔들리는 두 개의 빛이 정운을 응시하고 있었다. 온몸의 세포가 아우성을 쳐댔다. 이윤슬이었다. 좀 더 자세히 말하면, 테이저건을 두 손으로 들고 덜덜 떨고 있는 이윤슬이었다.

"저, 정운아. 내, 내 말 좀 들어봐. 너를 살릴 길이……."

정운은 이 상황이 너무나 재미있어 못 견디겠다는 듯 푸하하 웃음을 터트렸다.

"아냐. 샘, 지금 장난해요?"

정운은 윤슬에게 총구를 겨누었다.

"역시 다리라도 쏴서 병신을 만들어놔야 할까? 자꾸 이렇게 성가시게 굴면 곤란하지."

방아쇠에 걸린 정운의 손가락에 점점 더 힘이 실리고 있었다.

"잠깐!"

일촉즉발의 상황에서 정운의 모스버그 M590과 윤슬의 테이저건 사이로 남자가 끼어들었다. 그는 정운과 윤슬을 한 번씩 쳐다보고는 테이저건 쪽으로 천천히 움직였다.

"가까이 오지 마!"

윤슬이 총을 쏠 기세로 남자에게 소리쳤지만 그는 발걸음을 멈추지 않았다. 오히려 팔을 뻗으며 움직임보다 더 느린 말투로 말했다.

"내가 말했잖아. 그렇게 불안정하게 잡으면……."

"아!"

그가 빛 같은 속도로 윤슬의 손에서 테이저건을 낚아챘다. 총구는 이제 파충류같이 섬뜩해진 그의 시선과 함께 윤슬을 향했다. 영원 같은 시간이 지나가고 있었다. 윤슬이 모든 것을 체념한 듯 두 눈을 감았을 때 서늘한 남자의 목소리가 들려왔다.

"상대방을 절대로 맞추지 못한다고!"

그 말과 동시에 남자가 낚아채 간 테이저건이 순식간에 방향을 틀어 정운을 조준했다.

띠띠띠띠띠띠띠띠! 전극 바늘이 몸에 박히자마자 방대한 양의 전류가 정운의 몸 안으로 흘러들었다. 바닥으로 몸이 꺼지는 순간 정운은 깨달았다. 저 미친놈은 처음부터 윤슬 샘을 죽일 생각이 없었어. 비명을 지를 겨를조차 없이 고통이 몸을 꿰뚫었지만, 정운은 죽을힘을 다해 가슴께에 박힌 전극 바늘을 뜯어버렸다.

철컥! 남자가 한 번 더 정운을 향해 테이저건 방아쇠를 당겼지만, 카트리지가 없는 총에서는 허무한 마찰음만 들려왔다.

"윤슬!"

너무나 많은 일들이 한꺼번에 쓰나미처럼 밀려들어 윤슬은 반쯤 정신을 놓고 있는 상태였다.

"카트리지 던져!"

남자의 고함을 듣고 나서야 윤슬이 떨리는 손으로 어깨에 메고 있던 가죽 숄더백의 덮개를 열었다. 때마침 그 순간을 기다렸다는 듯 숄이 가방에서 튀어 나가는 바람에 카트리지가 바닥으로 떨어졌다. 남자의 얼굴에서 핏기가 사라졌다. 누군가의 절망이 다른 누군가에게는 희망으로 바뀌는 찰나였다.

어느 정도 몸을 제어할 수 있게 된 정운은 산탄총 쪽으로 재빨리 움직였다. 윤슬이 카트리지를 주워서 남자 쪽으로 던졌지만 너무 늦어버렸다. 정운의 손에 이미 총이 들려 있었다.

"아저씨, 아무래도 당신은 총알이 몸에 박혀봐야 정신 차릴 것 같아. 안 그래?"

정운이 방아쇠를 당기려던 순간이었다. 가방을 빠져나갔던 새끼 고양이가 날카로운 소리를 내며 정운에게 달려들었다.

"이런 미친!"

고양이를 피하려던 정운이 몸의 균형을 잃고 휘청였다. 그리고 탕! 거대한 파열음이 났다. 총알은 소용돌이치며 이미 누군가의 살갗을 헤집어놓고 있는 중이었다. 폭죽이 터진 듯 검붉은 액체의 입자들이 사방으로 퍼졌다.

11월 4일, 02:14 AM, 효성 대학병원 회복실

"교수님, 오메가파 시그널이 잡혔습니다."

일레나 교수님이 처음 프로젝트 도어를 시작한 이후 뉴로스캐너의 성능은 눈부신 발전을 거듭해왔다. 16년 전에는 피실험자들이 회색지대에서 보고 있는 물체가 무엇인지 파악하려면 각각의 수치를 내서 컴퓨터에 대입을 해봐야 했지만, 지금은 혁신적인 딥러닝 테크닉이 개발되어 실시간으로 그 물체가 구현되었다. 영상이 희미하고 불안정해 작은 사물까지 인식하는 것은 불가능했지만 나무나 자동차, 사람같이 특정하고 명확한 형태를 가진 것은 육안으로도 판별이 가능했다. 품질이 안 좋은 적외선 열 카메라로 보는 것과 흡사한 정도의 화상이었지만 말이다.

"11월 4일, 새벽 2시 15분 현재, 성인 남성으로 보이는 이미지가 반복적으로 나오고 있어요."

많은 임사체험자들이 회색지대에서 누군가를 만났다고 회상했다. 대개는 그 사람의 도움으로 다시 생으로 돌아왔다고 했다. 승재는 윤슬이 지금 만나고 있는 사람이 누구이든 간에, 제발 그녀를 다시 생으로 돌아오게 해주기를 바랄 뿐이었다.

"어, 교수님. 여기 사람이 한 명 더 보이는 것 같은데요? 아까 그 사람보다는 체격이 작습니다. 그런데 꽤 위협적인 포즈를 취하는 것 같아요. 긴 막대기…… 가만있자, 기다란 총 같기도 한데 하여간 그런 걸 들고 있어요."

누굴까? 윤슬을 위협하는 사람은? 회색지대에서 여러 사람을 만나고 온 피실험자는 꽤 많았다. 하지만 이렇게 위협을 당했다고 보고된 경우는 흔치 않았다. 보통은 상당히 평화롭고 조용한 시간을 보내다가 지상으로 돌아왔다.

승재와 조교는 한동안 윤슬의 오메가파가 내보내는 영상을 말없이 지켜보았다. 대부분은 의미를 짐작할 수 없는 움직임이었지만 한 가지는 확실했다. 체격이 큰 남자가 계속 윤슬을 보호해주고 있다는 것.

"아! 뭔가가 튀어 나갔는데요? 저기 스크린 오른쪽 하단. 조그만 강아지? 고양이 같은 게 보여요."

움직임의 수치로 보아 고양이에 더 가까웠다. 굉장한 점프력이었다. 윤슬이 고양이를 키웠을까? 회색지대에서 자신이 키우던 반려동물과 재회하는 것은 흔한 일이었다. 그리 좋은 사인은 아니었다. 반려동물을 만나면 의식을 회복할 확률이 통계적으로 낮아지는 경향이 있었다.

그러고 보니 강 형사가 윤슬의 겉옷에서 정운의 DNA와 고양이 혈흔을 발견했다고 했었다. 고양이가 정운의 행방불명과 무슨 연관이라도 있는 걸까? 아, 잠깐. 아들에게는 고양이 알레르기가 있다. 고양이가 아주 잠시만 스치고 지나가도 눈물을 줄줄 흘리며 재채기를 한다.

"교수님, 지금 이게 무슨 일이 벌어지고 있는 거죠? 혹시 몸싸움을 하는 걸까요?"

모니터가 고장이라도 난 것처럼 지지직거리며 노이즈가 일었다. 격렬한 움직임인 것 같았다. 그러다가 펑! 무엇인가 폭발하고, 순식간에 물방울 모양의 수많은 입자가 화면을 가득 채웠다. 그 입자들이 아래로 느리고 불길하게 흐르기 시작했다.

영생 빌딩 안

피를 흘리고 있는 건 남자였다. 윤슬에게 향하는 총알을 막아내려 몸을 던지는 바람에 총알이 왼쪽 어깨를 스쳤다. 극심한 고통에 남자가 앞으로 고꾸라졌다. 정운이 히죽거리는 소리가 들렸다.

"아이씨, 저 재수 없는 고양이 새끼 때문에 또 빗맞았잖아."

남자의 피를 보자 윤슬의 아주 깊숙한 지점에서부터, 더 이상은 억누를 수 없는 무언가가 치밀어 올랐다.

"아아아이아! 이제 그만해!"

어두운 공간이 처절한 절규로 채워졌다. 윤슬은 그 소리가 자신의 성대에서 나오고 있다는 것을 자각하지도 못한 채 정운에게 몸을 던졌다. 아이는 윤슬을 한순간에 제압하고 무차별적으로 폭행했다.

"죽어! 죽으라고. 이 미친년이 어디서 감히!"

아이가 발길질을 할 때마다 숨이 끊어질 것 같은 고통이 윤슬에게 몰려들었다.

"그 여자한테 손대지 말라고 했지?"

일순간 남자의 낮은 목소리가 혼돈을 평정했다. 곧이어 남자가 두 손으로 쥐고 있던 테이저건에서 전극 바늘이 발사되어 정운의 가슴에 꽂혔다. 정운은 몸이 통나무처럼 뻣뻣해지더니 앞으로 엎어졌다. 고통으로 온몸이 뒤틀리고 있었다. 남자가 재빨리 정운을 제압하자, 윤슬이 가죽 가방에 들어 있던 로프를 그에게 던져주었다. 완벽한 타이밍이었다.

"이제야 손발이 좀 맞는군."

남자의 표정에 흡족한 미소가 떠올랐다.

"어깨는 괜찮아요?"

총알이 스치고 지나간 그의 왼쪽 어깨는 온통 핏빛이었다. 남자가 대수롭지 않다는 듯 말했다.

"이걸로 죽지는 않아. 통증이 지속되는 게 성가실 뿐이지."

"그러니까 왜 중간에 끼어들어서……."

윤슬이 제법 언성을 높이며 말을 시작했지만 어떻게 끝을 내야 할지 몰라 얼버무리자, 남자가 들릴 듯 말 듯 답했다.

"당신이 다치는 게 싫어."

그의 진심이 윤슬의 감정을 뒤흔들었다. 윤슬은 평정을 되찾으려 서둘러 눈길을 그의 환부로 돌렸다.

"좀 전에 테이저건으로 나를 쏠 거라고 생각했어."

"그러려고 했어요."

남자가 의아한 목소리로 물었다.

"그런데 왜 나에게 순순히 넘긴 거지?"

"당신이 들고 있던 휘발유 통이 보여서. 그리고……."

"……?"

"왠지 당신을 믿어야 할 것 같아서."

"태어나서 처음 있는 일이군."

그의 목소리가 희미하게 떨리고 있었다. 그녀의 대답에 기뻐하는 것 같았다.

"그리고 나도 알고 싶어졌으니까."

남자가 고개를 들어 윤슬을 바라보았다. 윤슬은 남자의 시선
을 그녀의 눈동자로 옮겨오기라도 하듯 그를 깊숙이 응시하며 말
했다.

"내가 언제 당신을 죽였다는 거지?"

윤슬은 남자에게 답을 들을 수 없었다. 당장은 해야 할 일이
있었다. 검은 물이 빠른 속도로 밀려들고 있었다.

11월 4일, 02:40 AM, 효성 대학병원 회복실

"저건 뭐지? 버그인가?"

괴이한 이미지가 갑자기 모니터에 모습을 드러냈다. 인위적으로 만들어낸 것 같았다. 아슬아슬 끊어질 듯 이어지며 동그라미 두 개가 그려지고 있었다. 뱀이 기어가는 듯 그려진 그 이미지는 숫자 8처럼 보였다. 지금 회색지대에서 윤슬이 저 이미지를 보고 있다는 건데, 대체 뭘까?

뉴로스캐너에서 한 번도 본 적 없는 패턴이었다. 몇 초 지나지 않아 이미지는 스르르 사라져버렸다. 그러고는 또다시 암흑 현상. 아마득한 어둠이 시작되었다. 잠깐, 만약 윤슬이 내 목소리를 들은 거라면? 충분히 가능한 시나리오였다. 프로젝트에 참가했던 피실험자들 중 상당수가 지상에서 들려오는 목소리를 들었다고 증언했다. 그렇다면 이건 나에게 보내는 메시지야. 혹시 정운이 있는 곳을 알려주려는 걸까? 동그라미 두 개? 숫자 8?

승재가 윤슬의 메시지를 해독하려 생각에 잠겨 있을 때 전화 벨이 울렸다. 강남 경찰서 강 형사였다.

-별로 안 좋은 소식을 전해드려서 송구스럽습니다만, 비가 너무 쏟아져서 일단 혈흔 추적은 중단했습니다. 혹시, 정운 학생이 칼 같은 것을 수집합니까?

서늘한 기운이 승재의 심장을 스치고 지나갔다.

-글쎄요.

승재는 스스로가 한심스러웠다. 아들에 대해 아는 것이 너무 없었다. 문득 분노에 가득 찬 표정으로 자신을 바라보던 정운의 얼굴이 떠오르자 마음이 쓰라렸다.

-이수진 씨 겉옷 주머니에 있던 나이프가 정운이 거라고 추정하시는 겁니까?

승재는 자기도 모르게 목소리가 날카로워졌다. 정운이 그럴 아이는 아니었다.

-정운 군을 의심하는 건 아닙니다. 확인 차원에서 여쭤보는 것뿐입니다.

강 형사가 일단 한 걸음 뒤로 물러나주었다. 승재는 안도의 한숨을 내쉬었다.

-강 형사님, 혹시 동그라미 두 개 혹은 숫자 8이 이 사건에서 뭔가 의미하는 게 있을까요?

-어…… 글쎄요. 그건 갑자기 왜?

-뉴로스캐너에 이수진 씨가 보고 있는 것이 이미지로 잡혔는데, 8이라는 숫자를 보고 있는 것 같습니다.

-8이라……. 그런데 제가 기사에서 읽은 바에 따르면, 뉴로스캐너는 확실하게 큰 형체만 이미지를 감지해낼 수 있지 않습니까? 작은 글자도 읽어낼 수 있는지는 몰랐습니다.

승재는 역시 아무나 경찰 팀장이 되는 것은 아니라는 생각이 들었다. 강 형사를 알아가면 알아갈수록 아주 예리하고 영민한 사람 같았다.

-날카로운 지적이시네요. 좀 전에는 미처 거기까지는 생각하지 못했습니다. 뭔가 거대한 글자를 보고 있는 것 같습니다. 굳이 면적을 추정해보면 가로 1미터, 세로 2미터 정도 되는. 그래서 윤슬이 뭔가 저에게 메시지를 보낸다고 생각했습니다.

-윤슬?

강 형사의 반문에 당황한 승재는 바로 이름을 정정해서 다시 말했다.

-이수진 씨 말입니다.

-혹시 8이 옆으로 누워 있습니까? 마치 무한대 기호처럼 말입니다.

-맞습니다!

-그렇다면 정운 군이 다녔던 과학 학원이 있는 빌딩, 그 빌딩 이름이 영생 빌딩인데, 그 앞에 흉측스러운 조형물이 하나 있긴 합니다. 무한대를 뜻하는 기호 조형물 말입니다. 동네 사람들이 운전하는 데 시야를 방해한다며 없애달라고 민원을 자주 넣는데, 건물주가 워낙 고집이 세서……

영생 빌딩. 그래, 바로 이 뜻이었어! 승재는 강 형사의 말을 자르고 다급하게 말했다.

-지금 정운이가 영생 빌딩 안에 있는 것 같습니다.

죽는 기분 말인가?
처음 죽어보는 거라 잘 모르겠군.
내 죽은 다음에 다시 말해주지.
– 구한말 정지윤의 유언

영생 빌딩 안

윤슬이 남자가 구해 온 라이터 휘발유를 종이 위에 조심스럽게 뿌리고 불을 붙이니, 어둠 속에서 동그라미 두 개가 서서히 빛나기 시작했다. 이 지역에서 영생 빌딩의 그 흉측한 조형물을 모르는 사람은 없었다. 내가 보내고 있는 이 시그널의 의미를 승재 씨가 알아낼 수 있을까?

　뜨겁게 달아올랐던 공기가 이내 서늘해졌다. 성난 좀비 떼처럼 밀려드는 물에 훨훨 타오르던 불이 흰 연기와 함께 순식간에 사라져버렸다. 남자의 몸놀림이 다급해졌다. 정운은 아직 의식이 없었다.

"일단 옥상으로 가야 해. 더는 지체할 수 없어."

남자는 가방에서 빨간색 로프를 꺼내더니, 능숙한 솜씨로 먼저 윤슬의 허리에 묶었다. 그러고는 남은 로프를 서둘러 자신의 몸에도 묶었다.

"물살에 떠내려가면 그때는 끝이야."

그들은 좌우에서 한쪽씩 정운의 팔을 부축하며 작업실의 입구로 향했다. 정운의 총에 의해 박살 나버린 문으로 진격하고 있는 물의 움직임에서 살기가 느껴졌다. 지금까지는 네가 운 좋게 살았지만, 이번에는 어림없다며 위협하고 있었다.

몇 번이나 물에 휩쓸려가려는 것을 남자의 강인한 팔이 구해주었다. 아직 의식이 없는 정운도, 윤슬도 오로지 그에게 의지할 수밖에 없었다. 간신히 옥상으로 나가는 문 앞에 도착했다. 남자가 굳게 닫혀 있는 문을 힘껏 열었다.

윤슬의 눈앞에는 살면서 한 번도 상상해보지 못한 세상이 펼쳐져 있었다. 멸망해버린 세상에 남은 것은 빛을 모두 삼켜버린 어둠과 검은 물뿐이었다. 이 세계를 구성했던 모든 것이 블랙홀 같은 암흑의 물속에 침몰되어 있었다. 저 검은빛에 먹혀버리면 모든 것이 끝나는 게 아닐까. 아무도 원하지 않는 삶, 나 자신도 원하지 않는 삶을 이제 놓아버릴까. 어느새 물은 윤슬의 발목을 지나 무릎으로 올라오고 있었다.

"놓지 마!"

이 남자는 어떻게 내가 생각하고 있는 것을 이렇게나 꿰뚫어 보는 걸까. 마치 내 안에 살고 있는 것처럼. 마치 나 자신인 것처럼.

"내가 원해! 내가 당신이 사는 것을 원한다고!"

남자가 두 손으로 윤슬의 어깨를 붙잡고 거세게 흔들어댔다.

"이윤슬, 제발 이겨내. 네 의지가 아니야. 물 때문에 그러는 거라고."

회색지대에 온 이후로 윤슬은 물이 몸에 닿기만 하면 계속 생을 놓아버리고 싶은 마음이 들었다. 물속이 생각보다 따뜻해서, 물속에서 빛이 비쳐오는 것 같아서, 평화로운 엄마의 자궁 속으로 다시 들어온 것만 같아서 그곳에 영원히 머무르고 싶었다.

남자가 울부짖듯 외쳤다.

"이윤슬! 뭐 하고 있어? 정신 차려. 같이 이 아이를 살리자며!"

맞다! 정운이를 살려야 해. 윤슬은 그제야 무엇엔가 얻어맞은 것처럼 다시 정신이 들었다. 정운을 살리기 전까지는 어떻게든 살아 있어야 했다. 검은 물에 용해되고 있는 것만 같은 다리에 다시 힘을 주었다. 살아낼 것이다. 이 아이를 살려낼 것이다.

11월 4일, 03:20 AM, 영생 빌딩

강 형사와 강력반 팀원들은 새벽 3시가 넘어 영생 빌딩 앞에 도착했다. 빌딩 주변으로 새벽안개가 낮게 깔려 있었다.

"지금 정운이가 영생 빌딩 안에 있는 것 같습니다."

이승재 박사가 전화로 전해준 말이었다. 이수진의 뉴로스캐너 이미지에서 무한대 기호가 보였다는 이유였다. 강 형사는 그것을 단서로 수사를 진행한다는 것이 영 마뜩잖았지만, 갑자기 내린 폭우로 혈흔 단서가 무용지물이 되고, CCTV를 조사하는 데도 시간이 걸리게 된 이 상황에서 다른 뾰족한 수가 없었다.

이승재 박사와의 마지막 통화에서 그는 결국 이재민 의원과 이수진의 모친인 이희상 씨가 무슨 관계인지 묻지 못했다. 이재민 의원은 유력한 대권 주자였다. 아직 확신이 없는 상태에서 섣불리 떠볼 수는 없었다. 일단 이승재와 이수진의 DNA 샘플을 확보해놓기는 했다.

"선배님, 어디부터 수사해야 할까요? 학원 사무실부터 시작할까요?"

같이 따라온 홍 형사가 물었다. 오늘 벌써 두 번째로 이곳을 찾았다. 이정운 학생의 실종 신고를 받자마자 학원 사무실로 출동해 이수진이 쓰던 책상과 사물함을 수색했다. 그때는 수사에

도움이 될 만한 것들이 나오지 않아 바로 철수했다. 아직 이정운이 이 건물 어딘가에 갇혀 있다면 이미 현장이 오염되었을 것이다. 이 사건은 자꾸 이상하게 꼬여 들어가고 있었다.

"학원 사무실에는 별거 없었어. 사람이 숨어 있을 만한 곳도 없고."

강 형사는 껌을 질겅질겅 씹으며 이승재가 전화로 했던 말을 곰곰이 더듬어보았다.

"이수진의 뉴로스캐너 모니터에서 고양이를 봤다고 했어. 겉옷에서 고양이 혈흔이 나오기도 했고. 참, 응급 구조 요원들 오고 있는 중이지? 이정운 학생이 고양이 알레르기가 있어."

"네, 거의 다 도착했답니다."

"선배님 이 사건, 고양이의 흔적을 쫓아가다보면 뭔가 나올 것 같기도 한데. 아까 이수진의 책상에서 고양이 사료 캔이 몇 개 나오지 않았습니까? 혹시 캣맘 그런 거 아닐까요?"

"집에서 고양이를 키울 수도 있잖아."

"그렇다면 왜 사료를 여기에 두겠어요? 이 건물 안에서 몰래 키우고 있을 가능성에 저는 내일 점심 짜장면을 걸겠습니다."

홍 형사의 말에 일리가 있었다.

"일단 고양이가 살 만한 공간이 있는지 수색해봐. 창고나 빈 사무실 공간 같은 데 말이야."

건물의 지하 쪽으로 갔던 홍 형사가 긴급 무전을 보낸 것은 수사팀이 흩어지고 나서 10분이 채 지나기도 전이었다. 영생 빌딩

지하로 내려가는 계단에서 혈흔이 발견된 것이다.

"좀 전에 빌딩 관리인과 통화가 됐는데 여기 학원에서 잘 쓰지 않는 창고가 있다고 합니다. 문이 밖에서 잠기는 터라 여러 번 사람이 갇히는 사고가 있었던 곳이라네요. 거기서 고양이 소리를 몇 번 들은 적이 있답니다."

23년 차 형사의 촉이 '여기가 범행 현장'이라고 외쳤다.

"문 부숴!"

잠겨 있던 반지하 창고의 문이 열리자마자, 이 세상의 추잡하고 더러운 것은 다 모아놓은 것 같은 냄새가 진동을 했다. 그리고 아이 하나가 바닥에 쓰러져 있었다. 이 지독한 냄새의 근원은 그 아이의 몸이 만들어낸 액체들이었다.

"이정운 학생!"

강 형사가 정신을 잃은 정운의 코에 손가락을 갖다 대니 희미하게나마 숨결이 느껴졌다. 그는 민첩하게 심폐소생술을 했다.

"119 구조대 들어오라고 해! 아직 살아 있어."

형사들은 아이가 들것에 실려 나가고 현장 보존을 시작했을 때에야 발견했다. 정운이 있던 자리 옆에 한 줌이 채 되지도 않을 듯한 아기 고양이가 죽어 있었다.

한 알의 밀알이 땅에 떨어져 죽지 않으면
한 알인 채로 남는다.
그러나 죽으면 많은 열매를 맺는다.
- 《요한복음》

회색지대 표류 중

검은 물에 잡아먹히기 전에 세 명 모두 구명보트에 몸을 실은 것
은 그야말로 기적이었다. 보트는 검은 물살이 이끄는 대로 그저
떠내려가고 있었다. 배를 저을 노도 없었지만, 있다고 해도 이 물
살을 거스를 수는 없을 것이다. 보트 위로 올라오자마자 정신을
잃었던 윤슬은 그제야 눈을 떴다. 남자는 윤슬 옆에 앉아서 보이
지도 않는 수평선이 마치 거기 있기라도 한 듯, 한곳을 뚫어지게
바라보고 있었다. 정운은 여전히 의식이 돌아오지 않았다.

"이제 죽음의 섬으로 가고 있는 건가요?"

윤슬이 천천히 몸을 일으키며 물었다.

"그래. 회색지대에서 가장 어두운 곳이지."

임사체험자들은 빛을 등지고, 추악한 냄새가 나고 시끄러운 어둠으로 발을 내디뎠을 때 그곳이 삶이었다고 회상했다.

"거기 가면 이 아이를 살릴 수 있는 거군요."

"누군가를 살린다는 것이 어떤 의미인지 알아? 이 세상을 창조했다는 신도 인간들을 살리기 위해 하나뿐인 자기 아들을 희생했다지. 그 아들의 몸이 갈기갈기 찢겨서 피가 땅을 적셨어. 인간이 감당할 수 없을 만큼의 고통 속에서 죽어갔다고. 누군가를 살린다는 건 그런 거야."

남자가 윤슬의 어깨를 붙잡고 애원하듯 말했다.

"내가 해요."

윤슬은 한 치의 망설임도 없었다. 남자가 허망한 목소리로 물었다.

"왜 이렇게까지 하는 거지?"

"저 아이를 보면, 자꾸 나를 보는 거 같아서."

윤슬을 붙잡고 있던 그의 두 손이 툭 아래로 떨어졌다.

"아주 틀린 말은 아니군."

2009년 겨울

윤슬은 아직도 그날을 잊을 수 없었다. 그 사람을 처음으로 만난 날. 사소한 것 하나까지 여전히 생생했다. 보스턴 최고급 프렌치 레스토랑에 깔려 있던 카펫의 적당한 폭신함, 코르크 마개를 따 자마자 공간을 부유하던 카베르네 소비뇽의 아로마, 잔잔히 흐르 던 드뷔시의 〈아라베스크〉, 그리고 프라이빗 룸의 문을 열자마자 들려오던 그 사람의 목소리.

"어서 와요. 나 승재 애비 되는 사람입니다."

그 사람의 눈빛이 윤슬에게 닿았을 때 본능적으로 알 수 있었 다. 내 아버지구나. 그가 청한 악수를 하고 그의 체온이 전해졌을 때는 더욱 확실해졌다. 내 몸에는 분명 이 사람의 피가 흐르고 있 다.

자리를 박차고 나가버릴까 고민하지 않은 것은 아니었다. 하지 만 윤슬은 10분만 더, 5분만 더, 아니 1분만 더 그 자리에 머무르 고 싶었다. 그 사람이 몸소 정중한 몸짓으로 테이블 의자를 빼주 었다. 차라리 뺨을 때리고, 네까짓 게 어디 감히 내 귀한 아들을 넘보냐며 윤슬을 멸시했다면 더 수월하게 인생을 살아갈 수 있 었을 것이다. 하지만 그런 일은 전혀 일어나지 않았다.

"승재 녀석이 진심으로 사랑하는 여자와 결혼해서 행복하게 살기를 바라고 있다는 뜻입니다. 그게 내가 살면서 가장 후회했던······."

그 사람은 더 이상 말을 이어가지 못했지만, 윤슬은 그가 엄마 얘기를 하고 있다는 걸 이미 알고 있었다. 평생 후회할 정도로 엄마를 사랑했던 것이다. 윤슬은 자신의 인생이 시궁창에 처박힌 이유가 너무나 명료하게 이해되었다.

13.

11월 4일, 05:02 AM, 효성 대학병원 응급실

중환자실로 들어간 지 20분쯤 지난 이 시점에도 정운은 여전히 의식불명이었다. 의학적으로 할 수 있는 모든 조치를 취하고 있지만 의식이 돌아올지는 미지수라고 했다.

"이승재 박사님, 정운 학생 상태는 좀 어떻습니까?"

강 형사가 보호자 대기실로 들어오며 물었다.

"아직 의식이 돌아오지 않았지만 위기는 넘겼습니다. 이게 다 강 형사님이 신속하게 출동해주신 덕분입니다."

"저희도 더 이상 단서가 없어서 난감하던 차에, 박사님이 제공해주신 용의자의 뉴로스캐너 이미지 덕분에 빠르게 움직일 수 있었습니다. 설마 아이를 납치해 학원 건물 지하에 감금해놓고 있을 줄은 몰랐습니다. 생각보다 대범한 용의자입니다."

강 형사가 윤슬을 용의자라고 지칭하고 있다는 사실에 승재는 가슴에 금이 생겼다. 그 벌어진 틈으로 스산한 공기가 스며들고 있었다.

"여전히 이수진을 용의자로 생각하고 계시는 겁니까?"

"왜 그런 걸 물으시죠? 이수진이 용의자가 아닌 것 같습니까?"

강 형사의 눈빛이 날카로워지고 있었다.

"저도 박사님께 물어보고 싶은 것이 있습니다. 이수진과 예전부터 친분이 있으셨죠?"

허를 찌르고 들어오는 강 형사의 질문에 승재는 당혹감을 감출 여유조차 없었다.

"왜 처음에는 이수진을 모른다고 했던 겁니까?"

무조건 솔직히 말해야 한다. 괜히 숨기려고 하면 더 의심을 받을 것이다.

"예전 이름은 이윤슬이었습니다. 그런데 이수진으로 이름을 바꿨더군요. 강 형사님이 사진을 보여주기 전까지는 같은 사람인 줄 정말 몰랐습니다."

"두 분, 무슨 관계십니까?"

"유학 시절 같은 실험실에 있었습니다."

승재는 일단 사실 위주로 한 치의 군더더기 없이 짧게 답했다.

"정말 그게 다입니까?"

"뭐를 더 알고 싶은 겁니까?"

"이를테면 이수진이 정운 군을 살해하려 한 범행 동기 같은."

"그럴 여자는 절대 아닙니다. 아니, 그럴 수 있는 여자가 못 됩니다."

강 형사는 예민하게 반응하는 승재를 오히려 한껏 느긋한 시선으로 바라보았다. 한동안 승재를 응시하던 강 형사가 다시 입을 열었다.

"혹시 이희상 씨를 아십니까?"

승재가 뭔가 상황이 묘하게 돌아가고 있다고 느낀 건 강 형사가 이희상이라는 이름을 언급한 후부터였다.

"처음 들어보는 이름입니다."

"혹시 부친 되시는 이재민 후보님이 이희상이라는 이름을 언급하신 적이 없으십니까?"

"들어본 적 없습니다. 이 사건과 관계가 있는 사람입니까?"

정색을 하며 질문을 던지는 승재를 보고, 강 형사가 모든 것을 파악했다는 표정으로 말했다.

"이희상 씨가 누구냐는 질문은 이승재 박사님이 아버님께 직접 드려야 할 것 같은데요."

승재의 눈빛이 흔들리고 있었다.

"솔직한 제 심정부터 말씀드리자면, 저는 이재민 의원의 지지자입니다. 그분이 살아오신 모든 순간 청렴하고 정직했다고 믿고 싶습니다."

아버지가 그런 평을 받고 있는 것은 사실이었다. 그만큼 대한민국에서 깨끗한 정치인을 찾아보기 어렵기도 했지만, 아버지가 비리를 저지를 사람이 아니라는 사람들의 인식도 한몫하고 있었다. 사회적 약자를 위해 인권변호사로 활동했고, 정계에 진출하면서 모든 재산을 사회에 환원하기도 했다. 게다가 부인은 모범납세로 유명한 삼광 유업의 막내딸이었다. 저녁이면 부인과 함께 동네 편의점에서 밤 맛이 나는 막걸리를 사 가는 소박한 정치인. 하지만 아무도 모를 것이다. 이 모든 것이 이미지 메이킹 컨설턴트에 의해 어떻게 조작되고 있는지. 그 컨설팅 비용으로 1년에 얼마나 지불되고 있는지.

"요즘 이런 일이 터지면 미투 운동이다 뭐다 해서 시끄러워질 텐데. 저도 고민 중입니다."

강 형사가 자꾸만 이해할 수 없는 말을 늘어놓았다.

"뭘 고민하고 있다는 겁니까?"

"예컨대, 박사님의 DNA 샘플을 이수진의 것과 함께 국과수에 보내야 할까 하는 걸 말이죠."

"그게 대체 무슨 뜻입니까?"

뭔가 중간에 있어야 할 많은 이야기가 생략되어 있는 듯했다. 승재는 아직도 강 형사의 설명 어딘가에서 헤매고 있는 중이었지만, 그는 1초도 기다려주지 않았다.

"아무래도 먼저 이승재 박사님의 동의를 얻어야 할 것 같아서 말입니다. 물론 박사님이 원하지 않으면 저희는 개입하지 않겠습니다. 집안일은 일단 가족끼리 해결하시는 게 좋을 것 같으니까요. 게다가 이런 민감한 문제는 더더욱 말이죠."

"지금 이희상 씨와 저희 아버지가 부적절한 관계라고 말씀하시는 겁니까?"

강 형사가 다시 한번 승재의 허를 찔렀다.

"바로 지금, 이재민 의원님이 어디에 계신 줄 알고 있습니까?"

"……?"

"한빛 요양원 VIP 병동 524호에 두 시간째 머물고 계십니다."

조교가 했던 말이 홀연히 떠올랐다.

"아까 이수진 씨 응급 수술 들어갈 때도 어머님이 계시는 한빛 요양원 의료진이 대신 서명했답니다. 어떻게 할까요?"

한빛 요양원. 바로 윤슬의 어머니가 장기간 머물고 있다는 곳. 윤슬은 알고 있었던 거야. 그래서 보스턴에서 그렇게 아무 말도 없이 떠나버린 거야. 승재는 두 발로 중력을 버텨내기 힘들 만큼 머리가 어지러웠다.

"상황이 이렇다보니 이재민 의원이 혹시 이수진의 아버지인지 확인해볼 필요가 생긴 겁니다. 그래서 박사님의 DNA와 대조해보려 했던 거죠."

강 형사의 말이 끝나기가 무섭게 승재가 말했다.

"제가 직접 가서 확인하고 오겠습니다."

강동호 경위가 이승재 박사를 만나고 다시 서로 들어오자, 신 형사가 다급한 걸음으로 다가오며 말했다.

"선배님, 이것 좀 보셔야 할 것 같습니다."

괴기한 모습으로 목이 비틀려 죽어 있는 고양이 사진이었다.

"아아, 이 새끼. 이걸 꼭 보여줘야 해? 말로 해, 말로."

"국과수에서는 고양이 목을 단번에 꺾어 즉사시킨 게 아니랍니다. 서서히 손아귀에 힘을 주어 고양이를 최대한 고통스럽게 죽였다고 하네요."

신 형사가 다음 사진을 보여주었다. 사건 현장 선반 밑에 떨어져 있던 가죽 장갑이었다.

"가죽 장갑에 고양이 털과 오줌이 잔뜩 묻어 있습니다. 고양이가 발버둥 치며 할퀸 자국도 나 있고요. 장갑에서 채취한 DNA를 이정운의 것과 대조해본 결과 서로 일치했습니다."

신 형사는 객관적인 사실만 나열하고 있었다. 눈치 빠른 그 역시 사건의 심각성을 인지하고 있는 것이다. 이정운이 고양이 목을 비틀어 죽였다는 사실 하나가 어떤 파장을 불러일으킬지.

"여기 보시면 고양이 목덜미에 자상이 있죠? 이수진의 겉옷에서 나온 그 보커사의 나이프로 그은 것 같습니다. 수술이 생각보다 길어져 집도의 진술서를 늦게 받았는데, 이수진의 목에도 꽤 깊은 자상이 있다고 되어 있어요. 1센티만 더 깊었어도 동맥을 건

드렸을 거라고. 근데 그게 교통사고 때문에 생긴 상처는 아닌 것 같다고 하는데요?"

칼에 묻어 있던 고양이와 이수진의 혈흔. 이정운이 이수진을 죽이려고 했을 가능성. 강형사는 어쩌면 오늘이 이재민 의원에게 최악의 하루가 될 수도 있겠다는 생각이 들었다. 40년을 숨겨둔 사생아가 있다는 게 밝혀지거나, 아니면 친손주가 사이코패스였던 것이 드러나거나. 전자든 후자든, 대선을 불과 두어 달 남겨둔 이 의원에게는 정치적 사형선고가 될 수도 있는 일이었다.

"만에 하나, 나도 이게 말이 안 되는 건 알고 있지만 무죄 추정의 원칙에 의거해서 말이야. 이수진이 자해를 했을 가능성은?"

"그렇지 않아도 그 가능성으로 넘어가려던 참입니다. 일단 이수진의 목에 생긴 자상은 그 각도나 상처의 깊이를 고려했을 때 본인 스스로는 낼 수 없다는 결론인데, 문제는……."

강 형사는 자기도 모르게 침을 꿀꺽 삼켰다.

"이수진을 친 트럭 운전사의 진술 확보했는데 그게 말입니다, 그 사람은 계속 피해자 측 과실을 주장하고 있는 중입니다. 피해자가 갑자기 튀어나왔다고요."

"사람을 친 사람 백이면 백 일단 그렇게 진술하는 거 몰라?"

"그런데 트럭 운전사가 이상한 말을 하더라고요. 아무래도 찜찜해요."

"무슨 말인데?"

"피해자가 좀 이상하게 행동했답니다. 사고 직전 분명히 자기

와 눈이 마주쳤다고. 그래서 당연히 횡단보도에 서 있을 줄 알았다는 겁니다. 제가 트럭 블랙박스를 직접 확인했는데, 실제로 이수진이 한 3초간 주춤하면서 트럭 쪽을 응시했습니다."

"뭐?"

"생각해보면 트럭 운전사 말에 신빙성이 있지 않습니까? 보통 우리도 운전하다가 보행자와 눈이 마주치면 은연중에, 나를 봤으니 찻길로 튀어나오지는 않을 거라고 가정을 하잖아요."

강 형사가 뭔가 석연치 않은 표정을 지었다.

우리는 태어나자마자 죽기 시작하고,

그 끝은 시작과 연결되어 있다.

- 마르쿠스 마닐리우스

회색지대 표류 중

"으으으으으!"

정운의 의식이 돌아오고 있는 모양이었다. 청테이프로 막아놓
은 입술 사이로 고함 같은 신음이 새어 나왔다.

"시끄러워! 이 미친 새끼야."

남자가 정운을 한 대 치려는 기세로 험한 말을 내뱉었다. 윤슬
은 그런 남자를 날카로운 눈빛으로 제압하고 정운에게 말했다.

"조용히 있겠다고 약속하면 테이프를 떼어줄게."

살기 어린 표정으로 윤슬을 바라보던 정운이 처음으로 시선을
낮추었다. 윤슬이 조심스럽게 테이프를 떼어주자 아이가 퉁명스

럽게 말했다.

"나를 차라리 여기서 죽여."

"진심이 아니라면 입 닥치고 조용히 찌그러져 있어."

놀랍게도 이 험한 말이 튀어나온 건 윤슬의 입이었다. 그녀는 정운을 포박하고 있던 줄도 풀어주었다. 남자는 몹시 못마땅한 눈으로 윤슬을 바라보기만 할 뿐 딱히 제지하지는 않았다.

"이런다고 내가 당신한테 고마워할 줄 알아?"

정운이 또다시 모진 말을 뱉었지만 목소리는 이미 광기를 잃은 후였다. 이제야 비로소 허세 가득한 열다섯 살 아이로 돌아간 것 같았다.

"나를 왜 살려주려고 하는데?"

"네가 이렇게 죽으면 인생이 너무 가여워서."

"상관없잖아. 내가 죽든지 말든지."

"내가 너의 인생을 망친 것 같아서, 너에게 기회를 다시 한번 주고 싶어."

정운이 윤슬의 시선을 피했다. 아이가 어깨를 소심하게 들썩이고 있었다. 그 모습을 잠자코 지켜보던 남자가 윤슬에게 시선을 옮기고 차갑게 쏘아붙였다.

"당신이 이 아이의 인생만 망쳤을 것 같아?"

묵직한 무언가가 윤슬의 심장을 툭 치고 지나갔다.

붉은 핏방울이 한 방울씩 짙은 회색 바닥으로 떨어지고 있다.

공기 속을 떠다니는 비릿함. 이것은 바다의 냄새인가, 피의 냄새인가, 아니면 저 남자가 흘리는 눈물의 냄새인가. 남자의 등에 처절한 상흔이 새겨지고 있다. 상처 위에 또 다른 상처가 겹쳐진다. 남자가 두 눈을 질끈 감고 힘겹게 고통을 참아내고 있다.

핏방울들이 하나둘씩 서로를 부둥켜안기 시작한다. 붉은 점이 사과만큼 커지더니, 곧 커다란 피의 호수를 만들어낸다. 남자의 상처가 다시 잔상 위로 겹쳐진다. 수많은 상처 위에 더 깊은 상처가 생겨나고 있다.

그러다가 갑자기 윤슬을 압도한 것은 하얗다 못해 푸르른 빛이었다. 그 빛의 끝은 소리였고, 소리의 끝은 어둠이었다.

"허어어억!"

윤슬이 괴로운 듯 신음을 뱉어냈다. 이 끔찍한 기억은 대체 뭐지?

"이제야 기억이 돌아오려는 모양이군."

남자가 냉소적이다 못해 섬찟한 목소리로 말했다. 그의 사무치는 원망이 독니가 되어 윤슬의 가장 연약한 부분을 파고들려는 순간, 정운이 엉거주춤 자리에서 일어나며 소리쳤다.

"섬이다!"

여전히 짙게 깔려 있는 어둠 사이로 바위섬 하나가 모습을 드러내고 있었다. 섬의 중앙에는 죽음을 상징하는 사이프러스 나무들이 웅장하게 서 있었다. 그 안에 한 발짝이라도 걸음을 내딛으면 숲의 그림자에게 잡아먹혀서 영영 돌아 나오지 못할 것만 같았다.

"저 숲 중앙에 '베데스다 연못'이라고 부르는 곳이 있어. 아주 가끔씩 물결이 스스로 일렁일 때가 있는데, 그때 연못으로 몸을 던지면 다시 생으로 돌아갈 수 있어."

윤슬은 의문이 들었다. 죽음 직전에 다시 생으로 돌아오는 사람의 수가 많지 않은 것에 비해 지나치게 수월한 방법이었다.

"하지만 낙뢰가 연못 주변을 지키고 있어서 누구든지 연못으로 들어가려는 사람은 낙뢰를 무사히 피해야 해. 지금까지 혼자의 힘으로 그 연못에 들어간 사람은 한 명도 없어."

"그 말은?"

"누군가 대신 낙뢰의 희생양이 되어야 한다는 거지. 그 희생양은 낙뢰를 맞고 사라져버리는 거야."

바위 절벽이 섬의 삼면을 병풍처럼 에워싸고 있었다. 거대한 절벽은 절대적 존재가 직접 바위를 깎아 만든 거대한 기둥처럼 보였다. 섬에 더 가까워지자 사이프러스 숲으로 들어가는 좁은 오솔길이 눈에 들어왔다. 마치 사람들이 의연하게 죽음의 중심부로 걸어 들어올 수 있도록 친절히 안내하고 있는 것 같았다.

구명보트는 자신의 소임을 다했다는 듯 섬 앞에 멈춰 섰다. 정운이 먼저 보트에서 내렸다. 그 뒤를 따라 윤슬이 내리려고 할 때 남자가 그녀의 어깨를 붙잡았다.

"마지막으로 물을게. 정말 이렇게까지 해야겠어?"

남자는 정운이 듣지 못할 만큼 낮은 목소리로 말을 이었다.

"낙뢰에 맞으면 그냥 고통스럽기만 한 게 아니야. 당신의 영혼이 소멸돼버려. 당신의 존재도, 당신의 흔적도. 지상에서 당신을 기억해줄 사람이 한 명도 남지 않게 되어버린다는 뜻이야. 마치 처음부터 세상에 존재한 적이 없었던 것처럼."

아무런 미련 없이 떠날 수 있을 것 같았는데 막상 남자의 말을 듣고 나니 소스라치게 외로워졌다. 윤슬은 애써 마음을 추스르고 그에게 쏘아붙였다.

"당신은 나를 소멸시키고 싶어하지 않았었나?"

"그렇다면 나도 선택의 여지가 없겠군."

복잡한 표정을 짓던 남자가 말이 끝나자마자 숨기고 있던 무언가를 꺼냈다. 그 물체가 무엇인지 인지하기도 전에 윤슬의 몸이 뻣뻣하게 굳으며 뒤로 넘어갔다. 모든 신경 세포들이 일제히 고함을 지르며 발광했다. 남자는 윤슬이 안전하게 쓰러진 것을 눈으로 확인하고 정운에게로 몸의 방향을 틀었다.

앞서 걸어가던 정운은 뒤늦게 상황을 파악하고 겁에 질린 표정으로 도망치기 시작했다. 하지만 소용없었다. 민첩하게 움직인 남자가 금세 아이의 목덜미를 붙잡았다. 그러고는 온몸으로 저항하는 정운을 물가로 질질 끌고 갔다.

"이, 이러지 마! 미친 새끼야."

정운이 울부짖었지만 남자는 전혀 동요하지 않았다. 광적인 살기를 뿜어내며 정운의 얼굴을 무자비하게 물속으로 처박았다.

물에 젖은 아이의 절규가 죽음의 섬에 울려 퍼졌다. 소리의 반은 물 안에서, 반은 물 밖에서 만들어지고 있었다.

"사, 살고 싶…… 헉헉. 사, 사, 살려주세요."

정운이 절박하게 사정하는 소리에 정신이 돌아온 윤슬은 사력을 다해 가슴께에 박혀 있는 전극 바늘을 뜯어냈다. 고통이 극심했지만 간신히 몸을 움직일 수는 있었다. 윤슬은 실성한 사람처럼 남자와 정운이 있는 곳으로 달려갔다.

"그러지 마. 그 아이한테."

발버둥 치던 정운의 몸이 점차 시들해졌다. 아이 안의 생명이 소멸하려 하고 있었다. 아이를 붙잡고 있는 남자의 두 손이 부들부들 떨렸다. 입에서는 처참한 신음이 새어 나왔다.

"으으으으!"

어떻게든 아이를 죽이려고, 실은 그 스스로 감당하지 못하는 악의를 자신 안에 가두려고 애쓰는 것처럼 보였다. 악해지는 것이 얼마나 힘든 일인가를 깨닫게 된 바로 그 순간 윤슬의 가슴에 뜨거운 것이 밀려들었다. 윤슬은 저 아이가 죽지 않기를 원했다. 그리고 그보다 더 간절히 원하는 것이 있었다. 저 남자의 손이 죽음을 불러들이지 않기를 원했다.

윤슬은 남자의 뜨거운 숨결이 느껴질 정도로 가까이 다가가 두 팔을 뻗어 그를 힘껏 안았다. 남자의 등에 윤슬의 심장이 닿자, 그를 지배하고 있던 악의가 순간 주춤하는 것이 느껴졌다. 마치 누군가 자신의 이 광기를 멈춰주기를 간절히 바랐던 듯했다.

질주하던 그의 심장이 서서히 고요해졌다. 크게 출렁이던 바다의 파고가 조금씩 잦아들었다.

"그러지 마. 당신 스스로 망가지지 마."

남자가 크게 숨을 들이쉬더니 폐로 들어왔던 숨을 천천히 다시 내보냈다. 버거운 한숨이었다.

"너, 정말로 원하고 있구나. 진심으로 소멸되기를 원하고 있어. 아무도 네가 이 세상에 살았다는 것을 기억해주지 못하면, 그렇게 네 인생이 소멸되어버리면 나는 너를, 나는 나를……."

남자는 차마 말을 제대로 끝맺지 못했다.

"괜찮아. 당신이 기억해주면 되니까."

남자를 껴안고 있는 윤슬의 팔 위로 그의 눈물이 하염없이 떨어졌다.

회색지대, 죽음의 섬

격렬했던 한때가 지나고, 섬에는 다시 죽음과 같은 정적의 시간이 찾아왔다. 소리가 사라지니 마음을 복잡하게 했던 수많은 사념들도 함께 사라지고 있었다. 세 사람은 약속이나 한 듯 동시에 같은 곳을 향해 걸어 나가기 시작했다. 윤슬은 가방 속에 있던 솔을 꺼내주었다. 발이 땅에 닿자마자 솔은 윤슬의 발목 근처에서 왔다 갔다 하며 교태를 부렸다.

사이프러스 숲 안쪽에는 한 발짝 내디딘 발이 보이지 않을 정도로 짙은 안개가 자욱하게 깔려 있었다. 정체를 알 수 없는 소소한 빛들이 반딧불같이 그들 주변을 부유했다. 남자와 정운, 그리고 윤슬은 서로의 숨결이 느껴지는 가까운 거리에서 걸었다. 함께 있다는 걸 인지시키는 것은 그 숨결과 어렴풋한 음영뿐이었다. 부드럽게 발목을 스치는 털의 감촉으로 윤슬은 솔 역시 잘 따라오는 중이라는 걸 알 수 있었다.

이곳 죽음의 섬과 지상에서의 시간은 같은 속도로 흐르지 않았다. 구명보트에서 보았을 때 윤슬은 20분이면 섬 전체를 한 바퀴 돌고도 남을 아담한 섬이라고 생각했는데, 이 검은 숲을 영원히 걷고 있다는 느낌이 들었다. 결코 숲을 벗어나지 못할 것만 같았다.

어둠이 짙어 눈으로 직접 확인할 수 없지만, 솔이 자꾸 커지고 있었다. 언젠가부터 윤슬의 발목을 지나 무릎 언저리에서 움직임이 느껴졌고, 그러다가 훌쩍 허리로 올라왔다. 이제는 네 명이 함께 이 숲을 걷고 있다.

여자아이인 것 같았다. 여섯 살쯤 됐을까? 그 아이가 손을 살며시 잡아주었다. 윤슬의 손 안에 폭 들어오는 고사리 같은 손이었다. 작고 말랑말랑한 아이의 손이 절대로 놓치지 않으려는 듯 윤슬의 손을 꼭 붙잡았다. 그 작은 손의 온기가 그녀에게 전해졌을 때 이 아이가 누구인지 본능적으로 알 수 있었다.

윤슬은 아이의 얼굴을 보고 싶었다. 으스러질 정도로 꽉 안아주고도 싶었다. 그러나 양심이 물었다. 내가 너를 볼 자격이 있을까, 안을 자격이 있을까. 그저 잠자코 아이의 손을 잡고 있는 것으로 만족해야 한다고 윤슬은 생각했다. 절대로 놓치지 않을 것이다. 16년 전에는 허무하게 아이를 보내야 했지만, 오늘은 절대로 이 손을 놓지 않을 것이다.

"엄마, 왜 이렇게 손을 꽉 잡아?"

윤슬은 발걸음을 멈추었다. 아이가 그녀를 올려다보는 것 같았다. 어둠 때문에 아이의 표정이 보이지 않았다. 그래서 다행이라고 윤슬은 생각했다.

"지금 나를 엄마라고 불러준 거야?"

"응, 엄마."

아이는 그 단어를 수만 번은 말해본 듯 아무렇지 않게 엄마라고 불렀다. 윤슬과 함께 걷는 이 순간에도 아이가 계속 자라고 있는 것이 느껴졌다. 손도 제법 묵직해지고 있었다. 이제 열두 살쯤 됐을까?

"솔아, 너무 보고 싶었어."

짙은 어둠 속에서도 아이의 티 없이 맑은 미소가 느껴졌다.

"나도."

"엄마가 많이 미안해."

"왜?"

아이가 천진한 목소리로 물었지만, 윤슬은 차마 대답할 수 없었다. 아이를 지우려 임신 중절 약을 받아 왔던 일, 싸구려 모텔의 흠집 많은 테이블 위에 그 약을 올려두고 몇 시간 동안 뚫어지게 바라보고 있던 그 비정한 순간을 어떻게 아이에게 설명해줄 수 있을까. 그런데 아이는 별일 아니었다는 듯 말했다.

"엄마 배 속에 있을 때 나 사실 너무 좋았어. 그때가 내 인생 최고의 순간이었다고 할까? 엄마랑 바닷소리 들었던 것도 좋았고, 늦봄 아카시아같이 흐드러진 별들을 보던 것도 좋았어. 엄마가 가끔 사 먹던 쿡아웃 햄버거랑 바나나 셰이크는 정말 맛있었는데."

기억하고 있었어. 이 아이는 모든 걸 기억하고 있었던 거야.

"가만히 엄마 목소리를 듣고 있는 것도 정말 좋았어. 엄마가 솔이라고 내 이름을 불러준 것도, 아빠가 싫어서가 아니라 너무 사랑해서 헤어졌다는 이야기를 해준 것도 다 기억나."

윤슬은 목이 메어왔다.

"엄마가 임신 중절 약을 받아 와서 몇 시간이고 그 약을 바라보고만 있던 것도 좋았어."

윤슬이 아이를 빤히 쳐다보며 물었다.

"어떻게 그 순간이 좋을 수 있어?"

너를 소멸시켜버릴 생각을 하고 있던 그 순간이.

"엄마가 그 순간에는 나만 생각했어. 오로지 나만. 이 광활하고 드넓은 우주에, 오로지 엄마와 나만 존재하고 있는 것 같았어. 내 이름을 수천 번, 수만 번 불러줬어."

눈물이 터져 나오려는 것을 윤슬은 애써 참았다.

"엄마, 그거 알아?"

"……?"

"엄마가 나를 죽인 게 아니야. 지상에서의 내 시간이 딱 거기까지였어. 엄마가 계속 약을 못 먹고 있어서, 오히려 나는 내 인생의 시간을 온전히 살아낼 수 있었어."

솔은 어느새 윤슬의 키만큼 훌쩍 커 있었다.

"그러니까 미안해하지 마. 내가 먼저 떠나버려서 미안해."

윤슬은 눈물이 흐를 것 같아서 고개를 뒤로 젖혀야 했다. 처음으로 만나는 딸 앞에서 눈물을 보이고 싶지 않았다.

"그리고 내가 먼저 죽어보니까 진짜 이득인 게 있는데……."

솔은 마치 16년 동안 엄마와 함께 살아온 딸처럼 키득키득 웃으며 윤슬의 팔짱을 꼈다. 아이의 얼굴이 어렴풋이 시야에 들어왔다. 콧등에서 시작해 인중까지 펼쳐지는 고운 선은 한눈에 봐도 승재를 닮았다. 이마와 눈썹, 눈매는 윤슬 자신을 빼닮았고. 참 착하고 고운 아이였겠구나.

"세상의 비밀이랄까, 그런 것들을 자연스럽게 알게 되더라고. 그중 하나가 뭔지 알아?"

"……?"

"할머니도 사실은 엄마 때문에 너무나 행복했어. 살아 있던 모든 순간. 엄마한테 많이 미안해했어. 부모는 자기 아이에게 잘해주고 싶어하잖아. 그런데 할머니는 엄마를 보면 너무 시리고 아파서 그럴 수가 없었던 거야. 엄마를 볼 자신이 없어서 결국 얼굴을 기억하지 못하게 됐을 수도 있어."

언제나 텅 빈 눈빛으로 자신을 바라보던 엄마가 떠올랐다. 그 텅 빈 눈빛 깊은 곳에 가늠할 수 없는 슬픔이 있다고 느끼곤 했는데, 어쩌면 그게 미안함이었는지도 모르겠다.

"엄마, 그거 알아?"

아이가 어딘가를 가리켰다. 울창한 사이프러스 숲 한쪽에 창문같이 비어 있는 공간이 눈에 들어왔다. 그 빈 공간에 파랗다 못해 하얗게 보이는 하늘과 금빛 모래사장이 펼쳐졌다. 빨간색 비치파라솔 아래 낯익은 노인이 모습을 드러냈다. 멋들어진 비치가운을 입고, 챙 넓은 밀짚모자를 쓰고 있었다.

"할머니가 이곳에 와 있어."

모래사장에서 일광욕을 하던 엄마가 어딘가를 보고 환하게 웃었다. 윤슬은 지금껏 엄마가 저렇게 환하게 웃는 것을 본 적이 없었다. 티 없이 말갛게 웃고 있는 엄마를 보니, 엄마의 죽음이 평안했을 거라는 확신이 들었다. 엄마가 누군가를 향해 손을 흔들었다. 이리로 오라고. 여기에 같이 있자고.

11월 4일, 06:11 AM, 한빛 요양원

승재가 한빛 요양원에 도착한 것은 도시의 아침이 서서히 그 황량한 자태를 드러내기 시작할 무렵이었다. 누군가 닫히는 엘리베이터 문 사이로 다급히 손을 넣으며 말했다.

"죄송합니다."

귀에 익은 목소리였다. 엘리베이터 문이 다시 열리고 숨을 헉헉거리며 들어오는 남자는 바로 김 보좌관이었다. 승재를 본 그의 표정이 딱딱하게 굳어졌다.

"이 교수님도 여기 원장님께 연락받고 오시는 길입니까?"

"김 보좌관님은 여기에 왜? 무슨 일입니까?"

"의원님이 갑자기 사라지셔서 캠프가 한동안 비상이었습니다. 저는 당연히 본가에서 쉬고 계시는 줄 알았는데……. 원장님이 연락을 주시기 전까지는 여기에 계신 줄 몰랐습니다."

"보좌관님도 아버지가 여기 계시는 걸 몰랐다고요?"

"어제 선거 유세차 여기 왔을 때 뭔가 이상하다고 생각하긴 했습니다. 환자 한 분이 의원님께 다가와서 아는 척을 했는데, 정신이 온전치 못한 사람이라고 안이하게 생각했던 것이 그만."

"이희상 환자를 말씀하는 건가요?"

김 보좌관이 파랗게 질린 얼굴로 승재를 바라보았다.

"교수님은 그분을 알고 계셨습니까? 그랬으면 저한테 언질을 주셨어야죠."

그에게서 원망의 마음이 고스란히 느껴졌다. 아버지와 10년 동안 함께해온 보좌관이었다. 선거철에는 아예 본가에 들어와 살면서 아버지를 분신처럼 따라다녔다. 그런 그를 따돌리고 아버지는 한빛 요양원을 찾은 것이다. 얼마나 대단한 사랑이길래.

"원장님은 뭐라고 하십니까?"

"자세한 상황은 잘 모르겠습니다. 빨리 요양원으로 와달라고, 긴급 상황이라고만 하셨습니다."

VIP 병실이 있는 5층에 엘리베이터가 멈추고 문이 열리자 사색이 되어 있는 남자가 그들을 맞아주었다. 요양원 원장이었다. 그가 신속하게 움직이며 두 사람을 이끌었다. VIP 병동은 괴기스러울 만큼 사람의 흔적을 찾아볼 수 없었다.

"아버지한테 무슨 일이 생긴 겁니까?"

승재의 질문에 원장이 난감한 얼굴로 말했다.

"직접 보셔야 할 것 같습니다."

병실로 들어가던 승재가 걸음을 멈추었다. 뭔가 거대한 이질감이 그를 멈춰 세운 것이다. 서늘한 기운이 공간을 압도하고 있었다. 그 서늘함은 아버지가 있는 곳을 기점으로 퍼져 나왔다. 아버지가 의자에 앉은 채 침대 위에 엎드려 있었다. 그 상태로 깊은 잠이 든 것 같았다.

생전 처음 보는 아버지의 편안한 모습이었다. 기분 좋은 꿈이라도 꾸고 있는 걸까.

그런 아버지의 등 위로 침대에 누워 있던 것으로 보이는 여자의 몸이 포개져 있었다. 어두침침한 조명 아래서 그저 옆모습만 슬쩍 보았는데도, 그 여자에게서 윤슬이 보였다. 아버지가 끝내 잊지 못해 괴로워하던 바로 그 여자. 승재는 자신도 모르게 고개를 돌려버렸다. 당장 시야에서 저 역겨운 장면을 밀어내야 했다.

승재는 마음을 진정시키고 다시 상황을 직시했다. 여자는 세상에서 가장 소중한 것을 지켜주기라도 하듯 두 팔로 아버지를 꼭 껴안고 있었다. 그 둘의 사이를 갈라놓을 수 있는 것은 이 세상에 아무것도 없어 보였다.

"제가 여기 왔을 때는 이미 손과 팔에서 사후경직이 시작되고 있었습니다. 이미 사망하신 지 네 시간은 지났다는 뜻입니다."

원장의 말을 듣고 나서야 승재가 병실에 들어오며 느꼈던 거대한 이질감의 정체가 무엇인지 알 수 있었다. 그것은 죽음이었다.

"혹시 타살의 흔적이 있습니까?"

김 보좌관이 하얗게 질린 채 물었다.

"그런 건 없습니다. 두 분 다 심장마비로, 공교롭게도 거의 같은 시간에 돌아가신 것 같습니다."

김 보좌관은 도무지 이 초현실적인 상황을 받아들일 수 없다는 표정이었다.

"대체 같이 계신 저 여자분은 누구십니까? 어제 저분을 우연히 만나고 나서 의원님이 몹시 동요하셨습니다."

원장이 변명하듯 대답했다.

"11시가 조금 넘어서 선배님께 연락이 왔습니다. 꼭 만나고 싶은 사람이 우리 요양원에 있는데 자리를 좀 만들어줄 수 있겠냐고요. 딱 30분만이라도 좋다고. 선배님이 너무 간절하게 말씀하셔서 그만. 저도 저분이 누군지 잘은 모릅니다. 우리 요양원에 들어오신 지는 2년이 조금 넘었다는데 자세히 알아볼 겨를이 없었고요. 게다가 유일한 혈육인 딸이 어제저녁 교통사고를 당해, 지금 사경을 헤매고 있다는 연락을 받았습니다."

저 여자는 이희상이었다. 말도 안 되게 꼬여버린 이 모든 불행의 시작점에 저 여자와 아버지가 있었다. 두 사람의 광기 어린 사랑 때문에 모두가 불행해진 것이다. 승재는 마지막까지 저리도 추하게 죽어버린 두 몸뚱이를 매섭게 노려보다가, 어두운 병실 창문에 비친 자신과 마주쳤다. 그 위로 자신을 경멸하는 눈초리로 바라보던 정운의 얼굴이 중첩되었다.

낙뢰가 그의 몸을 관통하는 듯한 통증이 느껴졌다. 승재는 심장을 움켜잡았다. 그의 손가락 사이사이로 녹아버린 심장이 흉물스럽게 흘러내리는 것만 같았다. 아버지를 저주하고 혐오했다. 철저하게 자기만 아는 이기적인 인간이라고 생각했다. 하지만 아버지가 시작한 역겨운 불행의 대물림을 승재 자신 또한 성실하게 이어가고 있었다.

비참한 깨달음이 그를 덮치자 구토가 밀려왔다. 그는 화장실로 뛰어가 먹은 것을 모두 게워냈다. 이 역한 냄새는 토사물의 것인지, 아니면 그보다 더 악취를 풍기는 그의 인생에서 비롯된 것인지 알 수 없었다. 몇 번이나 게워내고, 몸 안의 담즙이 모두 빠져나가버린 것 같았을 때에야 온몸에 오싹한 기운이 감돌았다. 설마 정운이 윤슬의 존재를 알게 된 건가? 그래서 정운이 윤슬을?

승재는 아버지가 죽어 있는 병실 문을 박차고 나왔다. 이곳의 뒤처리를 해줄 사람은 널리고 널렸다. 눈치 빠른 김 보좌관이 이미 여기저기 전화를 돌리고 있는 중이었다. 승재는 아버지의 죽음을 정리하고 있을 시간이 없었다. 스스로 무참하게 망쳐놓은 자신의 삶을 먼저 정리해야 했다.

죽음을 찾지 말라.

죽음이 당신을 찾을 것이다.

그러나 죽음을 완성으로 만드는 길을 찾으라.

- 다그 함마르셸드

회색지대, 죽음의 섬

걷는다. 사이프러스의 검은 숲을. 이곳은 시간이 흐르는 곳이 아니었다. 시간은 정지해 있다. 그 정지해 있는 시간의 단면을 가르며 들어가고 있는 느낌이었다. 짙은 어둠에는 결코 익숙해지지 않는다. 한 발 한 발 내딛을 때마다 그곳에서 기다리고 있는 것은 끝없는 추락일지 모른다는 불안이 증폭된다. 그것을 달래주고 있는 유일한 것은 아직도 나의 손에서 번지고 있는 솔의 체온이었다.

"아까 엄마가 정운이한테 '입 닥치고 조용히 찌그러져 있어.'라고 말했을 때 너무 웃겼어."

이제 열여섯 살 소녀가 되어 있는 솔이 조금 전 보트에서 윤슬이 정운에게 했던 말을 따라 하며 킥킥거렸다.

"역시 우리 엄마에게는 과격한 할머니의 DNA가 흐르고 있는 게 확실해."

윤슬은 풋 웃음이 나왔다.

"쟤 좀 덜떨어진 것 같지? 그런데 내가 죽어봐서 아는데……."

또 그 소리. 솔은 "죽어봐서 아는데" "죽어보니까"라고 하는 것이 말버릇인 모양이었다.

"아빠는 저 아이에게 정말 최악이었어. 쟤가 저렇게 큰 것도 어떻게 보면 아빠 때문이라니까. 쟤네 엄마도 정말 짜증나는 캐릭터인데, 생각해보면 좀 안되기도 했어. 남편을 정말 사랑하긴 하니까. 아빠가 그 셋 중에 제일 진상이라고나 할까."

솔은 말을 여과 없이 그대로 뱉어내는 성격인 것 같았다. 대체 누구를 닮은 걸까. 아무래도 외할머니?

"엄마는 일찌감치 아빠랑 잘 헤어졌다니까. 아빠가 은근히 주변 사람들 숨 막히게 만드는 성격이야. 뭐 그렇게 독하니까 40대에 그만큼 성공했겠지만."

혼자서 또 한참을 종알거리던 솔이 사뭇 진지하게 윤슬에게 물었다.

"그런데 엄마, 정운이가 너무 망가진 건 사실이야. 다시 살아 돌아간다고 해도 제대로 잘 살아갈 수 있을까? 저런 아이를 위해 엄마의 영혼을 소멸시켜야겠어? 굳이?"

앞서 걷고 있던 정운이 발걸음을 멈추었다. 아무래도 그들의 대화를 엿들은 모양이었다.

"너 대체 누군데 나에 대해 함부로 말하는 거야?"

정운이 노기 어린 목소리로 물었다.

"내가 누구인지 정말 알고 싶어?"

솔이 정운에게 가까이 다가가며 답했다.

"네가 목 졸라 죽인 바로 그 고양이."

정운이 흠칫 놀라며 말을 더듬었다.

"마, 마, 말도 안 돼."

"내 경추를 바스러뜨렸을 때의 느낌이 아직 생생하지 않아? 그러고도 네가 다시 인간으로 살 수 있을 거라고 생각해? 넌 이미 너무 망가졌어."

솔의 날카로운 지적에 정운이 고개를 푹 숙였다.

"엄마, 나는 반대야. 엄마가 저런 쓰레기를 위해 영혼을 소멸시키는 건……."

솔은 차마 말을 잇지 못했다. 감정이 북받쳐 오르는 듯했다.

"미안해."

오늘 밤 내내 무시무시한 살의를 광적으로 분출하던 아이라고 믿겨지지 않을 만큼 앳된 목소리로 정운이 말했다. 그 자리에 있던 모두가 정운을 바라보았다. 숲에 들어온 이후로 지금까지 아무런 반응이 없던 남자까지도.

"뭐? 이제 와서 이게 무슨 개소리야?"

적대감에 사로잡혀 날카롭게 반응하는 솔에게 정운이 다시 사과했다.

"정말로 미안해."

정운의 사과가 진심이라는 것을 솔은 어쩌면 이미 알고 있을 것이다. 다만 그 사실을 받아들이기 싫은지 정운에게서 고개를 돌려버렸다.

"여기가 회색지대라는 것을 알게 됐을 때는 그냥 잘됐다 싶었어. 윤슬 샘도 죽이고 나도 죽어버리면 끝이라고 생각했거든. 그러면 우리 엄마를 슬프게 하는 일은 이제 완전히 사라져버리는 거니까. 그런데……."

정운의 목소리가 점점 작아졌다.

"내가 이렇게 죽어버리면 엄마가 영원히 슬퍼할 것 같아."

고개를 낮게 떨군 정운이 어깨를 들썩이며 흐느꼈다. 그 울음소리가 사이프러스 숲에 잔잔히 퍼져가고 있을 때 그들의 눈앞에 한줄기 희미한 빛이 나타났다. 아무도 아무 말하지 않았지만, 이곳이 베데스다 연못이라는 것을 알 수 있었다.

베데스다 연못은 이름만 연못이지, 거대하고 정교한 석조 기둥으로 둘러싸여 있는 고대 대중목욕탕 같은 모습이었다. 저수조의 물은 마치 얼어버린 것같이 아무런 움직임을 만들지 않았다. 깊이를 가늠할 수 없을 정도로 깊어, 거기에 빠지면 그 누구라도 살아 돌아올 수 없을 것만 같았다.

천장에 나 있는 둥그런 구멍으로 빛이 일직선을 그리며 떨어지고 있었다. 석조 건물의 명도를 주관하는 그 유일한 빛의 끝에는 10미터 남짓 높이의 구조물이 서 있었다. 윤슬의 영혼이 소멸되어질 제단이었다.

"선생님, 정말 죄송해요. 선생님을 이렇게 아프게 하려고 했던 건 아닌데."

정운의 눈가에 빛의 방울이 하나둘씩 모여들었다.

"알아."

제단으로 연결되어 있는 석조계단을 보며 윤슬이 물었다.

"내가 저기로 올라가면 되는 건가요?"

남자가 한참 동안 윤슬을 바라보다가 마지못해 답해주었다.

"저 제단에 서 있다가, 하늘에 길이 생기려는 순간 아이가 연못으로 뛰어들어야 해. 그러면 낙뢰는 아이 대신 당신에게로 떨어져."

낙뢰를 맞는 순간의 고통이 윤슬에게 고스란히 느껴지는 듯했다. 제단 위에서 소멸되어버린 이들의 참연한 비명이 생생하게 들려왔다. 영겁의 시간 동안 그 수많은 자들의 육신이 티끌이 될 때까지 부서지고 쪼개지는 장면이 몇 번이나 윤슬의 눈앞에서 되풀이되었다.

"정운의 영혼이 다시 지상으로 보내지는 동안, 당신의 존재가 완전히 소멸되는 건 지상의 시간으로는 5분 남짓이야. 하지만 당신에게는 영원같이 느껴질 거야. 이곳은 시간이 무의미해진 곳이니까."

윤슬은 깊은 숨을 들이마시고 남자에게 마지막 인사를 했다.

"그동안 고마웠어요."

굳게 주먹을 쥔 남자의 두 손이 파르르 떨렸다. 윤슬을 붙잡게 될까봐 그러지 않으려고 안간힘을 쓰고 있는 것이었다. 사이프러스 숲에 들어오고 나서도 그가 몇 번이나 손을 내밀려 했다는 것을, 그 손이 차마 윤슬의 몸에 닿지 못하고 허공을 맴돌다가 아래로 툭 떨어졌다는 것을 윤슬은 알고 있었다.

하지만 그는 결국 윤슬이 원하는 대로 하게 둘 수밖에 없을 것이다. 그는 그래야 하는 존재였다. 그래야 비로소 존재할 수 있는 존재였다. 솔은 아무 말 없이 뒤에서 고개를 떨구고 있었다. 그 아이를 보면 다시 살고 싶어질 것 같아 윤슬은 시선을 정운에게로 돌렸다.

"올라갈까?"

윤슬은 정운에게 손을 내밀었다. 정운이 떨리는 손으로 그녀의 손을 붙잡았다. 제단 위에 도착하자 하늘에 미세한 금이 새겨지기 시작했다. 남자가 말한 대로 하늘의 문이 열리려고 했다. 벌어진 틈 사이로 맑은 빛들이 빗방울처럼 떨어졌다. 소멸과는 어울리지 않는 찬연한 빛이었다.

"정운아, 다시 돌아가면 너를 위해 살아. 엄마도, 아빠도 아닌 너 자신을 위해."

정운이 눈물범벅이 된 얼굴로 윤슬을 바라보았다.

"무슨 수를 써서라도 네가 행복해지는 방법을 찾아. 그래야 모두가 행복해질 수 있어."

정운은 진심을 다해 고개를 끄덕였다. 그 아이의 마음이 고스란히 전해지자, 윤슬의 입가에 옅은 미소가 걸렸다.

하늘이 더욱 어두워졌다. 어둠 때문에 빛의 움직임이 더 적나라하게 드러났다. 하늘이 진동하기 시작했다. 하늘 전체에서 지진이 일어나는 것만 같은 거대한 울림이었다. 그 울림이 곧 연못의 물들을 서서히 동요시킬 것이다. 하늘을 가르는 선명한 낙뢰가 그들을 향해 돌진해왔다. 윤슬이 정운의 손을 놓으며 외쳤다.

"지금이야!"

옆에 있던 정운이 때를 놓치지 않고 힘껏 도약했다.

윤슬은 의식적으로 눈을 감았다. 소멸되는 순간이 두려워서였다. 찰나의 시간이 영겁의 시간이 되기 직전이었다.

눈부신 빛이 두 눈꺼풀 사이로 들어와 윤슬의 홍채를 베어버리려던 바로 그 순간, 남자의 체취가 강하게 밀려왔다. 잔인할 정도로 강렬한 빛이 윤슬이 아닌 남자의 등을 무심하고도 잔악하게 꿰뚫었다.

"윽."

윤슬의 목덜미 위로 남자의 짧은 비명이 떨어졌다. 비명이 외마디로 끝난 것은 고통이 거기에서 멈춰서가 아니었다. 영혼을 파멸시키는 극심한 괴로움이 신음을 만드는 것조차 불가능하게 만들었기 때문이다. 남자가 느끼고 있을 끔찍한 고통이 그의 떨리는 몸을 통해 윤슬에게 전해졌다. 남자는 그것을 고스란히 받아내면서도 강인한 두 팔로 그녀를 보호하고 있었다.

"왜? 대체 왜 이렇게까지?"

윤슬이 울부짖었다. 그제야 알 수 있었다. 이 남자는 나를 회색지대에서 만난 바로 그 순간부터 이렇게 하려고 했던 거야. 처음부터 죽음의 섬으로 데리고 와서, 스스로를 소멸시켜 나를 살리려고 했어.

"나한테 이러지 마! 내가 뭐라고. 내가 대체 뭐라고!"

소리를 지르며 온 힘을 다해 그를 밀어내자, 남자를 꿰뚫던 낙뢰가 또 하나의 먹잇감을 찾은 듯 윤슬의 연한 살을 파고들었다. 맹수의 날카로운 이빨에 심장이 통째로 뜯기는 것 같은 고통이 순식간에 밀려들었다.

"아아아!"

이 세상에서 잊힌 모든 것들이 한꺼번에 달려들어 흉악한 이빨로 윤슬을 찢어대고 있었다. 잊힌 것들은 잊힘을 받아들이지 못하고 극도로 분노했다. 이 고통이 영원히 지속될 거라는 절망감이 윤슬을 덮쳤을 때였다.

갑자기 주위가 서늘해지더니, 그들의 영혼을 무참히 소멸시키려던 낙뢰가 서서히 비켜 갔다. 윤슬은 이해할 수 없었다. 아직 소멸되지 않았는데, 영혼이 아직 이 우주에 엄연히 존재하고 있는데, 왜 우리를 지나치고 있는 거지?

윤슬은 제단에서 뛰어내린 정운부터 찾았다. 아이는 여전히 낙하하고 있었다. 아직 연못으로 들어가기 전이었다. 모든 것이 슬로 모션으로 움직여, 모든 움직임이 필요 이상으로 상세하게 윤슬의 머리에 각인되고 있었다. 윤슬의 시선이 낙뢰의 움직임을 따라갔다. 그것이 도달한 곳에는 솔이 서 있었다.

'엄마. 그거 알아?'

솔이 말했다. 아니, 말하지 않았다. 그저 솔의 마음이 윤슬의 마음에 전해졌을 뿐이다.

'내 존재를 기억해주는 사람은 이 세상에 엄마 한 사람뿐인데, 그런 엄마의 영혼이 소멸되면, 나도 같이 사라지는 거잖아.'

"소, 솔아……."

울음에 갇혀 목소리가 제대로 나오지 않았다.

'엄마가 돼서 그런 것도 모르고. 역시 인간은 한 번쯤 죽어봐야 사리 분별을 할 수 있다니까.'

솔이 윤슬을 향해 씩 웃어주었다.

'그러니까 살아내. 내 몫까지.'

솔이 무슨 짓을 하려는지 알아차린 바로 그 순간, 비명이 윤슬의 성대를 울리기도 전에 낙뢰가 날쌘 뱀처럼 솔의 몸을 휘감았다.

"솔아! 그러지 마, 제발."

솔의 얼굴이 고통으로 일그러졌다. 차마 비명을 지르지도 못했다. 촘촘한 빛이 아이의 몸 안으로 잔인하게 침투하고 있었다. 이 상황을 모르는 사람이 보았다면 솔의 몸에서 빛이 산란하고 있다고 착각했을 것이다. 하지만 빛은 솔의 몸이 산산이 가루가 되도록 베고 쪼개고 부숴버리고 있을 뿐이었다.

솔의 몸이 점점 투명해지고 있었다. 그럴수록 솔의 고통이 더 심해지는 것 같았다. 소멸된다는 것은 이런 의미였구나. 희미해질수록 더 고통스러워지는 것. 누군가의 기억에서 잊힐수록 온몸이 갈기갈기 찢기듯 고통스러워지는 것. 남자가 옆으로 다가와 그의 큰 손으로 윤슬의 눈을 가려주었다.

"보지 마."

윤슬은 천천히 그의 손을 아래로 내렸다. 의연하게 눈물도 닦아냈다.

"끝까지 볼 거예요. 저 아이가 어떻게 사라져가는지. 그리고 기억할 거예요."

성운의 봄이 연못에 닿자, 빛의 명도가 최고조에 이르면서 솔의 몸이 산산조각 났다. 태양 10억 개의 밝기로 빛나며 소멸되어버리는 초신성이 된 것처럼.

빛. 숨 막히는 빛. 빛은 생명이 아니었다. 빛은 소멸이었다. 세밀하게 쪼개진 빛의 가루가 흩날리고 있었다. 그것은 산산조각 나버린 솔의 영혼이었다. 윤슬이 그것을 잡으려고 손을 뻗어보았지만 손가락 사이로 스르르 흘러가버렸다. 그 아이의 영혼이, 영혼의 파편이.

"안 돼……"

하늘이 조금씩 빛을 잃어갔다. 고막이 터질 것같이 소란했던 빛의 발광이 저물고, 베데스다 연못이 다시 고요함으로 덮이고 있었다. 깊고도 짙은 사이프러스 숲은 아무 일 없었다는 듯 그저 태연하기만 했다.

 윤슬의 팔은 여전히 허공을 향해 있었다. 내가 뭘 잡으려고 팔을 내밀고 있지? 윤슬은 고개를 들어 하늘을 바라보았다. 방금 무슨 끔찍한 일이 벌어졌던 것 같은데, 도무지 기억나지 않았다. 빛이 비가 되어 내리기 시작했다. 빛의 눈물이 윤슬을 적셨다. '그러니까 살아내. 내 몫까지.' 머릿속을 떠도는 이 말을 도대체 누가 한 건지 기억해내야 할 것 같았다. 언젠가부터 윤슬은 목 놓아 울고 있었다. 누군지도 모르는 그 존재가 왜 이렇게 그리운 거지?

삶은 죽음의 동반자요, 죽음은 삶의 시작이니   *14.*
어느 것이 근본인지 누가 알까?
- 장자

회색지대, 죽음의 섬

남자가 몸의 균형을 잃고 쓰러지고 있었다. 윤슬은 가까스로 그의 어깨를 붙잡아 자신의 몸에 기댈 수 있게 해주었다. 남자가 숨이 넘어갈 듯 기침을 해댈 때마다 검붉은 피가 쏟아져 나왔다. 낙뢰가 윤슬의 왼쪽 어깨에 살짝 닿았을 뿐인데도 그 부분이 여전히 잘려 나가고 있는 것 같은 고통이 밀려들었다. 윤슬을 위해 낙뢰를 온몸으로 받아낸 남자의 고통은 말로 표현할 수 없을 정도일 것이다.

나뭇잎들이 바람에 움직일 때마다 사르륵사르륵 소리를 냈다. 아이러니하게도 죽음의 섬에 살고 있는 사이프러스 나무들은 강

대한 생명력을 지녔다. 소멸된 영혼들이 밑거름이 되어주기라도 하는지, 하나같이 짙은 푸름을 뽐내며 굳건하게 서 있었다.

"정운이 그 자식, 의식을 회복한 것 같군."

남자가 한참 만에 말을 꺼냈다. 얼핏 윤슬도 그와 비슷한 느낌이 들었다.

"비록 그때는 그런 결정을 내리는 당신을 이해하기 힘들었지만, 그 아이를 살리기로 한 건 잘한 일인 것 같아."

"후회는 안 해요."

"인생은 참 재미있지 않아? 이승재는 평생 자신의 아버지를 그렇게도 혐오했으면서, 자신도 결국 정운이에게 똑같은 아버지가 되어버렸어."

한동안 정적이 흘렀다. 그 견고한 정적을 무너트리는 것은 아무리 참으려 해도 어쩔 수 없이 흘러나오는 남자의 거친 신음뿐이었다.

"그러려고 나를 여기에 데리고 온 건가요? 당신을 소멸시켜서 나를 다시 살게 하려고."

"결국 실패했지만."

남자가 고개를 돌려 윤슬을 바라보며 말했다.

"여기에 이렇게 나와 함께 있어야 할 거야. 내가 절대로 보내주지 않을 거니까."

"저런. 정말 유감이네요."

남자가 컥 어이없다는 웃음을 터트렸다. 윤슬의 입가에도 잔잔한 미소가 그려졌다.

"난 어쩐지 조금 벅찬 느낌이 드는데."

윤슬이 놀란 얼굴로 바라보니, 그가 멋쩍은 듯 시선을 피하며 말했다.

"평생 당신을 그리워했으니까."

남자는 윤슬이 그리웠다는 말을 하고 있는 이 순간을 아주 오 랫동안 기다려온 듯했다.

"살면서 궁금했던 것들이 있어? 다 대답해줄 수 있어. 예를 들 면, 일레나 교수님이 의식불명이 되기 직전까지 애타게 당신을 찾 다가 마지막으로 남긴 말 같은 거?"

윤슬이 풋 웃음을 터트렸다. 보나마나 러시아어로 온갖 욕설 을 퍼부으셨을 것이다.

"한국말로 번역하면 '이런 미친 계집애. 천국에서 복수하겠다' 정도가 되겠군."

죽음의 섬 허공으로 윤슬의 청명한 웃음소리가 퍼져 나갔다.

"어떻게 그런 것까지 알고 있어요?"

"오랫동안 죽어 있어서 그래."

윤슬은 가슴이 저릿해졌다. "내가 죽어봐서 아는데"라고 입버 릇처럼 말하던 어떤 존재가 있었던 것 같다. 그 존재를 절대로 잊 지 않겠다고 다짐했던 것도 같은데 기억해내려 애쓸수록 더 옅어 져갔다.

"죽음의 상태로 지내다보면 세상은 결국 하나의 키다란 흐름이라는 것을 알게 되거든."

윤슬은 그가 무슨 말을 하고 있는지 어렴풋이 알 수 있을 것 같기도 했다. 지금 엄마가 이곳 회색지대에서 느끼고 있는 감정이 그녀에게 고스란히 전해지고 있었으니까. 엄마는 거대한 빛의 바다로 한 걸음씩 걸어 들어가고 있는 중이었다. 누군가의 손을 잡고. 그와 함께라면 죽음마저 두려울 것이 없다고 확신하면서 미지의 세계로 기꺼이 들어가고 있었다.

"지금 엄마 손을 잡고 있는 그 사람이 내 친아버지죠?"

"지상의 시간으로 11월 4일 새벽에 이재민 의원이 심장마비로 죽었어. 대선이 얼마 안 남았는데 말이지."

"두 분이 어떻게 함께 돌아가신 건가요?"

윤슬은 그 질문을 던진 순간 답을 알 것 같았다. 방금 남자가 세상은 결국 하나의 커다란 흐름이라고 하지 않았던가.

"어제저녁 이재민 의원이 한빛 요양원으로 선거 유세를 하러 갔다가 우연히 당신 어머니를 만났어. 이 의원은 기어코 보좌관을 따돌리고 어머니를 다시 찾아왔지. 당신 아버지는 진심이었어. 이승재가 모든 순간 당신에게 진심이었던 것처럼. 당신 아버지가 먼저 떠나버린 건 사실이었지만 결국 두 달 후 세인트루이스로 되돌아와. 그런데 겁쟁이였던 어머니는 이미 그곳에 없었지."

엄마는 평생 아버지를 기다려왔던 것이다. 아버지가 꿈을 이루게 되면, 자신에게 돌아올 거라고 믿으면서. 그러다가 믿음이 사라지자 미쳐버린 것이다. 아버지를 못 믿은 것이 아니라, 아버지의 꿈을 못 믿었다.

"당신 어머니는 가장 사랑했던 사람에게 상처받기 싫었던 거야. 그래서 그럴 가능성 자체를 아예 차단했던 거지."

엄마는 역시 극단적이라는 표현이 어울리는 여자였다.

"당신 아버지는 어머니가 당신의 존재에 대해 말하기 전까지 자신에게 딸이 있었다는 걸 정말 몰랐어. 그 사실을 알고 나서부터 이재민 의원의 심장이 무리하게 뛰기 시작했고, 당신이 이승재의 옛 연인이었다는 것을 깨닫게 된 바로 그 순간 죄책감이 극한으로 치달아서⋯⋯."

"심장이 멈춰버렸군요. 엄마의 품 안에서."

윤슬은 처음으로 엄마가 행복했겠구나 싶었다.

"이재민 의원이 죽고 정확하게 5분 후 어머니의 심장이 멈췄지. 너무 기뻐서였는지, 슬퍼서였는지는 아직도 긴가민가하지만."

"과연 우리 엄마다운 복잡한 죽음이었네요."

그들 사이로 잠시 불길한 정적이 흘렀다.

"이제 그날 이야기를 해볼까? 보스턴의 한 레스토랑에서 당신의 아버지를 만났던 날."

남자는 불길한 정적을 깨트리고 결국 그 질문을 던졌다. 윤슬의 심장이 조여들기 시작했다.

"무슨 말을 하고 싶은 거예요?"

윤슬의 목소리가 떨리고 있었다.

"당신이 다녀간 날 그 프렌치 레스토랑에서 없어진 물건이 하나 있었어."

윤슬은 남자에게 그만하라고 소리치고 싶었지만 그럴 수 없었다. 날카로운 굉음이 윤슬의 고막을 파고들었다. 도망치려고 했지만 몸이 말을 듣지 않았다. 가위에 눌린 듯 손가락 하나 까딱할 수 없었다. 절대로 다시 떠올리고 싶지 않았던 기억이 물안개처럼 윤슬을 휘감았다.

"하아…… 하아……."

윤슬의 숨결이 거칠어졌다. 눈동자가 심하게 흔들리고 있었다. 그날 윤슬을 잠식했던 감정이 되살아났다. 너무 지나쳐서 스스로도 두려워질 정도의 혐오. 그녀가 죽도록 혐오했던 그 대상은 바로…….

2009년 겨울

"어서 와요. 나 승재 애비 되는 사람입니다."

아버지와 생전 처음으로 식사를 같이 하는 자리였다. 몸소 의
자를 빼주는 아버지의 팔이 윤슬의 몸에 닿았을 때, 그간 겪어
온 모든 상실의 순간들을 한 번에 보상받는 기분이 들었다. 아버
지는 그녀의 연구에 대해 이것저것 물었다. 뇌과학을 공부하지
않은 사람치고는 꽤 이해가 깊은 편이었다. 대화를 나눌수록 이
런 사람이 친아버지라는 사실에 윤슬은 가슴이 벅차올랐다. 아
버지에게 밤이 새도록 자신의 연구에 대해 이야기해주고 싶었다.

"일단 집사람이 무례하게 대했던 것 같은데, 마음 상했다면 내
가 대신 용서를 구하겠습니다."

아버지가 정중하게 고개 숙여 사과하던 그 순간 균열이 시작
되었다. 자기 아들을 위해, 처음 보는 새파랗게 젊은 여자에게 진
심으로 고개를 조아리며 용서를 빌고 있었다. 얼마나 자기 아들을
사랑했으면. 얼마나 자기 아들이 행복해지기를 바랐으면. 이 사람
은 내가 누군지도 몰라.

"승재 녀석이 진심으로 사랑하는 여사와 결혼해서 행복하게

살기를 바라고 있다는 뜻입니다. …… 윤슬 양을 만나니, 승재 이 녀석이 제법 사람 보는 눈이 있다는 생각이 드네요. …… 우리 승재와 헤어지려는 이유를 물어봐도 되겠습니까?"

승재, 승재, 우리 승재. 무한한 애정을 담아 승재의 이름을 부르는 아버지의 목소리가 윤슬은 너무나 역겨웠다. 단 한 번도 아버지가 실제로 존재한다고 생각한 적이 없었다. 아버지는 소설책에나 나오는 허구의 존재라고 여기며 살았다. 그랬던 아버지가 눈앞에 실재하고 있었다. 그 아버지는 윤슬의 눈을 보며 말을 건네면서도 자신의 딸이라는 사실을 전혀 몰랐다.

상실감은 분노를 뛰어넘어 살의가 되었다. 지금 당장 승재를 죽이지 않으면 숨이 막혀 죽어버릴 것 같았다. 윤슬은 자신에게서 아버지를 빼앗아간 그를 죽여버리고 싶었다. 승재의 존재를 지우고 자기가 대신 그 자리에 들어가고 싶었다. 아버지가 '우리 승재'가 아닌 '우리 윤슬'이라고 부를 수 있도록.

아니, 그냥 아버지와 승재 모두를 불행하게 만들고 싶었다. 그러면 적어도 이 세상에서 나만 외롭지는 않을 테니까.

윤슬은 자리를 박차고 일어섰다. 레스토랑을 나오면서 자신도 모르게 테이블 위에 있던 스테이크 나이프 하나를 훔쳤다. 소름 끼치도록 푸르스름한 빛을 내고 있는 나이프였다.

회색지대, 죽음의 섬

"어이없군. 당신도 모르게 나이프를 훔친 거라고?"

남자가 눈을 부릅뜨며 윤슬을 쏘아보았다. 그 눈빛을 피하고 싶었지만 윤슬은 고개를 돌리기는커녕 눈을 감지도 못했다. 그를 향해 있도록 그대로 얼어버린 것 같았다.

"아니, 당신은 충분히 제정신이었어. 스테이크 나이프를 훔치고는 차분하게 운전을 해서 이승재의 아파트 앞까지 왔고, 인터넷으로 사람을 찌르는 법을 검색했어."

"아니야. 그런 게 아니야."

마음속 가장 어두운 곳에 숨겨두었던 비밀이 처음으로 빛을 마주하는 순간이었다. 빛은 잔인하게 윤슬의 추악함을 낱낱이 드러내고 있었다.

"당신은 몇 시간이나 겨울비를 맞으면서도 기다렸어."

"그런 게 아니라니까. 당신이 뭘 알아?"

윤슬이 처참하게 소리를 지르며 남자에게 달려들었다. 이성은 결코 충동을 이기지 못한다. 자신이 무엇을 하고 있는지 자각했을 때 윤슬의 두 손은 이미 남자의 목을 조르고 있었다. 낙뢰의 고통으로 몸을 제대로 움직일 수조차 없던 남자는 윤슬의 공격을 무기력하게 받아들일 수밖에 없었다.

컥컥, 숨이 막혀온 남자가 발버둥을 치자 윤슬의 손이 덜덜 떨렸다. 16년 전에도 그랬다. 윤슬의 손이 덜덜 떨리고 있었다.

2009년 겨울

오랫동안 얼음 비를 맞고 서 있었지만, 윤슬은 춥다는 생각이 전혀 들지 않았다. 오히려 몸이 뜨거웠다. 윤슬의 머리에선 승재의 어디를 어떻게 얼마나 깊이 찌를지 수천 번, 수만 번 시뮬레이션이 돌아가고 있었다.

자정이 가까워지자 승재가 모습을 드러냈다. 그는 윤슬을 보자마자 손에 들고 있던 가방도 던져버리고 단번에 그녀에게 달려왔다. 승재를 찌르기 위해 결연히 칼자루를 잡고 있던 윤슬의 손이 순간 아주 미세하게 떨렸다.

"왜 이렇게 하루 종일 연락이 안 됐어? 걱정했잖아."

윤슬이 먼저 승재의 품을 파고들었다. 승재의 선하디선한 눈빛과 부딪치면 차마 그를 찌를 수 없을 것이다.

"일단 집으로 들어가자. 비 맞지 말고."

"그냥 잠깐 이렇게 있을게."

윤슬은 진심으로 찌르려고 그렇게 말한 것이었다. 승재의 복부를 칼로 찌르고, 칼날이 더 깊숙이 박히게 칼자루를 둥글게 돌려 넣으려고 했다. 인터넷 검색으로 알아본 바로는 그렇게 해야 인간을 죽일 수 있다고 했다. 이 뜨거운 순간이 지나가버리기 전에 그를 찔러야 해. 지금 죽여야 해. 윤슬의 살의는 진심이었다. 진심보다도 더 뜨거운 악의였다.

윤슬이 품고 있는 살의를 전혀 눈치 채지 못한 승재가 더플코

트의 앞섶을 열어 그녀의 몸을 품 안으로 끌어들였다. 그가 품고 있던 온기가 그녀에게 전해지자 왈칵 눈물이 쏟아졌다. 들썩이는 어깨를 따라 칼자루를 쥔 손이 떨리고 있었다. 윤슬은 끝내 승재를 찌를 수 없었다.

회색지대, 죽음의 섬

남자가 자신의 목 위에서 떨리고 있는 윤슬의 손을 붙잡았다. 그러자 온몸에서 힘이 빠져나간 듯 윤슬이 털썩 남자 옆으로 쓰러졌다. 그가 격한 호흡을 내쉬며 말했다.

"하아…… 아무리 괴로워도 도망가지 말고, 하아…… 현실을 직면해야 해."

윤슬의 눈에서 하염없이 눈물이 흘렀다. 눈물은 곧 통곡이 되었다. 이 죽음의 섬에 잠들어 있는 모든 것이 깨어날 만큼 큰 소리로 윤슬이 목 놓아 울었다.

"그래서 미친 듯이 도망간 거지? 또 그를 죽이고 싶을까봐."

윤슬은 아무런 반박도 할 수 없었다. 남자는 윤슬이 스스로를 이해하는 것보다 훨씬 더 깊은 곳에서 그녀를 이해하고 있었다.

"스스로에게 놀란 건 아닌가? 그렇게 강렬한 악의를 품을 수 있다는 사실에. 다른 사람도 아니고 그토록 사랑했던 이승재를 죽이려고 했다는 사실에. 고작 아버지에 대한 질투에 사로잡혀서."

그의 말이 모두 맞았다.

"스스로를 혐오하기 시작한 게 그때쯤이잖아?"

남자의 입에서 또다시 두려운 말이 흘러나왔다.

11월 4일, 08:15 AM, 강남 경찰서 형사 4과

강 형사는 벌써 몇 번이나 돌려보는 중이었다. 이수진을 친 트럭 운전사에게 받은 블랙박스에 찍힌 사고 동영상을 말이다.

"트럭 운전사가 이상한 말을 하더라고요. (……) 사고 직전 분명 히 자기와 눈이 마주쳤다고. 그래서 당연히 횡단보도에 서 있을 줄 알았다는 겁니다. (……) 보통 우리도 운전하다가 보행자와 눈이 마주치면 은연중에, 나를 봤으니 찻길로 튀어나오지는 않을 거라 고 가정을 하잖아요."

생각할수록 강 형사는 신 형사가 전했던 트럭 운전사의 말이 이해가 되었다.

18:39:03 이수진이 영상 속에 처음 등장.
18:39:08 이수진이 고개를 돌려 트럭 쪽을 응시.
18:39:11 이수진이 한 걸음 뒤로 물러남.

찰나에 벌어진 일이라 하마터면 놓칠 뻔했지만, 분명히 이수진 은 달려오는 트럭을 보고 무의식적으로 뒤로 한 발짝 물러났다. 트럭 운전사는 아마 이런 이수진의 모습 때문에 속도를 많이 줄 이지는 않았을 것이다. 그러다가 갑자기 쿵!

이수진이 트럭에 부딪히기 바로 전 순간에, 뭔가 아주 미묘하게 거슬리는 게 하나 있었다. 강 형사는 슬로 모션으로 그 순간을 몇십 번이나 재생했다. 소름 끼치게 만드는 그것의 정체를 반드시 밝히고 싶었다. 아, 이수진이 차에 뛰어들기 직전 눈을 감고 있어! 이 여자, 혹시…….

형사 4과로 향하고 있는 다급한 발걸음 소리가 들려왔다. 신 형사였다.

"이수진 씨의 병원 기록을 알아봤는데요. 심상치 않은 부분이 하나 있습니다. 2016년 이희상 씨가 딸을 칼로 찔러 119가 자택으로 출동했었어요."

"대체 무슨 일이었던 거야?"

"이희상 씨가 사람의 얼굴을 인식하지 못하는 정신 질환이 있었답니다. 그래서 딸을 침입자라고 생각해서 칼로 상해를 입힌 건데, 상처 자체는 깊지 않았지만 이수진 씨가 피가 잘 응고되지 않는 체질이어서 과다 출혈로 응급실까지 갔다고 합니다. 그 일이 있고 나서 모친이 알츠하이머 판정을 받았고요."

"그런데?"

"그때 출동했던 구조대원 진술에 의하면, 이수진 씨는 식칼을 들고 덤비는 어머니를 피해서 방으로 피신을 한 후 119에 전화를 했다가 그냥 끊어버렸답니다. 대원들이 출동을 한 건 비명 소리를 들은 아파트 이웃이 신고를 해서였고요."

어딘가 이상할 수도 있는 일이었다. 하지만 강 형사는 최대한 이성을 동원해서 모든 것이 가능할 수도 있다는 합리적인 의심을 품으며 날카로운 질문을 던졌다.

"과다 출혈로 전화를 하다가 쓰러졌을 수도 있잖아. 안 그래?"

"더 이상한 건 응급 구조대가 현관문을 부수고 들어가 어머니를 제압하고 이수진 씨가 숨어 있던 방의 문을 열려고 했는데, 그때까지는 이수진 씨가 의식이 있었다는 겁니다. 설상가상으로 책상을 끌어다가 문 앞에 바리케이드까지 쳐놨고요."

"엄마가 자기를 죽이려고 하니까 본능적으로 그런 거 아니야?"

"몇 번이나 구조대원이 이제 괜찮다고 말했는데도 방에서 나오지를 않았대요. 그러다가 과다 출혈 때문에 골로 갈 뻔한 거죠."

이수진 이 여자, 아무래도…….

사람이 죽고 싶다는 절박한 마음을 가질 때는
삶의 고뇌가 이미 사람이 극복할 수 있는 한계를
훨씬 넘었을 때다.
– 에우리피데스

회색지대, 죽음의 섬

남자의 말대로 칼을 들고 승재를 찾아갔던 바로 그 시점이었다.
윤슬이 스스로를 혐오하기 시작한 것은.

"그 모든 순간 얼마나 막막하고 외로웠는지."

"얼마나 스스로를 학대했는지, 얼마나 죽고 싶었는지."

"얼마나 죽이고 싶었는지."

남자와 윤슬의 목소리가 겹쳐지고 있었다. 언젠가부터 누구의
성대에서 흘러나오는 목소리인지 분간할 수 없었다. 그의 대답이
그녀의 생각이었고, 그녀의 생각이 그의 말이 되어 나왔다.

"그래서 그랬던 건가? 그것도 세 번씩이나. 맨 처음은 노스캐

롤라이나 에메랄드 섬, 이름도 기억나지 않는 모텔 방에서였지."

"일부러 그랬던 건 아니야."

윤슬이 느끼기에도 변변치 못한 변명이었다.

"알아. 처음부터 그러려고 했던 건 아니라는 거. 하혈이 시작되고 몸이 너무 아파서 아무것도 할 수 없었다는 것도."

윤슬이 질끈 눈을 감았다. 감은 눈꺼풀 사이로 뜨거운 눈물이 새어 나왔다.

"침대가 온통 피에 젖어버렸다는 것을 알고도 가만히 누워 있었어."

"911에 전화하려고 했어."

또 한 번 구차한 변명을 해보았지만 그는 이미 모든 상황을 알고 있었다.

"아니, 당신은 그럴 생각이 없었어. 자꾸만 울려대는 전화 소리가 시끄러워서, 전화선을 뽑으려고 어쩔 수 없이 침대에서 일어났어. 그렇게 전화기 쪽으로 걸어가다가 결국 바닥에 쓰러져버린 거야. 잘됐다 싶었지. 몸 안을 흐르는 피가 다 빠져나가기만을 기다리면 되니까."

윤슬은 희미해지는 의식의 마지막 순간, 붉은 핏방울이 한 방울씩 보풀투성이 싸구려 카펫을 물들이는 것을 보고 있었다. 중력을 무시하고 공중에 떠 있는 의자를 보며 '이곳은 우주인가?'라고 생각했던 것은 그녀가 바닥으로 쓰러지고 있었기 때문이다.

"당신이 죽이려고 했던 두 번째 시도는……."

퇴근하고 돌아왔는데 엄마가 다짜고짜 칼을 휘둘렀던 그날. 칼은 결국 손목을 베었고, 윤슬은 엄마를 피해 창고 방에 들어가서 문을 걸어 잠가야 했다.

"기억나? 방에 들어와서는 손수건으로 지혈을 하다 말고 피만 닦아냈던 거?"

"지혈을 하려고 했는데 피가 너무 많이 났어."

처음에는 자신도 모르게 살아보겠다고 지혈을 했는데, 생각해보니 그날 그냥 죽는 것도 나쁘지 않았다. 그래서 피가 계속 흐르게 내버려두었다.

"119에 전화를 했다가 그냥 끊어버린 것도 기억나?"

지혈을 멈추자 피가 떨어지는 속도가 점점 더 빨라졌다. 바닥에 생긴 빨간 원이 면적을 빠르게 넓혀갔다. 걷잡을 수 없이 넓어져 커다란 피의 호수를 만들었다.

"응급 구조대가 왔는데도 당신은 방문을 열지 않았어. 구조대원이 들어오지 못하게 방문 앞을 책상으로 막아두기까지 했지."

철컥철컥. 나무문의 손잡이가 저 혼자 미친 듯이 돌아가고 있었다. 문밖에서 구조대원이 이제 괜찮으니 방 밖으로 나오라고 했지만, 저 문을 절대로 열어서는 안 된다고 윤슬의 마음이 경고를 보내고 있었다.

"그래야 죽어질 테니까."

윤슬의 눈에서는 더 이상 눈물이 흐르지 않았다. 흘릴 눈물이 모두 다 빠져나온 것 같았다. 이제는 고요히 직시해야 할 시간이었다. 그녀가 스스로에게 하려고 했던 짓이 얼마나 끔찍한 폭력이 었는지.

"그리고 오늘, 내가 세 번째 시도를 했군요."

강렬한 빛이 윤슬을 압도하고 있었다. 트럭 운전사와 눈이 마주쳤을 때 윤슬은 분명히 인지하고 있었다. 저 빛으로 몸을 내던지면 죽을 거라는 걸. 그러면 정운을 구할 수 없게 된다는 것도. 하지만 멈출 수 없었다. 죽고 싶었다. 죽이고 싶었다.

"그 빛으로 들어가면 사라져버릴 수 있을 거라고 생각해서."

"왜 사라지고 싶었지?"

"사는게 너무 지겨워서."

"살아 있는 것을 원하지 않는 순간, 당신은 나를 죽인 거야."

"*사랑하던 사람이 일종의 중독자였다고 해두지.*" 남자가 했던 말이 메아리처럼 윤슬의 마음을 떠돌았다. 이 남자는 알고 있었던 거야. 내가 죽음에 중독되어 있었다는 걸. 윤슬은 고개를 들고 남자를 바라보았다. 그의 얼굴 위로 낯익은 얼굴들이 차례로 떠올랐다. 승재가, 엄마가, 아버지가, 정운이가.

윤슬은 이제야 그가 누군지 명확하게 알 수 있었다. 잉태된 순간부터 나를 가장 사랑해주었던 사람. 나를 가장 원하고, 나의 원함을 가장 많이 이해해주던, 아니 나의 원함 자체였던 바로 그 존재.

"당신이 누군지 이제 알 것 같아요."

남자가 어이없다는 듯 피식 웃었다. 썩 매력적인 미소였다.

"퍽이나 오래 걸렸군. 바보인가?"

"미안해요."

그에게 하는 첫 사과였다. 동시에 자신에게 하는 첫 사과였다. 너를 미워해서 미안해. 믿지 못해서, 사랑하지 못해서 미안해. 그리고 너를 죽이고 싶어해서 미안해. 너를 죽여서 미안해.

윤슬이 천천히 다가가 그에게 입을 맞추었다. 남자가 전혀 예상치 못했다는 듯 흠칫 놀랐지만 이내 그 역시 그녀의 입술을 원하기 시작했다. 더 깊은 곳까지, 더 연약한 곳까지 숨결이 닿을 수 있도록 서로의 턱이 위치를 바꿔가고 있었다.

"이제는 물어보지도 않고 들이대는 건가?"

"당신도 날 원하고 있는 걸 아니까."

남자가 윤슬을 끌어안으려다가 몹시 고통스러운 듯 짧은 신음을 연달아 내뱉었다. 윤슬은 그것을 듣고도 못 들은 척했다. 그는 지금 모든 고통을 불사하고 그녀를 제 품에 안으려 하고 있었다. 윤슬은 남자의 상처를 건드리지 않으려고 최대한 노력하면서 그의 몸에 스스로를 밀착시켰다. 그녀의 온몸이 그에게 닿게 하고 싶었다. 닿아 있는 모든 부분에서 자신의 체온이 느껴졌다. 나는 이렇게나 뜨거운 사람이었구나.

윤슬의 손이 남자의 등에 무수히 나 있던 상처에 닿았다. 순간 아무런 저항 없이 매질을 당하고 있는 그의 얼굴이 떠올랐다. 이 세상으로부터 버림받은 그는 스스로 생각해도 버림받아 마땅하다는 표정이었다. 그런데 그에게 가혹한 채찍질을 하고 있는 사람은 바로 그녀 자신이었다. 참담한 마음이 눈꼬리 끝으로 눈물을 밀어냈다. 윤슬은 남자의 상처들을 조심스레 어루만졌다.

"그래서 처음 회색지대에 왔을 때 나를 죽이려고 했구나."

"나를 원하지 않는 당신이 미워서."

"그런데 왜 살려주려 했던 거야?"

"그럼에도 여전히 당신을 원해서."

윤슬을 향한 남자의 애정은 무모할 정도였다.

"아, 나의 치명적인 매력을 어쩌지?"

"완전히 미쳤군."

그가 어처구니없다는 듯 말하자 윤슬이 청명한 소리를 내며 웃었다.

"뭐가 좋아서 웃고 있어? 당신은 이제 다시는 생으로 돌아갈 수 없을 거야."

"지금은 아무 생각 없이 그냥 당신하고만 있고 싶어."

윤슬의 입술이 다시 남자의 입술을 찾았다. 그녀가 그를 원했다. 그가 그녀를 원했다. 원함은 사랑이었다. 사랑은 '살아남'이었고 '살아 있음'이었고 '살고 싶음'이었다. 그리고 지금 이 순간 '함께 있음'이었다. 온몸을 꿰뚫고 지나가는 것만 같은 전율이 그 둘을 한꺼번에 덮쳤다.

"내가 얼마나 사랑했는지 아마 당신은 가늠할 수도 없을 거야."

그가 그녀의 목소리가 되었고, 그녀가 그의 숨결이 되었다. 그들은 서로에게 더 깊숙이 얽혀 들어갔다.

죽음의 섬은 시공의 의미가 소멸한 곳이었다. 이곳에는 그저 '당신'과 '나'의 의미만 존재했다. 윤슬은 '나'의 의미가 무엇인지 비로소 알아가고 있었다. 살아 있을 때 해야 했던 일을 죽음의 섬에 와서야 하고 있는 것이다. 이제 와 무슨 의미가 있을까 싶었지만, 동시에 그것 자체가 생의 유일한 의미인 것 같았다. 이제라도 '나'의 의미를 찾을 수 있다면 꽤 괜찮은 생이라는 생각이 들었다. 윤슬은 이제야 자신을 사랑하게 되었고, 이제야 스스로를 위로할 수 있었다.

광막한 우주를 촘촘히 메우고 있는 별들이 밤하늘에 은빛으로 번져갔다. 그저 태양 빛 속을 부유하는 티끌일 뿐이지만, 별들은 이 순간 각자의 자리에서 어떻게든 빛을 내려 하고 있었다.

"아……! 정말 놀라워!"

뒤에서 윤슬을 안고 있던 남자의 입에서 탄성이 흘러나왔다.

11월 4일, 08:45 AM, 효성 대학병원 VIP 병실

의식을 회복한 정운은 자가 호흡이 가능한 상태가 되었다. 승재가 물끄러미 아들을 바라보았다. 정운과 눈이 마주쳤지만 아주 잠시뿐이었다. 서둘러 시선을 피한 정운은 승재가 손을 잡자 역시나 바로 빼냈다. 마음이 찢어졌지만 그 스스로 자초한 일이라 어쩔 수 없었다.

혜윤은 정운이 누워 있는 침대 옆에서 잠들어 있었다. 화장기 없는 푸석한 얼굴에 머리도 아무렇게나 대충 묶은 채였다. 혜윤과 살아오는 동안 이렇게 엉망인 모습을 승재는 처음 보았다. 이 여자는 엄마였구나. 나도 아빠였을까? 생각이 거기까지 미치자 순간 울컥하며 뜨거운 죄책감이 밀려들었다.

그때 전화벨이 울렸다. 윤슬의 뉴로스캐너를 모니터하고 있던 조교였다. 긴장한 목소리였다.

-교수님, 빨리 오셔야 할 것 같은데요. 제가 잠시 자리를 비운 사이에, 이윤슬 환자에게 변화가 생긴 것 같습니다.

-무슨 변화인데?

-섬광 현상이 있었던 것 같아요.

전화기를 들고 있는 승재의 손이 떨렸다.

-지금 당장 거기로 갈게.

승재가 한빛 요양원으로 출발하기 전까지 윤슬의 뉴로스캐너에서는 암흑 현상이 지속되고 있었다. 피실험자들의 뉴로스캐너에서 아무것도 송출하지 않는 현상을 의미했다. 그런데 그사이 섬광 현상이 일어난 것이다. 암흑 현상이 한동안 지속되었던 환자들에게서 갑자기 핵폭발급의 거대한 빛이 송출되는 현상이었다. 통계적으로 암흑 현상 후에 따라오는 섬광 현상을 경험한 피실험자들이 그렇지 못한 경우보다 다시 의식을 회복할 확률이 높았다.

윤슬의 병실 문을 열고 들어서자, 어젯밤부터 뉴로스캐너를 모니터링하고 있던 조교가 변명하듯 말했다.

"정운 군에게 뉴로스캐너를 장착하느라 자리를 잠시 비운 동안에 섬광 현상이 일어난 것 같습니다. 돌아와서 녹화 영상을 보다가 뒤늦게 발견했어요."

"광도는 확인했어?"

"네, 대략 15만 칸델라 정도였어요. 보통 의식을 회복한 사람들의 평균치는 25-30만 칸델라니까, 그것보다는 빛의 밝기가 조금 약하긴 합니다."

그래서 아직 의식을 회복하지 못한 걸까?

"그런데 지금은 다시 암흑 현상으로 돌아왔고?"

"네, 섬광 현상이 끝나고 다시 두 시간이 조금 넘게 암흑 현상이 지속되고 있습니다."

승재는 윤슬을 물끄러미 바라보았다. 살아서 돌아와줘. 너에게 꼭 해야 할 말이 있어. 승재는 자신도 모르게 윤슬의 손을 꼭 잡았다. 옛 연인을 향한 미련 같은 싸구려 감정 따위가 아니었다. 윤슬의 외로움과 고뇌가 고스란히 느껴져서, 아버지 대신 사죄라도 하고 싶었다. 아니, 마지막이라도 좋으니 윤슬과 마주보고 싶었다. 윤슬의 목소리를 듣고 숨결을 느끼고 안아주고 싶었다. 아니, 그 모든 건 사치였다. 그저 윤슬이 살아주기만을 바랐다.

그때, 믿을 수 없다는 목소리로 조교가 승재를 불렀다.

회색지대, 죽음의 섬

"아······! 정말 놀라워!"

남자의 시선을 따라 윤슬이 고개를 돌렸을 때 검은 하늘이 무한대의 조각으로 갈라지고 있었다. 갈라진 틈 사이로 빛들이 쏟아져 내렸다. 죽음의 섬 제단 위로 거센 바람이 불어왔다.

"신이 정말 당신을 사랑하시나?"

불편한 몸을 천천히 일으키며 남자가 말했다. 모든 고통을 잊을 만큼 들떠 있는 것 같았다. 윤슬도 따라 일어섰다.

"하늘의 길이 또 한 번 열리려고 하고 있어."

남자가 윤슬을 바라보았다. 윤슬은 그의 눈빛만 봐도 그가 무엇을 원하는지 알 수 있었다. 그의 시선을 피해 고개를 떨구었지만 남자가 두 손으로 윤슬의 얼굴을 잡고 다시 그를 향하게 했다.

"살아줘."

"싫어."

윤슬은 아프고 외로웠던 세계로 돌아가고 싶지 않았다. 이제야 찾게 된 남자와 이곳에서 영원히 공존하고 싶었다.

"이게 내가 당신에게 마지막으로 원하는 거야."

하늘의 울림이 땅으로 전파되기 시작했다. 곧 베데스다 연못의 물결이 일렁거릴 것이다.

"여기서 그냥 당신과 있고 싶어."

"제발 살아줘."

온몸이 으스러질 정도로 남자가 윤슬을 꽉 껴안았다. 곧 입술 사이로 남자의 뜨거운 타액이 흘러 들어왔다.

"그러지 마!"

윤슬은 단호하게 외치며 그를 밀쳐내려 했다. 남자가 왜 갑자기 이런 행동을 하는지, 그 의도를 바로 알 수 있었기 때문이다. 그는 윤슬을 베데스다 연못으로 들어가게 하려는 것이었다. 윤슬의 저항에 굴하지 않고 남자는 다시 키스를 하며 한 발짝씩 천천히 걸어 나갔다.

"하지 말라고!"

하지만 그녀를 살리겠다는 남자의 의지는 조금도 꺾이지 않았다. 결국 윤슬의 두 발이 아슬아슬하게 제단의 끝에 걸쳐졌다. 남자는 윤슬을 감싸고 있던 팔을 서서히 풀었다. 윤슬이 떨어지지 않게 지탱해주던 유일한 지지대가 완전히 사라짐과 동시에 남자가 마지막 한마디를 던졌다.

"살아줘!"

"안 돼!"

윤슬의 몸이 뒤로 젖혀지기 시작했다. 1초가 1억만 년이 된 것처럼 시간이 천천히 흘렀다. 남자의 미세한 움직임까지 전부 윤슬의 눈에 들어왔다. 그의 눈이 서서히 감기며 미간이 조금씩 찌푸려지고 있었다. 윤슬과 헤어지는 슬픔 때문인지, 앞으로 닥치게 될 고통에 대한 두려움 때문인지 그 의미를 알 수 없었다. 남자는 윤슬을 연못으로 떨어트리고 그가 낙뢰를 받아내면 모든 것이 끝나리라고 생각했을 것이다.

"아직 아니야!"

허공에 떠 있던 윤슬이 혼신의 힘을 다해 오른팔을 남자에게로 뻗어 가까스로 그의 팔을 붙잡았다. 다시는 놓아주지 않을 것이다. 지금에서야 비로소 발견한 당신을 절대로 놓아줄 수 없다. 두 사람의 몸이 공중에서 겹쳐지면서 함께 낙하하기 시작했다. 남자가 갑작스러운 변화를 감지하고 눈을 떴다. 그제야 윤슬이 그를 붙잡아 함께 베데스다 연못으로 떨어지고 있다는 것을 알아차렸다.

"역시, 당신은 완전히 미쳤군."

"그래서 나를 사랑했던 거 아닌가?"

이 와중에도 남자가 미소를 짓는 것 같았다.

"딱 내 취향이긴 하지."

검은 바람이 그들 사이를 무심하게 흘러갔다. 남자는 그의 몸을 윤슬에게 더 가깝게 밀착시켰다. 그렇게 하면 마치 그들의 몸이 하나로 융합되기라도 하듯. 덧없는 노력이었지만, 노력한다는 것 자체로 충분히 의미 있는 일도 있는 법이다.

번쩍! 미세하게 수천만 개의 조각으로 금이 가던 하늘에서 결국 거대한 빛을 뱉어냈다. 낙뢰였다. 베데스다 연못의 물결이 일렁이기 시작했다. 낙뢰가 무시무시한 빛의 혀를 날름거리며 그들을 향해 다가오고 있었다. 윤슬은 두려웠지만 그가 함께 있어 괜찮았다. 함께 소멸되어버리면 서로가 서로를 기억해주지 않을까?
그러면 덜 외롭지 않을까?

"하지만 난 여전히 당신을 살려야겠어."

남자가 몸의 방향을 틀어 낙뢰가 떨어지는 반대쪽으로 윤슬
을 보냈다.

"하지 마!"

윤슬이 소리쳤지만 목소리는 곧 남자의 신음에 파묻혀버렸다.
이미 낙뢰가 그의 등을 관통하고 있었다.

"으윽!"

윤슬의 귀 가까이에서 남자의 비명이 참담한 파장을 만들어냈
다. 그의 몸을 수천 갈래로 찢고 있던 빛의 검이 윤슬에게까지 다
가왔다.

"아아아!"

윤슬의 입에서도 신음이 터져 나왔다. 뜨겁게 달궈진 톱니바
퀴가 왼쪽 어깨를 잘근잘근 쪼개고 있는 느낌이었다. 무지막지한
고통에 정신이 혼미해진 상태에서도, 남자는 낙뢰의 빛이 닿고
있는 그녀의 어깨를 자신의 몸으로 가려주었다.

"으으윽!"

더 처절한 비명이 그의 입술 사이를 비집고 나왔다. 남자가 가
까스로 고통을 참아내며 속삭였다.

"당신이 나를 다시 살려내."

"어떻게?"

남자는 모든 힘이 소진되어 더 이상 생각을 말로 만들어낼 수 없는 것 같았다. 어느 순간부터 남자의 말이 그녀의 달팽이관이 아니라 가슴속을 울렸다.

'당신이 먼저 살아야, 내가 살 수 있어. 나는 당신이 원해야 비로소 살아지는 존재니까.'

"그런 말도 안 되는 소리 집어치워!"

윤슬이 어떻게든 다시 그들의 몸을 돌려보려고 안간힘을 썼지만 소용없었다. 남자의 얼굴이 고통으로 완전히 일그러졌다. 그의 말이 다시 윤슬의 가슴을 울렸다.

'나는 너니까. 너의 본능이고 본성이니까. 너의 원함이니까. 그러니까 다시 원해줘. 내가 다시 살 수 있게.'

남자가 미소를 지으려 애쓰고 있었다. 그의 마지막 모습을 웃는 얼굴로 남기려는 것이었다.

"대체 나보고 어떻게 하라고?"

윤슬이 울부짖었다.

'너 자신을 소중히 여기라고. 내가 당신을 제일 소중하게 여겼던 것처럼.'

낙뢰가 남자의 심장을 산산조각 내고 있었다. 그는 입에서 피 같은 빛을 내뿜었다. 그의 몸이 서서히 빛으로 산화되기 시작했다. 윤슬의 절규가 죽음의 섬에 퍼져 나갔다.

'이윤슬, 살아 있는 모든 순간은 기적이야. 그러니까 기적을 기적답게 살아내.'

낙뢰의 빛으로 온전히 산화되기 직전 남자가 마지막으로 남긴 말이었다. 곧이어 윤슬의 품에서 빛이 폭발했다. 빛의 파편이 온통 그녀에게로 쏟아졌다. 그의 잔재가 오롯이 그녀에게 녹아들고 있었다. 그의 모든 것을 기억할 것이다. 그의 말들, 눈길, 미소, 손길, 숨결, 체취. 그는 세상에서 나를 가장 사랑해준 사람이었다.

11월 4일, 08:49 AM, 효성 대학병원 VIP 병실

"교수님! 광도 수치가 계속 올라가고 있어요. 아무래도 섬광 현상이 다시 시작되려는 것 같은데요?"

승재가 윤슬의 눈을 열어 불을 비추었다. 동공 확장 반응이 확실하게 감지되었다. 의식을 회복하는 환자들에게서 나타나는 전형적인 패턴이었다.
"당장 의사 호출해!"
승재의 목소리가 다급해졌다.
"윤슬아! 정신이 들어? 이윤슬!"

죽음과 삶의 중간 그 어딘가

윤슬의 몸이 연못의 수면 아래로 가라앉고 있었다. 인생은 이런 것인가. 결국 죽음과 삶은 하나의 이어짐일까. 남자가 소멸되고 나자 윤슬은 다시 소생하기 시작했다. 찬연한 빛의 끝은 고고한 어둠이었다. 베데스다 연못은 끝이 느껴지지 않을 정도로 깊었다. 그 심연은 실로 눈부신 어둠이었다.

내가 나라는 것을 인지하기 시작했을 때부터, 나는 그저 유영하고 있을 뿐이었다. 나의 감각이 죽어버린 걸까, 아니면 이곳에는 나의 감각을 자극할 그 어떤 것도 존재하지 않는 걸까. '살아줘'라는 말이 계속 머릿속을 맴돌고 있다. 빛으로 소멸되어버린 어느 존재 같은 것이 어렴풋이 떠오른다. 애써 그 존재를 떠올리지 않으면 점점 더 희미해질 것 같아, 나는 그 기억의 끈을 집요하게 잡고 있다.

그 존재를 생각할수록 눈물의 농도가 짙어진다. 나의 눈물이 괴괴한 어둠 안을 아무렇게나 부유하고 있다. 기억해내야 한다. 지금 이 순간에도 속절없이 잊히고 있는 그 존재를 어떻게든 기억해야 한다. 나를 살리려고 모든 것을 바쳤던 어떤 존재를. 나를 무조건적으로 사랑해주었던 그 존재를.

언젠가부터 내 머릿속을 맴도는 메시지는 '살아줘'가 아니라 '살아내'가 되었다. 그리고 이제는 오로지 '살아야겠다'는 생각뿐이다. 무언가를 간절히 원하는 게 어떤 느낌인지 알 것 같다. 나의 가장 깊은 곳에서 생겨난 뜨거운 소망이 내 인생을 이끌어갈 힘이 되어주는 느낌이다. 넌 혼자가 아니야. 다시는 혼자라는 생각을 하지 마. 외로워하지도 말고.

이 세상에 사랑받지 못하는 사람은 아무도 없어. 적어도 한 사람은 너를 사랑하니까. 그건 바로, 너 자신.

15.

11월 4일, 08:52 AM, 효성 대학병원 VIP 병실

감각이 돌아오기 시작했다. 가장 먼저 돌아온 것은 촉각이었다. 점점 더 기온이 낮아지고 있었다. 몸에 소름이 돋아났다. 맞다. 세상은 이토록 싸늘하기만 한 곳이었다. 그다음 돌아온 감각은 후각이었다. 악취가 코를 찔러왔다. 피의 냄새인가, 아니면 몸이 썩어 들어가는 냄새인가. 기억났다. 세상은 악취로 가득한 곳이었다. 인간들은 오물뿐 아니라 제멋대로 품은 악의와 혐오로 고약한 냄새를 만들어냈다. 그런데 몸서리 쳐질 정도로 외롭고 추악하고 비열한 그곳으로 돌아가고 싶어졌다. 그곳에서 기적이 되어보려고.

　그리고 청각이 돌아왔다.

"윤슬아!"

누군가 간절히 내 이름을 부르는 소리가 들렸다. 전에도 이토록 절박하게 불러주던 누군가가 있었다. 어쩌면 그 사람이 이름을 불러준 바로 그 순간부터 나는 비로소 다시 살고 싶어졌던 것이 아닐까.

"이윤슬!"

이번에는 조금 더 가까운 데서 들려왔다. 듣고만 있어도 마음이 아릿해지는 목소리. 평생을 그리워했지만, 평생을 도망쳐야 했던 바로 그 사람의 목소리였다. 깊은 암흑 속에서 그의 목소리가 한줄기 빛이 되어 어둠을 서서히 부서트리기 시작했다. 팟! 순식간에 모든 것이 거대한 빛 속으로 빨려 들어갔다.

윤슬은 서서히 눈을 떴다. 가장 먼저 시야에 들어온 것은 빛이었다. 빛이 오히려 모든 것을 희미하게 만들고 있었다. 눈에 눈물이 고이자 희미했던 형체가 조금씩 제 모습을 찾아갔다.

"윤슬아, 정신이 들어?"

승재였다. 애절한 눈빛으로 승재가 그녀를 바라보고 있었다. 눈물을 닦아주고 싶었지만 윤슬의 힘없는 손이 허공에서 맴돌 뿐이었다. 승재가 그 손을 덥석 붙잡았다. 윤슬이 기억하고 있는 그대로의 체온과 감촉이었다. 갑자기 주위가 시끄러워졌다. 의사들이 다급하게 병실로 들어오고 있었다.

"환자의 의식이 돌아오고 있는 것 같습니다. 동공 반응이 있고, 손가락도 움직입니다."

승재가 의사들에게 자신이 서 있던 자리를 신속하게 내주면서 말했다.

"이수진 씨! 정신이 들어요? 제 말 들립니까? 제 말이 들리면 눈 한 번 깜빡해보세요."

"이 선생, 스테이션 콜해!"

윤슬은 제발 조용히 하라고 소리치고 싶었다. 그들의 소란스러움에 뇌가 윙윙거리고 멀미가 날 지경이었다. 그때였다. 벽에 달린 TV 화면에 속보로 뜬 문구가 시선을 사로잡았다.

대권 후보 이재민 의원, 오늘 새벽 심장마비로 사망.

순식간에 비현실적인 정적이 찾아왔다. 병실 안은 여전히 소란스러웠지만, 윤슬은 홀로 고요 속에 있었다. 고개를 돌려 승재를 찾았다. 서로의 눈빛이 충돌하듯 맞닿았다.

아버지의 사망 열두 시간 후

아버지의 사망 소식이 알려진 그 시점부터 승재의 인생이 굉음을 만들어내기 시작했다. 절대로 다시는 조용해질 수 없을 것만 같았다. 가장 먼저 구린내 나는 소리를 울려댄 건 바로 아버지가 속해 있던 자유민주당 관계자들이었다.

"절대로 안 됩니다, 이 교수님. 모든 것을 다 솔직히 말하자니
요? 우리를 말려 죽이실 생각인 겁니까? 이번 대선을 이렇게 어이
없게 지는 것도 억울한데."

솔직하게 이희상의 존재를 밝혀야 한다는 승재의 의견은 바로
묵살되었다.

"벌써 이재민 의원 내연녀다 뭐다 하는 찌라시가 여의도에 돌
고 있답니다. 아니 김 보좌관! 이 지경이 되도록 대체 사태 수습
도 안 하고 뭘 한 겁니까?"

"죄송합니다. 저도 의원님이 그 여자를 만나러 갔다는 것을 너
무 늦게 알게 되어서."

"친한 기자들 몇 사람한테 이희상인가 뭔가 하는 여자가 스토커
였다고 프레임을 씌우는 기사를 써달라고 부탁했습니다."

"문제는 이재민 의원 이 양반이 자정이 넘어서 제 발로 그 여
자를 찾아갔다는 겁니다. 그 나이에 발정이 났나."

"그 역시 기자들을 동원하면 해결되지 않겠습니까? 포털 메인
에 자극적인 헤드라인으로 여자의 문란했던 사생활에 대해 계속
언급하면 이 의원에 대한 공분이 금방 사그라들 겁니다."

인생 참 후지게 사셨나봅니다, 아버지. 불과 며칠 전까지만 해
도 '후보님, 후보님' 하며 죽는시늉까지 해 보이던 자들이었다. 승
재는 쓴웃음이 나왔다.

승재는 단 한 번도 아버지를 존경했던 적이 없던 승재였다. 가
족에게는 차라리 없는 편이 더 나은 존재였다. 아버지는 모든 순

간 어머니와 그를 철저히 외면하고 외롭게 만들었다. 함께 있었지만, 함께 있지 않았다. 그래도 한 가지는 분명했다. 적어도 아버지는 이희상 씨에게 그런 오명을 절대로 남기고 싶어하지 않았을 것이다. 아버지가 짓고 있던 마지막 표정이 말해주고 있었다.

승재는 자리에서 일어났다. 선거 캠프 관계자들은 그 누구도 그에게 관심을 주지 않았다. 자신들의 정치적 입지가 벼랑으로 떨어지기 일보 직전이었다. 불미스러운 사건에 휘말려 죽어버린 후보의 아들 따위에게 신경 쓸 겨를이 없을 것이다.

승재가 기자회견장으로 들어서자마자 카메라 플래시 세례가 쏟아졌다. 기자들은 아버지의 죽음 이후로 가장 소란스러운 소리를 만들어내는 집단이었다.

"아버님에게 내연녀가 있었다는 게 사실인가요?"

"불륜인 겁니까? 내연녀가 있다는 것을 이승재 박사님도 아셨습니까?"

과연 기레기가 물을 법한 쓰레기 같은 질문들이었다. 아들에게 진심 어린 존경을 받을 만큼 훌륭한 아버지는 아니었지만, 최소한 마지막이 이런 무례한 질문으로 더럽혀질 삶을 살아오진 않았다. 승재는 턱 근육이 떨릴 정도로 이를 악물었다. 그가 쥐고 있는 두 주먹에 점점 더 힘이 들어가고 있었다. 그는 기자들을 향해 정중히 고개 숙여 인사했다.

"유가족 대표 이승재입니다. 우선 대선을 불과 몇 개월 남겨두고 이런 불미스러운 일이 생겨 저 역시 매우 당혹스럽습니다. 그리고 여러 억측이 있을 거라 여겨집니다."

승재는 숨을 깊게 들이마시고 다시 말을 이었다.

"아버지에게 다른 여자분이 있었다는 것은 사실입니다."

순간 장내가 쥐 죽은 듯 잠잠해졌다. 승재가 이렇게 단도직입적으로 사실을 밝힐지는 아무도 예상하지 못한 모양이었다.

"두 분이 무슨 사이인 겁니까?"

침묵을 깨고 기자 하나가 질문을 던졌다.

"아버지가 오래전에 사랑했던 분 같습니다. 저도 그분에 대해 불과 몇 시간 전에 알게 되었습니다만, 그간 두 분의 교류가 없었다는 것은 확실합니다."

"그걸 어떻게 확신하시죠?"

날카롭게 폐부를 가르는 듯한 질문이었다.

"이 자리에서 제 입으로 아버지의 부도덕한 사생활에 대해 인정하는 게 쉬운 일이 아니라는 건 다들 공감하실 겁니다."

기자들은 잠시 입을 다물었다.

"아버지가 다른 여자를 사랑하고 있다는 것은, 제가 지금 제 아들 나이였을 때쯤 알게 됐습니다. 그 후로 녹록지 않은 사춘기를 보냈다고만 말씀드리겠습니다. 아버지를 옹호하려고 이 자리에 나온 것이 아니라는 뜻입니다."

그는 잠시 숨이 거칠어졌지만 애써 감정을 억눌렀다.

"아버지는 그분과 관계를 이어오지 않으셨을 겁니다. 적어도 제가 아는 아버지는 그런 분이셨습니다."

아버지가 그 여자를 계속 만나왔다면, 윤슬이 그렇게 평생을 고독하게 살았을 리가 없었다.

"정황상 선거 유세 중에 우연히 마주치게 된 것 같습니다. 이후 아버지가 스스로 다시 그분을 찾아가셨습니다."

"아버님이 내연녀와 동반 자살을 했다는 루머가 있습니다. 사실입니까?"

"자살의 흔적은 보이지 않는 것으로 알고 있습니다. 주치의가 자연사일 확률이 높다고 직접 전해주었습니다."

"물 타기 하는 건가요? 한날한시에 두 분이 그렇게 돌아가신다는 게 말이 됩니까?"

"세상에는 소설보다 더 소설 같은 일이 일어나기도 합니다."

16년 전 그와 윤슬의 만남처럼, 오늘 새벽 그와 윤슬의 재회처럼 말이다.

"내연녀에게 딸이 있다는 찌라시가 돌고 있던데, 이복동생을 만나봤나요?"

질문을 던진 기자가 입가를 씰룩거리는 것이 승재의 눈에 포착되었다.

"당신 같은 쓰레기가 함부로 말할 수 있는 사람이 아닙니다."

승재의 나직한 목소리가 공간을 온전히 휘어잡았다.

아버지의 장례식 후

승재의 마음을 가장 아프게 후벼 파는 소리는 어머니가 만들어내고 있었다. 승재의 기자회견이 끝나고부터 어머니는 두문불출하며 대중에게 자취를 감추었다. 남편의 죽음으로 인한 충격으로 심신이 미약해져 치료를 받고 있다는 명목이었지만, 실은 자존심이 상해서 사람들 앞에 모습을 드러내기 싫었던 것이다. 어머니는 끝내 아버지가 가는 마지막 길에도 모습을 보이지 않았다.

승재가 그런 어머니를 찾아간 건 아버지의 장례식이 끝난 직후였다. 방문을 열자 초췌한 모습으로 손에 책을 들고 앉아 있던 어머니가 승재를 쏘아보았다. 어머니의 눈빛 속에는 평생 외면받으며 살아온 여자의 표독스러움이 일렁이고 있었다. 혜윤의 눈빛과 겹쳐져 승재는 마음이 먹먹해졌다. 어머니가 신경질적으로 내던진 책이 그의 몸에 닿기도 전에 힘없이 바닥으로 떨어졌다.

"너 같은 건 내 아들도 아니야."

승재가 천천히 몸을 굽혀 바닥에 떨어진 책을 줍고 있는데 어머니가 비척거리며 다가오다가 옆으로 쓰러졌다. 승재는 어머니를 재빨리 부축했다.

"내가 널 어떻게 키웠는데 아버지를 그렇게 욕보일 수 있어?"

두 손으로 승재의 가슴을 치며 어머니가 울부짖었다.

"아버지 때문에 불행하다고 맨날 말씀하셨잖아요. 그래서 약을 먹고 병원에 실려 가 위세척을 하고 또 약을 먹고. 지난 30년 동안 그렇게 살아오신 거잖아요."

어머니의 얼굴이 새하얗게 질렸다.

"그동안 잘 참으셨어요. 저 때문에 이혼도 하지 못하고 참고 사셨다는 거 알고 있습니다. 이제 어머니 인생을 사세요. 어머니도 처음부터 알고 계셨잖아요. 아버지는 빈 거죽만 남아 있었다는 거. 이희상 씨도 힘들게 살아오셨어요. 그러니까 이제 두 분 다 그만 놓아주세요."

이희상이라는 이름을 듣자 새로운 희생양을 찾은 듯 어머니가 다시 고래고래 소리를 질러댔다.

"네가 어떻게 그 여자를 옹호할 수 있어? 그 여자가 내 인생을 이렇게 망쳐놓은 걸 알고도 네가 어떻게?"

어머니가 언성을 높일수록 승재의 목소리는 낮아졌다.

"어머니의 인생을 망친 건 어머니 자신이에요. 제 인생을 망친 게 제 자신인 것처럼."

어머니의 손이 승재의 뺨을 후려쳤다. 하나도 아프지 않아 승재는 마음이 더 아팠다. 두 번, 세 번, 네 번……. 어머니를 진정시켜야 했다. 안 그랬다간 분에 못 이겨 실성해버릴지도 몰랐다. 승재는 다시 날아오는 어머니의 손을 붙잡았다.

"엄마, 나도 힘들어."

어머니의 눈가가 아주 잠시 미세하게 떨렸다.

"네가 뭐가 힘들어? 나는 널 버리지도 않고 최선을 다해 키웠는데."

승재 속에 웅크리고 살던 소년이 슬며시 고개를 들었다.

"엄마가 너무 최선을 다해서 그게 힘들었어. 그냥 나를 놔버리고, 아버지의 헛된 욕망도 모른 척하고 엄마 인생을 행복하게 살지 그랬어. 최선을 다하다가 견딜 수 없어지면 약을 먹고, 또 먹고. 그러다가 내 등 위에서 죽어버릴까봐 무서웠다고!"

승재가 젖은 목소리로 말했다.

"윤슬이가 나 때문에 떠나버린 줄 알고 힘들었어."

어머니는 '왜 여기서 그 아이 이름이 나오지?' 하는 듯한 혼란스러운 표정이었다.

"승재야, 그게 대체 무슨?"

"윤슬이가 그 여자 딸이었어, 엄마."

"뭐?"

어머니의 입술이 파르르 떨렸다.

"우리 이제 그만 놔주자. 그만 미워하자. 아빠도, 그 여자도."

얼굴이 서서히 일그러지더니 어머니가 오열하기 시작했다.

아버지의 사망 4일 후

정운은 소리 내는 법을 잊어버린 듯했다. 하루 종일 아무 말 없이 벽만 바라보았다. 그런 정운이 유일하게 소리를 내는 때는 승재가 가까이 다가가려는 순간뿐이었다. 아버지의 죽음 이후 승재의 마음을 가장 참담하게 찢는 소리였다.

정운은 더 이상 나오지 않는 목소리를 쥐어짜는 정도가 되어서까지 멈추지 않았다. 아무리 달래보아도 경련을 일으키며 막무가내였다. 결국 건장한 남자 간호사들이 정운을 붙잡고 진정제를 놓아야 했다. 화학 반응으로 점차 근육이 풀어지는 마지막 순간까지 아이는 혐오의 눈빛으로 승재를 바라보았다.

정운의 눈빛에는 단순한 혐오의 감정만 담겨 있는 것이 아니었다. 아빠가 한 번도 자기를 봐주지 않은 것에 대한 서러움도 함께였다. 승재는 정운이 시선을 거둘 때까지 아이에게서 시선을 떼지 못했다.

"이제 여기서 나가줬으면 좋겠어."

혜윤의 요구에 승재는 묵묵히 몸을 돌렸다. 천천히 병실 문을 향해 걷고 있는데 혜윤의 차가운 목소리가 들려왔다.

"남 변호사가 다음 주에 이혼 서류 보낼 거예요. 양육권은 내가 가질게. 정운이도 그러길 바라고 있을 거고, 어차피 당신도 마찬가지일 테니까."

승재는 발길을 멈추고 고개를 낮게 떨구었다. 이렇게 떠날 수는 없었다. 혜윤의 분노를 잠연히 받아주어야 한다는 생각이 들었다. 그것이 자신의 아내로 지난 16년을 살아준 사람에 대한 최소한의 예의일 것이다.

"혜윤아."

목이 메어온 승재는 목소리를 몇 번 가다듬었다.

"미안해. 이혼을 당해도 마땅하다고 생각해. 당신이 원하는 대로 다 들어줄게. 양육권도 위자료도 원하는 대로 해줄게. 그런데……."

승재는 용기를 내어 혜윤 쪽으로 몸을 돌렸다. 시선은 여전히 바닥을 맴돌고 있었다.

"혹시 나에게 마지막으로 기회를 줄 수 있겠어?"

"마지막 기회? 내가 왜?"

"정운이를 나 같은 어른으로 만들고 싶지 않아."

혜윤이 순간 움찔하는 게 느껴졌다. 승재는 그제야 고개를 들고 혜윤을 바라보았다.

"당신을 우리 어머니처럼 불행한 여자로 만들고 싶지도 않고."

승재를 외면했던 혜윤의 시선이 다시 그를 향했다. 눈빛이 자꾸만 떨리는 이유를 그녀 자신도 명확히 알 수는 없었다.

아버지의 사망 한 달 후

승재는 틈만 나면 윤슬을 보러 병원을 찾았지만 번번이 허탕을 치고 돌아와야 했다. 환자가 아무도 만나고 싶어하지 않는다고 주치의가 귀띔해주었다. 심정지가 두 번이나 왔던 심각한 수술을 받은 후여서, 아직은 심리적으로 안정을 취해야 한다고도 했다. 마음 한쪽이 서늘해지긴 했지만 승재는 이해해야 한다고 스스로를 다독였다.

아버지가 돌아가시고 한 달이 지나서야 간신히 윤슬을 만날 수 있었다. 강 형사가 만든 대질신문 자리에서였다. 그는 합의든 선처든 일단 사건을 종결시켜야 한다고 했다.

"테스트 결과가 다 정상으로 나왔는데도 기억이 많이 상실된 것 같습니다. 현재 자신의 이름도 모르는 상태니까 절대로 환자에게 기억을 해내라고 강요하시면 안 됩니다."

대질신문을 시작하기 전에 윤슬의 주치의가 주의를 주었다. 자기 이름도 기억하지 못한다는 말을 승재는 믿을 수 없었다. 의식을 회복하고 그를 처음 본 순간 윤슬의 눈시울이 노을처럼 붉어졌던 것이 생생하게 떠올랐기 때문이다. 그를 알아보는 것이 확실했다.

"이수진 씨, 이 학생이 누군지 알겠습니까?"

강 형사의 질문에 윤슬이 천천히 고개를 돌려 정운을 바라보았다. 정운이 슬그머니 눈을 피했다.

"모르겠는데요."

정운을 한참 쳐다보던 윤슬이 짧게 답했다. 강 형사가 조금 더 강경한 어조로 다시 물었다.

"이 학생이 이수진 씨에게 칼을 휘둘렀다고 자백했습니다. 정말로 기억이 안 나십니까?"

윤슬은 그 질문에 대답조차 하지 않고 눈을 감아버렸다. 곤란한 표정을 짓고 있는 강 형사에게 승재가 부탁했다.

"잠시 이수진 씨와 단둘이 이야기를 나눠도 되겠습니까?"

정운과 강 형사가 병실 밖으로 나가자, 승재는 침대 가까이에 놓인 의자에 앉았다. 창으로 쏟아져 들어오는 빛 때문에 윤슬의 얼굴이 잘 보이지 않았다. 처음에는 블라인드를 내려 햇살을 가려줄까 했지만, 어쩌면 자신에게 드리우는 빛을 고마워하고 있는지도 모른다는 생각이 들어 그냥 두었다.

"컨디션은 좀 어……."

자연스럽게 반말이 튀어나올 뻔했다.

"……어떤가요?"

승재는 바로 말을 바꿔 물었지만 아무런 반응 없이 침묵이 흘렀다.

"정말 기억이 나지 않습니까?"

또다시 답을 들을 수 없었다.

"저희 아이가 선생님을 해치려고 했던 것 같습니다. 아이와 그동안 많은 대화를 했습니다. 정신과 상담도 받고 있는 중이고요. 아이가 많이 반성하고 있긴 하지만, 저희 부부는 아이에게 내려지는 합당한 법의 처분을 기다리겠다는 입장입니다. 그래야 바르게 클 것 같아서. 교육을 제대로 시키지 못한 점 가슴 깊이 사죄드립니다."

승재가 정중하게 고개를 숙여 사과했다. 굉음으로 가득 차 있는 세상에서 살다가 윤슬이 있는 이곳에 오니 빛마저 정적을 쏟아내고 있었다. 승재는 이토록 시끄러운 세상에 이토록 적요한 공간이 존재한다는 것이 초현실적으로 느껴졌다. 승재의 낮은 목소리가 다시 그 정적을 조심스럽게 부서트렸다.

"이윤슬이라는 이름을 기억하지 못하는 겁니까?"

답을 얻고자 하는 질문이 아니었다. 그녀의 의도를 확인하려는 것이었다.

"네, 전혀."

윤슬의 거침없는 시선이 그를 껴안았다.

승재는 들숨과 날숨이 만들어내는 나직한 소리가 유일한 소음이 되는 이곳에서 아무 말 없이, 그에게 남아 있는 생의 시간을 모조리 다 보내버리고 싶었다. 하지만 윤슬을 보내주어야 한다. 윤슬 역시 그것을 바라고 있을 것이다. 그래서 아무것도 기억나지 않는다는 말도 안 되는 거짓말을 하고 있는 것일 테고.

"목숨보다도 더 사랑하던 여자가 있었습니다. 아주 오래전에."

승재가 움푹 파인 미간을 쓸어내리며 자리에서 일어났다.

"이수진 씨가 그 사람이랑 닮아서 제가 착각을 했나봅니다."

윤슬의 호흡이 순간 흐름을 멈추었다가, 다시 서서히 흐르기 시작했다.

"그 여자가 아무 말 없이 나를 떠나버려서 미워했던 적도 있었죠. 아주 많이."

승재의 고즈넉한 목소리가 공간을 채워나갔다. 그 목소리 어딘가에 숨어 있던 진심도 차츰 존재감을 드러냈다. 진심은 그런 것이었다. 숨겨질 수 없는 것. 그래서 그의 말을 듣고 있는 사람의 마음도 조금씩 그 진심에 잠기게 되는 것.

"이제야 그 사람이 왜 나를 떠났는지 알게 되었습니다. 많이 외로웠을 것 같아서, 함께 있어주지 못했어서 미안해지는군요."

승재가 몸을 돌려 병실 문을 향해 걷기 시작했다. 그의 뒤에서 희미한 목소리가 들려왔다.

"당신 잘못이 아니에요."

순간 승재의 발걸음이 얼어붙었다.

"당신 잘못이 아닐 거예요."

그의 목울대가 깊은 파고를 만들었다. 각막이 뜨거워지고 있었다. 그는 숨을 깊게 들이마시고 천천히 내뱉었다. 윤슬에게 남기는 마지막 모습이었다. 되도록 좋은 기억으로 남고 싶었다. 그래서 그녀가 그를 떠올릴 때마다 미소 지을 수 있게.

"그런데 지금 혹시 '당신'이라고 한 겁니까?"

승재가 몸을 돌려 다시 윤슬을 바라보았다.

"그래도 내가 1년 먼저 태어났는데, 오빠라고 불러야 하는 거 아닌가?"

두 사람의 눈길이 서로를 파고들었다. 마지막 인사가 눈빛을 통해 서로에게 전해지고 있었다. 윤슬의 입가에 잔잔한 미소가 걸렸다.

16.

1년 후

윤슬이 망연하고 삭막한 서울을 떠나 바다가 보이는 이 동네로
이사 온 것도 어느덧 6개월째에 접어들었다. 혹독했던 재활 치료
가 거의 끝나갈 때쯤, 들꽃 학교라는 곳에서 과학 교사로 일해달
라는 제의가 들어왔다. 불우한 환경의 아이들을 위해 설립된 대
안학교였다. 학교 이름이 마음에 들었던 데다가 남해 바다가 보
이는 곳에 자리 잡고 있어, 윤슬은 두 번 생각하지도 않고 바로
마음을 정했다.

봄 같은 겨울날이 며칠째 이어지고 있었다. 아이들을 데리고
교실로 들어가던 윤슬은 날씨를 핑계로 운동장 벤치에 앉아버렸

다. 아이들에게는 지구 온난화와 따뜻한 겨울의 관계를 알 수 있는 과학적 증거를 찾아오라고 말도 안 되는 과제를 내주었다.

기분 좋은 햇살이 그녀를 붙잡고 있었다. 가끔 오늘같이 이런 따스한 햇살을 접하면 '지금 이 순간, 오로지 나를 위한 빛'이라는 근거 없는 특권 의식 같은 것이 생기곤 했다.

윤슬은 예전보다는 사람들과 교류하려고 노력했지만 여전히 고독하게 지냈다. 고독의 성질이 조금 달라지긴 했다. 예전의 고독이 심연으로 가라앉는 것이었다면, 지금의 고독은 물 위를 흐르는 빛의 온기가 전해지는 깊이에서 그저 몸에 힘을 풀고 부유하고 있는 것과 흡사했다. 가라앉지 않게 누군가 밑에서 몸을 받쳐주고 있는 느낌. 그런 느낌이 들면 윤슬은 조금은 넉넉하게 이 세상을 살아갈 수 있을 것만 같았다.

"윤슬 샘! 이거 옮기는 것 좀 도와주세요. 또 이승재 박사님이 실험 도구를 보내주셨네요."

영어 선생님이 햇살 아래 늘어져 있는 윤슬을 불렀다. 트럭에서 커다란 박스들이 줄줄이 나오고 있었다.

"어떻게 우리 학교를 알고 이런 걸 자꾸 보내주시는 거지?"

"작년에 공식석상에서 이승재 박사를 만난 적이 있어요. 내가 그때 워낙 좋은 인상을 남긴 모양이지."

지나가다가 교감 선생님이 슬쩍 끼어들었다. 반쯤 벗겨진 교감 선생님의 휑한 머리 위로 맑은 햇살이 쏟아지고 있었다.

"이게 다 저 때문이거든요."

윤슬은 혼잣말을 하고는 풋 웃었다. 이렇게 자상한 이복 오빠라니. 1년 전, 그녀의 병실에서 승재를 본 것이 마지막이었다. 승재는 안식년을 보내러 가족들과 보스턴으로 갔다고 했다. 그저 이렇게 가끔씩 들꽃 학교로 후원품이나 후원금을 보내는 것으로 그가 여전히 살아 있다는 것을 알리려는 모양이었다. 윤슬은 한번쯤은 멀리서라도 그를 보고 싶었다. 이제는 그를 봐도 덤덤할 수 있을 것 같았다.

"이윤슬 샘, 빨리 좀 와. 이거 너무 무겁다."

"어우, 저 어깨 아픈데. 교통사고 후유증 있는 거 아시면서."

윤슬이 죽는소리를 하자 영어 선생님이 엄살 부리지 말라며 농담으로 받아쳤다.

"나도 오십견이 왔거든. 아니지, 나는 오십삼견이 왔다고."

윤슬의 입에서 웃음이 터져 나왔다. 웃음소리가 너무나 맑고 청아해서 '내가 행복한가?' 하는 생각이 들었다. 어? 또 데자뷔다. 분명히 자신의 웃음소리를 듣고 '내가 행복하구나' 하고 생각한 순간이 있었다. 그것도 최근에.

몇 주 전, 동료 교사들 몇 명과 함께 부산으로 전시회를 보러 다녀온 후부터 이런 일이 자주 반복되었다. '죽음과 소녀'를 주제로 한 미술 작품들과 음악을 한데 모아놓은 특별전이었다.

"'죽음과 소녀'는 아주 오래전부터 서양에서 각종 시와 가곡, 그림의 소재로 쓰여왔습니다. 대부분의 작품이 죽음을 상징하는 타나토스와, 생명과 탄생의 원리인 에로스를 대조시켜놓았죠.

초기에는 어린 소녀가 죽음의 신을 두려워하는 뉘앙스의 작품이 많이 있었다면, 후대로 가면서 에드바르 뭉크나 에곤 실레의 그림과 같이 소녀가 오히려 죽음에게 온몸으로 매달리며 구애하는 듯한 구도의 작품들이 나왔습니다."

큐레이터의 설명을 들으며 작품을 관람하고 있을 때 유독 윤슬의 눈길을 끄는 작품이 있었다. 이름도 생소한 앙리 레오폴 레비라는 화가의 작품이었다. 그림을 보기만 했을 뿐인데 눈물이 쏟아졌다. 함께 온 선생님들을 먼저 보내고 미술관이 문을 닫는 시간까지 윤슬은 그 그림 앞에 가만히 서 있기만 했다.

"이 그림이 마음에 드십니까?"

미술관 폐관 시간을 알려주러 왔던 큐레이터가 윤슬에게 말을 걸었다.

"저 소녀의 목숨을 앗아가려고 찾아온 죽음의 신이 저렇게 슬픈 표정을 하고 있는 게 아이러니하죠? 죽음의 신마저도 소녀의 죽음을 슬퍼하는 모양입니다."

그때 강렬한 데자뷰가 일어났다. 어디선가 추락하고 있는 윤슬을 어떤 남자가 뒤에서 필사적으로 끌어안고 있었다. 그림 속 죽음의 천사와 같은 비통한 표정을 지으며 그녀의 목덜미에 키스해주었다. 그 남자를 생각하니 윤슬의 왼쪽 어깨가 시큰거렸다.

승재의 조교에게서 연락이 온 것은 전시회를 다녀오고 난 다음 날이었다. 프로젝트에 참여했던 임사체험자들을 추적 조사하고 있다고 했다. 영상통화로 진행한 인터뷰가 끝나고 윤슬이 조심스럽게 물었다.

　-괜찮으시면, 제가 회색지대에 있을 때 찍어둔 뉴로스캐너 영상을 좀 볼 수 있을까요?

　조교는 뉴로스캐너에 찍힌 동영상을 메일로 바로 보내주었다.

　-재생해보시면 알겠지만 영상이 많이 불안정해서 일반인들이 의미를 찾아내는 것은 거의 불가능해요.

　영상을 보니 조교가 무슨 말을 하는지 알 것 같았다. 윤슬이 회색지대에서 보고 있는 것이 검은 실루엣으로 구현되었는데 영상 자체가 어둡고, 심하게 흔들리기도 했다. 전화를 여전히 연결 중이던 조교가 윤슬에게 설명을 해주었다.

　-뉴로스캐너 영상에 여러 차례 등장하는 사람들이 몇 있었는데, 이 사람이 가장 많이 등장합니다. 이수진 씨에게 계속해서 도움을 줬던 사람 같아요.

　윤슬은 순간 심장이 쿵 떨어졌다. 검은 실루엣만으로도 알 수 있었다. 미술관에서 데자뷰를 느꼈을 때 자신과 함께 추락하고 있던 그 남자였다.

　-혹시 누군지 아시겠습니까?

　-모르겠어요. 전혀.

　그렇지만 누군지 알 수 없는 그 남자의 마지막 숨결이 윤슬의 목덜미를 맴돌았다. 윤슬은 자기도 모르게 자꾸만 목덜미를 쓸어내렸다.

뉴로스캐너 영상에서 검은 실루엣을 본 이후로 윤슬의 머릿속은 그 남자로 채워졌다. 그 남자를 생각하는 순간에는 그녀 안으로 따스하고 충만한 물결이 흘러 들어왔다. 지금 이 순간 바로 옆에 있는 사람 같기도 하고, 소멸되어버려 영영 찾을 수 없는 사람 같기도 했다.

윤슬은 그에 대해 아는 것이 아무것도 없었다. 그의 존재가 실재하는지조차 알 수 없었다. 그러나 확실한 것은 윤슬이 그를 그리워하고 있다는 것이었다. 존재 여부조차 확실치 않은 사람을 이토록 강렬하게 그리워할 수 있다는 사실이 놀라웠다.

'살아 있는 모든 순간은 기적이야. 그러니까 기적을 기적답게 살아내.' 가끔씩 그 남자의 목소리인 듯한 환청이 들렸다. 윤슬은 어쩌면 그 말 때문에 여전히 이 순간을 살아내고 있다는 생각이 들었다. 지금 이 순간 윤슬이 내뱉는 숨이 이 세상에 뒤섞이고 있는 것 자체가 기적이었다. 그렇다면 기적을 기적답게 살아내야 했다. 무엇이라도 하면서. 아주 작은 무엇이라도.

"얘들아, 이제 들어가자!"

윤슬이 자리에서 일어나 아이들을 불렀다. 아이들이 까르르거리며 그녀에게 달려왔다.

"선생님! 이거 해보세요. 대박이에요."

스마트폰을 들고 있던 아이가 그녀의 사진을 찍으며 말했다.

"이게 뭔데?"

"새로 나온 카메라 앱인데, 여자 남자 얼굴을 바꿔줘요."

아이들이 서로 폰을 주거니 받거니 하며 사진을 돌려 보았다.

"아 대박. 선생님은 남자로 태어났어야 해요. 남자였으면 정말 인기 많았을 건데, 하필이면 여자로 태어나서."

아이들이 장난스럽게 웃으며 윤슬에게 사진을 들이밀었다.

하아! 심장에서 갑자기 날개가 돋아나 저 광망한 우주로 그녀를 데려가는 것만 같았다. 하아아아……. 윤슬은 찬찬히 정성 들여 들이마신 숨을 다시 한번 길게 내쉬었다. 눈가에 뜨거운 물이 차올랐다. 그 남자가 거기에 있었다. 나였어.

그동안 그토록 기억해내려고 애썼던, 그 선하고 투명한 눈빛으로 윤슬을 바라보고 있었다. 그녀를 살렸던, 그녀를 살게 했던, 그녀를 살아내게 했던 바로 그 눈빛. 내 눈빛이었어.

'이윤슬, 이 순간도 살아줘서 고마워.'

사진 속의 남자가 부드럽고도 강직한 목소리로 속삭였다.

나는 이제야 비로소 스스로 빛을 낼 수 있을 것 같았다. 아니, 나는 이제야 스스로 빛이 된 것만 같았다.

이 세상에 사랑받지 못하는 사람은 아무도 없어.
적어도 한 사람은 너를 사랑하니까.
그건 바로, 너 자신.
- P. 358 《빛의 위로》 중에서

　어느 늦여름 오후, 문득 떠오른 이 문장으로 《빛의 위로》가 시작되었다고 해도 과언이 아닙니다. 잊어버리기 전에 급히 수첩에 써놓고 몇 번이고 되뇌었습니다.

　처음으로 나에 대한 애잔한 마음 같은 것이 생기더군요. 자기연민이 아니라, 그동안 돌아봐 주지 못한 것에 대한, 가혹하게 대해왔던 것에 대한, 그동안 보잘것없이 여겼던 것에 미안한 마음이었습니다. 그럼에도 불구하고 여전히 살아주어서, 그리고 이렇게 살아내고 있어서 처음으로 자신에게 고마운 마음이 들었습니다.

　이 작품을 집필하는 동안, 저는 그동안 방치해 두었던 내 안의 '그 사람'이 무엇을 원하는지 자주 물었습니다. '그 사람'에게 영감을 얻어야 한다는 핑계로 맛있는 음식을 사주고, 좋은 곳에도 데려갔습니다. 그리고 무엇보다도 '그 사람'을 위로해 주었습니다. "괜찮아. 괜찮을 거야."라고.

나는 이제야 비로소 스스로 빛을 낼 수 있을 것 같았다.
아니, 나는 이제야 스스로 빛이 된 것만 같았다.
 – P. 381 《빛의 위로》 중에서

  이 소설의 마지막 문장은 윤슬의 목소리가 아닙니다. 그것은 제가 저 자신에게 건넨 말이었습니다.

  과거와 현재, 회색 지대와 현실을 넘나드는 복잡한 이야기를 쓰다 보니, 편집부에서도 많은 고민이 있으셨던 것 같습니다. 독자들의 이해를 돕고자 회색 지대가 나오는 부분은 회색 배경으로 구분해 두었는데 눈치채셨나요? 참고로 "솔"은 우리 집 말썽꾸러기 강아지 이름이기도 하지만, 한편으로는 결국 이 세상에 태어나지 못했던 제 딸아이의 이름이기도 합니다. 《빛의 위로》를 쓰면서, 거의 잊고 있었던 그 아이를 다시 떠올릴 수 있어서 좋았습니다.
  부디 이 소설이 자신을 미워하고, 자신에게 상처를 안기며 살아가는 이들에게 빛이 전하는 위로가 되었으면 좋겠습니다. 그리고 그 위로가 당신 안에 잠들어 있는 빛을 일깨우길. 스스로 빛을 내시기를, 아니, 스스로 빛이 되시기를 진심으로 바랍니다.

2024. 12. 유지나 드림

빛의 위로

초판 1쇄 인쇄 2024년 12월 4일
초판 1쇄 발행 2024년 12월 12일

지은이　　유지나

총괄　　　김명래
책임편집　김명래
디자인　　zincbook
책임마케팅　김서연, 김예진, 김소희, 김찬빈, 박상은, 이서윤, 최혜연, 노진현, 최지현, 최정연,
　　　　　　　조형한, 김가현, 황정아

마케팅　　최혜령, 도우리
경영지원　백선희, 권영환, 이기경
제작　　　제이오
교정교열　김정현

펴낸이　　서현동
펴낸곳　　㈜오팬하우스
출판등록　2024년 5월 16일 제2024-000141호
주소　　　서울특별시 강남구 테헤란로 419, 11층 (삼성동, 강남파이낸스플라자)
이메일　　info@ofh.co.kr

ⓒ 유지나 2024
ISBN 979-11-94293-59-0 (03810)

한끼는 ㈜오팬하우스의 출판브랜드입니다.